LE FIGUIER DE PAUL

Du même auteur :

L'étang de Pauline
Le Figuier de Paul
Le Parisien de Cersan d'Aude
Le long chemin de Joaquin l'Espagnol
Juliette d'Estignan
Ma dernière année de classe
La vigne de Jean
Le vrai prix de Marie
Le vieil homme qui rêvait d'amour
Le nouveau monde de Juliette (sortie mai 2015)

Site internet de l'auteur : http://aude-en-romans.fr

www.tdo-editions.fr
ISBN : 978-2-36652-104-7

Jean-Pierre Grotti

Le figuier de Paul

Poche

1

Bon ! Il faut que je parle là-dedans et que j'articule ! Je vais essayer, mais je ne promets rien. Je peux même dire des conneries ? Tant mieux parce que sinon ce n'est pas la peine de commencer.

Je me présente... Hé ben moi je m'appelle Ernest Pech. Je suis né le 11 janvier 1925 à Mersac dans l'Aude. Mes parents étaient riches, ils avaient une des plus grosses propriétés du village. Bien sûr des vignes, pas des bananiers ! J'ai été fils unique toute ma vie – c'est marrant ça non ? – Oui... Il faut être sérieux, mais peut-être que vous comprendrez un jour pourquoi je dis ça.

J'habite seul à Pilhan depuis une bonne cinquantaine d'années. Je touche une pension. Pas marié, pas d'enfants même non déclarés.

Ne commencez pas à bouger la tête. Quand je dis quelque chose qui ne va pas, vous n'avez qu'à stopper votre appareil. Ah ! Vous trierez chez vous. C'est bien, parce que moi j'ai toujours dit des bêtises et ce n'est pas maintenant que je vais m'arrêter ! Je fais comme je veux ? J'espère bien, bon on y va... Vous voulez que je vous parle de la famille Molinier, surtout du dernier.

Il marche votre truc ? J'y vais !

Paul, Paul Molinier, je m'en souviens de sa naissance comme si c'était hier, enfin avant-hier ! À cette époque j'habitais encore à Mersac. J'ai juste vingt ans de plus que lui… Il est né en janvier lui aussi. Tout le monde en a parlé pendant une bonne dizaine de jours.

Sa mère, la fille de l'éboueur, elle a accouché à la clinique. Vous pensez un Molinier, la plus grande propriété de Pilhan, ça n'atterrit pas dans une petite chambre sale ou dans un hôpital ! À l'époque, ils devaient bien posséder une bonne cinquantaine d'hectares, à peu près comme nous.

Bien sûr, il n'y avait pas que des vignes, il devait y avoir aussi quelques bouts de garrigue ou de bois, mais enfin ils étaient riches, c'est un fait.

Quand Cécile et son petit sont revenus dans la maison sur la place, ça a été un véritable défilé. D'abord les femmes, certaines pour se faire voir, d'autres par curiosité. On les connaît les femmes, on mettrait un singe dans un landau, elles le trouveraient joli !

C'est l'instinct maternel soi-disant, moi je crois qu'elles ont tellement peur qu'on trouve leur rejeton affreux qu'elles n'osent pas dire ce qu'elles pensent des autres. Un bébé qui vient de naître, il faut le reconnaître, c'est rarement beau, c'est même souvent franchement moche, tout couperosé, tout plissé. Tu ne vois que le nez et les oreilles. Moi, j'en connais au moins une, ma mère, qui a oublié d'avoir l'instinct maternel !

Les femmes, donc, sont venues. Et je te fais des guili-guili et je te lance des *« Qu'il est mignon ! »*, des *« Comme il a des cheveux ! »*, des *« C'est un Molinier tout craché ! »* et la vieille, la mamète qui est là, qui tourne autour du lit, qui se gonfle comme un paon. On dirait que c'est elle qui a fait le petit ! On s'adresse surtout à la grand-mère parce que c'est elle qui est riche. La mère, ce n'est qu'une pièce rapportée à la famille Molinier.

Elle est heureuse la vieille, elle est fière ! C'est normal, mais c'est aussi qu'elle a beaucoup à se faire pardonner parce qu'il aurait fallu voir la tête qu'elle a faite quand Marcel, son fils, lui a ramené la Cécile.

Vous pensez, la fille du poubellaïre (l'éboueur), pas un sou, pas un pied de vigne, rien ! La famille Molinier qui se trouve unie avec les Batisti, ramasseur de poubelles et nettoyeur de rues. Encore, la fille ce serait une beauté, ça pourrait se comprendre, mais non, petite, menue, une véritable plume.

C'est vrai qu'avec Marcel ils formaient un couple bizarre, on aurait dit le père et sa fille. Enfin, c'est comme ça l'amour. Les parents ont eu beau faire la gueule, tenter de faire réfléchir le fils, ça a été Cécile point final. En fait, c'est la mère qui a surtout râlé. Le père, c'était un brave homme qui n'avait pas droit à la parole. Cécile, la pauvrette, elle a dû en baver parce que Fernande Molinier, la mère de Marcel, n'a jamais été un ange de douceur !

C'est bizarre, dans ces grandes maisons, c'est souvent la femme qui commande. Les hommes sont toujours dans leurs vignes, c'est là qu'ils sont bien. Le reste : la nourriture, les habits, le ménage et même les enfants, ils ne s'en occupent pas. Chez moi c'était pareil, peut-être pire. Mon père, il ne parlait pas. Faut dire que l'autre elle faisait ça pour deux !

Je crois que c'est pour ne plus avoir sa belle-mère sur le dos que Cécile s'est mise à la vigne, au moins avec Marcel, elle était tranquille !

De travailler, ça l'a changée. Elle est devenue plus forte. Elle a bronzé comme tous les gens qui passent leur temps dehors. Elle s'est endurcie, et peut-être plus encore dans sa tête que dans son corps. On l'a vue plusieurs fois repartir chez elle avec une valise.

Le lendemain, Marcel allait la chercher et tout recommençait, mais ça s'est vite calmé. Au bout de cinq ou six mois, chez les Molinier, tout le monde lui foutait la paix, même la vieille... Elle devait s'être résignée. En plus, elle en avait sûrement assez de faire rire tout le hameau avec sa belle-fille. Il y en a même qui faisait des paris dans le genre *« combien de temps elle va rester cette fois ? »*

C'est bien comme ça ? Je ne vais pas trop vite ? Je divague pas trop ? Bon tant mieux ! Dites-moi-le si je déraille…

Après les femmes, le soir, ce sont les hommes qui sont arrivés. Eux, le petit ils s'en foutaient, mais c'était quand même l'occasion de se retrouver pour discuter et boire un coup gratuit. Les Molinier ont toujours fait un bon muscat. Les viticulteurs sont seuls toute la journée alors ils ne perdent pas une occasion de parler. Quand ils commencent, ils ne s'arrêtent plus…

Ils étaient dans la cuisine avec Marcel et son père pour ne pas réveiller le petit ou fatiguer Cécile. C'est sûr, ils devaient parler de chasse, de vigne ou de rugby. Ici, quand tu mets trois hommes ensemble, tu es presque sûr qu'ils vont parler de ça. Que ce soit pour un mariage, pendant un match, au café, à l'église ou pour un enterrement, c'est la même chose. Oui, c'est vrai, ils peuvent aussi raconter des histoires sur les femmes, mais c'est plus rare.

Ce soir-là, au bout de trois ou quatre verres, ils déconnaient à plein tube et ils faisaient beaucoup de bruit. La vieille s'est mise en colère et elle les a foutus dehors, c'est pour dire !

Non, Cécile ne l'a pas allaité. Je pense qu'elle n'a pas voulu, elle a fait vite. Au bout d'une dizaine de jours, elle était à nouveau dans les vignes, alors tu vois un peu !

Le petit, c'est la vieille qui le gardait et tout le monde était content. Non, ça ne veut pas dire qu'elle ne l'aimait pas, c'était qu'elle préférait être dehors.

Je vous l'ai dit, elle était devenue une véritable vigneronne. Vous pouvez nommer un viticulteur ministre et lui donner un bon salaire, il ne tiendra pas plus d'un mois dans un bureau. Ces gens-là, il leur faut être dehors, il leur faut regarder leurs rangées. Peut-être qu'ils aiment voir l'horizon... C'est simple : ici, quand ils ne peuvent plus travailler, ils ne se font pas vieux.

Oui, c'est la vieille qui a gardé Paul tant qu'il était bébé. Les parents à la vigne, les grands-parents avec le bébé. Ils l'avaient décidé ensemble ou bien ça s'était fait tout seul et tout le monde était content.

Quand le petit a commencé à marcher, à se débrouiller un peu, c'est le papé qui s'en est chargé. C'est bizarre comment on devient en vieillissant. Ce type qui avait passé toute sa vie dans les vignes, qui ne s'était presque pas occupé de son fils, il ne s'est mis à vivre que pour le petit Paul...

Un drôle de bonhomme ce Jacques Molinier, le papé. Fier comme d'Artagnan, ronchon, toujours en train de râler contre les ouvriers, les fonctionnaires, les planqués. Il n'était pas méchant non, simplement, il croyait, comme tous les vignerons, qu'il n'y avait que lui qui travaillait.

Il ne faut jamais demander à un paysan s'il a du travail. Il va te donner une liste de choses à faire qui aurait fait pleurer Napoléon.

C'est bien Napoléon qui ne dormait pas ? Il me semblait, mais comme dit l'autre je ne l'ai pas connu...

À propos de travail quand même, moi j'étais l'exception : j'étais bien vigneron et je ne foutais rien, mais c'est spécial.

Pour le papé, peut-être que ça lui manquait de ne pas avoir vu grandir son fils, alors il se rattrapait avec le petit Paul. En tout cas, ils étaient inséparables ! Tu ne les voyais jamais l'un sans l'autre.

Un jour, le petit devait avoir dans les dix ans, je le sais parce que c'était la première année que j'habitais à Pilhan. Un jour donc, je les vois passer, le vieux avec une brouette pleine d'outils et de terreau, le gosse avec un rejeton de figuier.

— Où vous allez comme ça ? Au cimetière ?

— On va planter ce figuier à la fontaine, ce sera l'arbre du petit, me répond Jacques.

— Hé, pourquoi à la fontaine ? Il n'y a pas assez de place chez vous ? Vous avez aussi acheté la fontaine ?

— Ne fais pas le bête ! Je le mets là parce qu'il aura de l'eau et aussi parce que je veux que tout le village le voie !

Il était comme ça Jacques ! Ce bout de figuier pour lui c'était comme un drapeau, celui des Molinier. D'ailleurs le petit, il le tenait bien droit au bout de son bras et il était sérieux comme un pape. Oui, un drapeau…

Je les ai suivis pour voir. Le vieux s'est escrimé à faire un trou énorme. *« Vous allez enterrer un âne ? »* je lui dis pour le mettre un peu en colère. Il fait celui qui n'a pas entendu, il ne répond pas.

Et je te creuse, et je te mets du terreau et du fumier, et je te mélange bien la terre, et le petit pose l'arbre dans le trou, et je t'étire bien toutes les racines, et je remets une couche de terreau, et je te bouche ça, et je danse dessus pour tasser le sol et je t'y envoie deux ou trois seaux d'eau. Je vous jure, on aurait dit une espèce de cérémonie secrète comme celles que faisaient avant ces types dans la forêt… les truites, non… les druides, oui c'est ça.

« Hé bé, votre arbre, il va devenir comme un baobab ! » j'y ai encore dit, mais il a juste haussé les épaules. Il n'avait pas envie de se disputer. Peut-être parce qu'il y avait le petit. Puis ils sont partis.

J'ai entendu Paul qui demandait :

— C'est quoi un baobab ?

— Un grand arbre ! Il ne faut pas écouter Ernest, c'est un fainéant et un ivrogne !

J'ai été un peu vexé quand même. Ivrogne c'est vrai, à l'époque j'aimais trop le vin, mais fainéant non, c'est que je n'avais jamais trouvé quelque chose à faire qui me plaise !

Après, au moins une fois par semaine, je les voyais passer. Ils venaient voir l'arbre, main dans la main. Un jour pour faire râler le vieux, j'ai pendu une vieille chaussette à une branche. Il aurait fallu entendre tout ce qu'il a dit. Je crois que s'il avait su que c'était moi, il m'aurait étranglé.

Ils s'asseyaient sur le parapet et Molinier racontait des histoires au petit. Moi, en passant, toujours pour l'énerver, je lui criais :

— Hé ! Au lieu de lui raconter votre vie, vous lui avez dit que les figues mûres guérissaient du mal de gorge et enlevaient la constipation ? Et les vertes ? Vous le savez que c'est bon pour les cors et les verrues ?

— Bien sûr ! grognait-il, pour qui tu me prends ?

Finalement, il avait l'air de bien s'amuser le papète avec son Paul… En les voyant si heureux ensemble, j'avais envie de m'asseoir avec eux sur le parapet pour partager leur bonheur.

*

Les parents de Paul ? He bé, je l'ai dit non ? Ils avaient pris la relève des vieux… Le père, Marcel, si tu voulais le rencontrer, il fallait aller dans les vignes. On aurait dit qu'il y couchait. De la pointe du jour à la nuit tombée, il travaillait. Lui, c'était un vaillant, un vrai ! C'était un vaillant pour tout d'ailleurs.

Il fallait le voir au rugby. Il t'aurait mangé tout le monde, même l'arbitre et le ballon ! Je crois qu'il aurait pu jouer à Narbonne ou à Perpignan, mais avec la propriété, ce n'était pas possible.

Je me souviens d'un match, je crois que c'était contre Espéraza, des montagnards rudes, de ceux qui ne voient jamais personne, des sauvages. Chaque fois qu'on jouait contre eux, il y avait de la bagarre, c'était sûr.

Ils avaient un type qui jouait seconde ligne, un Russe ou un Polonais avec un nom impossible à dire. Il devait faire au moins deux mètres et cent quarante kilos. Personne ne savait d'où ils l'avaient sorti. Certains disaient d'un bagne, d'autres de prison. C'était un tueur, il en avait déjà assommé une paire de chez nous.

À cette époque il n'y avait pas de cartons blancs, jaunes ou rouges. Il n'y avait qu'un seul arbitre et le pauvre il préférait fermer les yeux plutôt que voir ce qui se passait sur le terrain. Ce n'était pas comme maintenant qu'il y a plus de siffleurs que de joueurs. Il fallait se débrouiller tout seul.

À un moment, le géant s'est retrouvé en face de Marcel dans un coin du terrain. Crois-moi, le Molinier, il ne s'est pas dégonflé. Il te lui en a placé un uppercut, l'autre est parti sur le cul. Il avait le nez comme une tomate et il pissait le sang, ça faisait une flaque sur l'herbe. Il s'est réveillé dans les vestiaires et du coup, on a gagné le match ! C'est pour te dire que c'était un bon joueur !

Je ne sais plus si je te dis « tu » ou « vous », ça m'énerve ! Je peux te dire tu ? Bon, je préfère. C'est bien aussi pour toi parce que je ne dis vous qu'aux gens que je n'aime pas, au notaire et au docteur. Attention, quand même ! Ne te fais pas d'illusions, je ne vais pas te demander en mariage !

C'est d'ailleurs avec le rugby que Marcel a rencontré Cécile. Sa mère était morte en couches et elle vivait seule avec son père, Léon le couillon. Il était gentil, mais c'est vrai qu'il n'avait pas inventé la fille à couper le beurre. Enfin, s'il n'y avait que des gens intelligents dans le coin, ça ferait beaucoup de maisons vides…

Léon ne vivait que pour le rugby, c'était sa passion. Il n'a jamais joué, il était trop petit… pas comme moi, mais presque.

Quoi ? Tu me demandes si c'est à cause de ma taille que je n'ai pas joué ? Tu te fous de moi ou tu as de la merde aux yeux ? Tu n'as pas vu ma bosse ? Putain, moi elle m'a crevé les yeux toute ma vie ! Tu ne l'avais pas remarquée ? Pourtant, crois-moi, elle est là et bien là ! Elle n'a pas rapetissé.

Ben oui, je suis assis contre le mur. Ça, tu vois, c'est une vieille habitude. C'est la tactique du caméléon. Dès que j'arrivais quelque part, je choisissais une place dans un coin ou je m'appuyais contre quelque chose. Tant que je ne me levais pas, j'étais tranquille, je paraissais comme tout le monde. Je continue toujours à le faire, mais c'est une habitude parce que maintenant je m'en fous.

Bon, je continue... Au Rugby Club Mersacois, c'est Léon – oui, le père de Cécile, je l'ai dit, non ? – qui s'occupait des chaussettes, des souliers, des lacets, des crampons, des maillots, des shorts, de tout ce qui touchait les joueurs. Ça lui arrivait aussi de nettoyer les vestiaires et le club, mais en principe son boulot, c'était l'équipement. Il ne ratait pas un match et bien sûr, qu'il pleuve ou qu'il vente, il emmenait Cécile avec lui. Il fallait bien, il n'avait personne pour la lui garder.

Un dimanche, elle devait avoir dans les dix-huit ou dix-neuf ans... Oui, bien sûr, elle continuait à suivre le rugby. Qu'est-ce que tu voulais qu'elle fasse ? Tu sais, à cette époque, chaque fois qu'il y avait un match, il y avait tout le village autour des barrières.

C'était à la fin de la saison. Ça, c'est facile à savoir parce qu'à chaque match, les dirigeants organisaient une tombola dont le gros lot était un jambon. Comme ils n'étaient pas fous, il n'y avait jamais de gagnant, sauf le dernier dimanche de la saison parce qu'ils ne pouvaient pas le garder jusqu'à l'année suivante.

Cette fois-là, c'est Cécile qui l'a gagné et c'est Marcel, en tant que capitaine de l'équipe, qui le lui a donné. Au moment où il allait lui faire la bise, y en a un dans la salle qui a gueulé : *« Et Marcel fais gaffe à l'odeur ! »* à cause du père qui était éboueur, ça, je te l'ai dit. Ce n'était pas trop malin, mais bon c'était pour rire et ça faisait déjà un moment que tout le monde tournait au pastis. Non, celle-là, ce n'est pas moi qui l'ai faite. J'aurai pu, mais non, cette fois je n'y étais pour rien !

Cécile s'est vexée. Elle a jeté le jambon par terre et elle est sortie en pleurant. Le père ? Léon ? Non, il n'a rien entendu. Au bout de quatre ou cinq pastis, il était complètement soûl, il appelait sa femme, il se mettait à pleurer, une vraie loque…

La fille est partie, ça a jeté un froid. Marcel était embêté. Il s'est lancé à sa poursuite. Après, tout le monde a recommencé à boire, à chanter et à manger. Les chagrins au club ne duraient jamais bien longtemps. Même quand on perdait, dès que les joueurs de l'autre équipe étaient partis, on commençait à déconner alors !

Ce qui s'est passé dehors, personne ne l'a vu,

personne ne l'a su. En tout cas deux mois plus tard la fille de Léon le couillon, le poubellaïre, a fait son entrée avec son père chez Marcel.

Bon, tu devines que ce n'était pas la bru que les Molinier attendaient. Fernande disait à qui voulait l'entendre qu'elle n'osait plus sortir même pour faire les commissions tellement elle avait honte. Comme Marcel était têtu comme une mule et en plus fils unique, ils ont bien été obligés de céder.

Cécile, qui n'était pas bête, a tout de suite compris ce que ses beaux-parents, surtout sa belle-mère, pensaient d'elle. Elle leur en a toujours voulu. Moi, je n'ai jamais vu les deux femmes se faire la bise ou même rire ensemble.

Ils n'ont pas dû rire tous les jours dans la grande maison, crois-moi ! Remarque, tout passe… Chacun se fait une raison… On se l'invente sur mesure, rien que pour nous. Même moi tu vois cette saleté de bosse, maintenant j'arrive à l'oublier. Ça a été long, ça a été dur, mais maintenant elle me paraît plus légère, elle ne me gêne presque plus… Oui… Il faut se faire une raison…

Après, la vieille Molinier s'est rendu compte que sa belle-fille était peut-être pauvre, mais alors, vaillante comme deux et pas du tout cancanière. Quand elle en parlait chez le boulanger ou à la veillée, elle n'en disait que du bien. Remarque, c'est beaucoup plus facile d'oublier les méchancetés quand c'est toi qui les as faites…

Avec la naissance de Paul, Cécile est devenue la

belle-fille idéale, celle qu'elle avait choisie. *« Ce qui est important* répétait Fernande, *ce n'est pas le compte en banque, c'est le cœur ! »* Personne ne lui disait qu'elle était gonflée de parler comme ça, tu comprends elle était riche. Qui sait ? Peut-être qu'un jour, il faudrait lui demander un petit coup de main…

C'est vrai que l'arrivée du petit et le fait de le garder, ça a transformé la vieille. C'était la plus heureuse des mamètes. Avant, elle était coincée, elle faisait la fière, elle tenait son rang. Là, dès que tu lui parlais de Paul, elle fondait. Son petit, comme elle disait, elle l'aurait montré même à un pouilleux pour qu'il l'admire, pour qu'il lui dise qu'il était beau…

2

À mesure que le petit a grandi, il était moins avec le grand-père. C'est normal, les gosses se préfèrent entre eux. Paul allait jouer avec José, le gosse des Sanchez. Le fils du patron avec le fils de l'ouvrier, ici ça s'est toujours fait. Les Molinier étaient riches, mais ça ne se voyait pas. C'était pareil pour nous à Mersac. On faisait les mêmes choses que les autres, on s'habillait de la même façon… À la vigne, tu ne pouvais pas savoir qui commandait l'autre.

C'est les gens qui font les différences. Quand ils savent que tu as du bien, ils t'écoutent si tu parles, ils traversent la rue pour te toucher la main, ils rient même si ce que tu racontes ne vaut rien. Toi bien sûr, tu laisses faire. Ce n'est pas désagréable de se faire lécher le cul.

Si tu savais tous les amis que j'ai eus ! Ils me prenaient souvent pour un imbécile, mais moi, je les voyais venir de loin juste pour boire un coup à l'œil ou même pour que je leur prête un peu d'argent…

Eux, ils étaient persuadés que je ne comprenais rien à leur manège. Ils ne savaient pas que quand on est mal foutu comme moi, on voit ce qu'un type a dans le ventre rien qu'à sa façon de te regarder.

Il y en a beaucoup qui détournent les yeux puis qui t'observent en cachette, car ça les gêne de te voir, peut-être qu'ils ont peur que ça les empêche de dormir. Il y en a qui te regardent comme si tu étais une bête curieuse, presque ils te toucheraient la bosse. D'autres se forcent à faire comme s'ils n'avaient rien remarqué, mais leurs regards vont toujours vers ton dos. D'autres encore n'osent pas s'approcher, ils ont peut-être peur que tu les mordes ou alors que tu sois contagieux.

J'ai vu de tout dans les yeux des autres : beaucoup de pitié, mais aussi une espèce de joie mauvaise dans le style *« Y a plus moche que moi ! »*, de la méfiance *« Quel drôle de type ! »*, de la honte aussi *« Pourvu qu'on ne me voie pas avec lui ! »* Ne crois pas que j'exagère, c'est vrai.

Gosse j'avais envie de hurler, de sauter sur ces gens bien fabriqués, bien normaux. Après j'ai compris qu'il n'y avait rien à faire. Je ne pouvais pas sauter sur tout le monde. C'était comme ça point final. J'ai joué le jeu, ils venaient me voir pour le pognon et moi du pognon j'en avais et je m'en foutais. Je laissais faire, comme ça je n'étais pas seul.

Tout ça, si tu trouves que ce n'est pas intéressant, tu l'enlèveras ce soir. C'est pour te montrer que si j'ai l'air con, je ne le suis pas tout à fait… À force de passer mon temps à regarder les autres, j'ai vite fait de les connaître.

*

Paul et l'Espagnolet, on les voyait toujours ensemble. En été, ils passaient des après-midi entiers à faire des courses de billes dans le ruisseau de la vieille Jalaber. Cette salope, par méchanceté, elle vidait son pot de chambre dedans dès qu'elle voyait qu'ils venaient jouer...

Eux, ils s'en foutaient parce que ce ruisseau était lisse, bien en pente, long et avec deux belles courbes. Ils bouchaient le trou de l'égout avec une pierre, en bas, et, vas-y que je te fais les étapes du Tour de France. Je m'asseyais un moment à l'ombre sur les dernières marches de l'escalier pour les regarder.

Bien sûr, José avait choisi d'appeler sa bille du nom d'un coureur espagnol, un certain... Fernando, non, Bernardo Ruiz. C'était un bon celui-là. Dans les montagnes, les journalistes disaient qu'on ne savait pas s'il grimpait ou s'il descendait tellement il allait vite. C'était la fierté de tous les Espagnols. Chaque fois qu'il gagnait, ils en parlaient pendant une semaine.

Il faut les comprendre, ils arrivaient battus, terrorisés, fauchés, juste avec une main devant, une main derrière. Ils n'avaient rien du tout, alors quand Ruiz gagnait une étape ça montrait qu'ils valaient quelque chose.

Ça leur donnait de la fierté. José avait des billes en terre toutes écaillées, mais il était malin. Il balayait le ruisseau en mettant les saletés du côté de Paul et il prenait toujours le bord le plus lisse.

Molinier avait la bille Louison Bobet, en verre, bien sûr. Ils n'arrivaient pas à jouer plus de cinq minutes sans se disputer. Aussitôt ça partait dans le genre *« Espagnol de merde ! »*, *« Putain de Français ! »* et ils se disaient tous les gros mots qu'ils connaissaient.

Moi, ça m'amusait de les entendre s'engueuler, je riais comme un bossu… C'est amusant de dire ça, non ? Je riais vraiment toujours comme un bossu, même encore maintenant d'ailleurs, mais ça ne m'arrive pas souvent. Les occasions se font de plus en plus rares. Je me demande bien pourquoi on dit ça.

Des bossus heureux, moi, je n'en ai pas connu…

Et puis il y a eu l'histoire de la morue. Alors là, le bouquet ! Tu n'en as pas entendu parler ? Écoute, ça vaut dix !

Les Sanchez, comme tous les Espagnols qui débarquaient dans le coin, ils étaient ouvriers agricoles. Ils ne gagnaient pas trop d'argent et en plus ils en mettaient de côté. Alors, tu comprends, la nourriture c'était toujours le moins cher. Tous les jeudis ils achetaient le bacalao, la morue, au poissonnier de Bages.

À l'époque, c'était un poisson que personne ne voulait. C'était presque donné, on appelait ça la viande du pauvre. Maintenant soi-disant qu'on en trouve presque plus et que c'est plus cher que le loup. C'est bizarre ça !

La mère Sanchez achète la morue, la met dans le buffet et part travailler. Je crois qu'à ce moment-là, elle faisait des ménages. José – va savoir ce qui passe dans la tête d'un gosse – voit cette morue et certainement, il la trouve belle.

Je ne sais pas s'il croit qu'elle bouge ou non, il l'attrape, lui passe une corde dans les ouïes et va chercher Paul. Tout l'après-midi, ils l'ont fait nager dans les flaques et les ruisseaux de Pilhan. Oui, même dans celui plein de pisse de la Jalaber !

Une femme les voit faire. Ils se font engueuler. À cette époque, il ne faisait pas bon jouer avec la nourriture. Même chez nous, pourtant on était riches, je n'avais pas le droit de laisser une miette de pain sur la table, il fallait que je la mange.

Il y avait des maisons où à la fin du repas, ils balayaient la nappe avec la main puis ils avalaient tout ce qu'ils avaient ramassé. Crois-moi les chats et les chiens, à cette époque, tu pouvais presque voir à travers !

Les petits se font engueuler et là ils comprennent qu'ils sont en train de faire une bêtise. Vite fait, bien fait, ils ramènent le bacalao dans le buffet et s'en vont jouer sans rien dire. La mère – elle s'appelait Maria je ne sais pas si je l'ai dit – arrive. Elle trouve que son poisson n'a pas bonne mine et elle décide de le faire cuire tout de suite. Elle invite même Paul et le soir ils mangent tous le bacalao qui s'est promené tout l'après-midi.

Le lendemain, la femme qui a engueulé les

gosses a averti le grand-père qui en parle à Sanchez. Le pauvre homme ne voulait pas le croire. Il faisait que répéter : *« Ye te youre il était mieux que d'habitoude ! »* L'histoire s'est racontée jusqu'à Narbonne et elle a fait rire beaucoup de monde.

Il n'y a que Fernande qui l'a mal pris. Elle a même fait un lavement à son petit-fils. José lui, c'est plutôt une bonne fessée qu'il a reçue. Depuis cette histoire, Paul n'a plus mangé chez les Sanchez et on a surnommé le père, bacalao. Ça lui est resté.

3

L'école ?

Déjà quand Paul y est allé, il ne restait plus qu'une classe. Oui, c'est ça, classe unique ils disaient. Des petits de cinq ans jusqu'à ceux de dix ou onze. Ils devaient être une vingtaine. L'institutrice, c'était une jeune qui venait de Narbonne, je crois. Elle n'était pas mal faite, mais elle avait les lèvres et le cul pincés. Je ne sais pas si elle voulait se donner un air ou si c'était son caractère.

Les lèvres, ça se voyait, le cul, ça se devinait. Enfin, je dis ça parce que dans la rue, elle marchait bien raide et pressée. Soi-disant qu'avec les gosses elle était gentille. Du hameau et de ses habitants, elle n'en avait rien à faire. Elle garait sa Simca devant le portail. Elle rentrait dans l'école et elle n'en ressortait que pour repartir chez elle.

Non ! Elle n'occupait pas le logement de fonction, elle faisait le trajet tous les jours. C'était quelqu'un à habiter chez papa maman. Remarque ça ne veut rien dire, une femme, tu ne peux jamais savoir ce qu'elle a vraiment dans le ventre ou ailleurs. Celle-là, si elle avait le feu aux fesses, elle le cachait bien !

Des petits de cinq ans, il n'y en avait que trois : Paul, José et la petite Jésus. Mais non, ce n'est pas son nom de famille, Jésus ! Ici tous les gens ont un surnom. Tu devines comment on m'appelle, non ? Oui, bien sûr, le bossu. Ils n'ont pas cherché trop longtemps, je pense.

Les grands-parents de la petite Jésus n'étaient pas des gens de la région. Je crois qu'ils venaient de Toulouse. Ils avaient acheté la maison des Portal, c'est la première en bas, quand tu rentres dans Pilhan. Oui, avec les volets bleu clair. Ils avaient une fille, Patricia, le contraire de l'institutrice.

Quand elle passait dans la rue, tu ne pouvais pas t'empêcher de la regarder jusqu'au tournant : belle, souriante, avec un cul ! Un cul à gagner de l'or. Oui, enfin elle était bien faite quoi et pas farouche. Tous les gars du coin – sauf moi, bien sûr – ont fait leurs premières armes avec elle.

Un jour on ne l'a plus vue et la mère toute fière a raconté que sa fille avait répondu à une annonce et qu'elle était partie travailler à Toulouse. Attention, un bon boulot ! Un truc bien, dans le genre secrétaire de direction. Elle allait gagner des mille et des cents… Bref, la vieille a fait baver d'envie tout le monde et on n'a plus parlé de Patricia.

Voilà que deux ans plus tard, elle est à nouveau à Pilhan. Elle a changé. Bien sûr, elle est toujours bien foutue, mais elle ne sourit plus. Il y a comme de la tristesse dans ses yeux. Elle a perdu sa lumière, enfin… oui, c'est ça, son éclat. Elle ne sort jamais, juste dans leur jardin. Dès que quelqu'un s'approche pour discuter, elle rentre. Elle dit à peine bonjour, elle ne parle plus aux hommes.

Ici, on tire vite les conclusions qui nous arrangent : *« C'est la ville qui rend les gens comme ça ! »* C'est bien, ça nous rend heureux de vivre dans un trou, ça nous enlève les regrets. Tu vois, il ne nous en faut pas beaucoup pour être contents. On pourrait nous dire qu'on n'a pas choisi, mais c'est comme ça !

On pense que Patricia est en congé et puis le congé dure, dure... Et puis voilà qu'aux beaux jours elle se promène, toujours muette, avec une poussette. D'homme, il n'y en avait pas, alors le bébé sans père, on l'a appelé « La petite Jésus » en fait son prénom, c'était Anne. Ne me demande pas son nom de famille je l'ai oublié ou alors je ne l'ai jamais su parce que nous, on les appelait les Toulousains.

Donc les petits étaient trois : Paul, José et Anne la petite Jésus. Moi, je ne manquais jamais le jour de la rentrée. D'abord parce que ce jour-là, les mères qui accompagnaient leurs enfants se faisaient belles. Ce n'était pas pour moi, bien sûr ! Sûrement pour faire bonne impression à l'instituteur, mais là, c'était une femme, je l'ai déjà dit.

Remarque, elles ne pouvaient pas savoir parce que ça changeait chaque année. Les instituteurs faisaient un an ici et puis *« Adieu messieurs dames ! »* C'est vrai que c'est un coin un peu perdu, mais ce n'est quand même pas le bout du monde ! Les jeunes préféraient la ville.

J'aimais voir la rentrée aussi parce que ça m'amusait de regarder les gosses. À leur façon d'arriver et de se comporter, tu pouvais deviner leur caractère ; les timides, les fonceurs, les peureux, les bagarreurs, les fils à maman, les solitaires.

Les riches et les pauvres, c'était facile, il suffisait de regarder les habits, les souliers et le cartable. Pour eux, tu étais sûr de ne pas te tromper.

Moi, quand je suis rentré à l'école j'étais tout à fait normal et quand je suis sorti à midi, j'étais bossu !

Mais non, la bosse n'a pas poussé dans trois heures ! Tu le fais exprès ou tu te fous de moi ?

C'est que jusque-là, personne ne me l'avait dit et moi ça ne m'avait jamais tracassé.

Je n'y suis pas retourné de toute l'année. Dès qu'on m'en parlait, je tombais malade. Ce n'était pas du cinéma, j'étais vraiment malade avec fièvre, mal de tête et tout. À six ans, comme c'était quand même obligatoire, il a bien fallu que j'y aille… mais alors, qu'est-ce que j'ai pris ?

La classe ? Elle était bien, grande, claire. Si tu veux, tu pourras aller la voir en partant. Il y avait trois, non, quatre fenêtres. Deux donnaient sur la garrigue. Ben oui ici, c'est ce qui est bien, la garrigue n'est jamais loin. Un gosse comme Paul, il devait plus souvent regarder dehors que dedans.

Il n'était pas le seul à faire ça, mais lui, c'était normal, il s'en foutait de l'école. Il savait déjà ce qu'il ferait plus tard. Moi, je ne regardais rien, je n'écoutais rien, j'attendais de sortir en courant pour plus avoir les autres sur le dos... Sur le dos ! Celle-là aussi elle est bonne, non ?

Quand tu es né Molinier, ton avenir est tracé dès le départ. Parfois il y a des erreurs comme pour moi, mais en principe la ligne est droite. Paul serait viticulteur, il reprendrait la propriété un point c'est tout. Il fallait qu'il apprenne à lire et à compter. Pour le reste, les Molière, les Victor Hugo, les théorèmes et l'Asie du Sud ou de l'Est, ce n'était pas important.

Celui qui s'accrochait, c'était l'Espagnolet, José. Tu comprends, les gens qui n'ont rien, qui ont faim, si tu leur donnes un os, même petit, ils le mordent de toutes leurs forces. Les Sanchez ne voulaient pas que leur petit soit un cul terreux. Eux se contentaient de trimer pour gagner tout juste le SMIG, mais José, il fallait qu'il s'en sorte.

En plus, le petit n'était pas bête, ça se passait bien pour lui. Il fallait entendre Maria parler de son fils. Il a de la mémoire José. Il a plein d'idées José. Il a de bonnes notes José. Elle qui savait tout juste lire, elle faisait le tour du village avec le carnet de son petit.

« *Notre fils,* elle disait, *il sera dans les bureaux au chaud, peut-être fonctionnaire et même maître d'école !* »

La petite Jésus ? Je suppose qu'elle devait se débrouiller. Sa mère ne parlait plus aux gens et elle ne sortait jamais à part pour les courses, et encore elle allait en ville. C'était la grand-mère qui amenait la petite à l'école et elle non plus ne parlait pas. On aurait dit que leur famille en voulait au monde entier et en particulier aux gens d'ici.

On n'a jamais su ce qui s'était passé à Toulouse. Il y en a qui disent qu'elle avait été mise sur le trottoir, d'autres qu'elle avait été violée, d'autres encore qu'elle avait été la maîtresse d'un homme marié haut placé. Chacun, chacune surtout, inventait l'histoire de Patricia à sa façon.

Finalement, une rumeur c'est comme un roman qui est parlé, non ?

C'est sûr qu'elle donnait vraiment l'impression de se cacher. Toute la famille avait l'air d'avoir peur. Nous n'y étions pour rien, ce n'était quand même pas nous qui lui avions fait la gosse… Remarque, que j'en connais beaucoup qui se seraient dévoués pour mettre la graine… et même plus… Ils se seraient même battus pour ça.

Peut-être qu'ils étaient fâchés à cause du surnom donné à la petite ? Moi, je pensais qu'à Toulouse, la mère en avait vraiment bavé. Cette petite méchanceté ici, c'était celle de trop. Je le voyais comme ça… J'ai su la vérité bien plus tard.

Enfin…, les vieux ne quittaient presque plus leur maison, la maman non plus. Il n'y avait que la fille qu'on voyait à l'école.

*

Après, et bé les trois, ils ont fait comme tout le monde à cet âge, ils ont grandi. Les gosses, le figuier, tous. Il y a que le vieux qui se voûtait. Moi, il y avait un moment que c'était fait...

Une ou deux fois par mois, Paul et son grand-père continuaient à venir voir l'arbre. Les Molinier quand ils ont quelque chose dans la tête… Ils le regardaient, ils en faisaient le tour. Le vieux passait la main sur le tronc comme pour le caresser. Je suis sûr même qu'il lui parlait.

L'arbre dépassait le parapet, il avait déjà fait des figues. Tous les deux restaient un moment là, puis Paul filait rejoindre ses copains en courant et le papé s'éloignait. Non ! Lui, il ne courait pas.

Des trois petits, c'était la fille qui avait le plus poussé. Une véritable asperge qui devait mesurer dix bons centimètres de plus que les garçons. Elle n'était pas trop mignonne, mais à cet âge c'est normal. Je ne sais pas si tu as remarqué : une fille c'est toujours jolie, enfant et de temps en temps jolie, adulte. Entre les deux, c'est moche. Il y a un moment où elles hésitent, où tu ne sais pas comment elles vont devenir.

Enfin, ce n'est pas elles qui hésitent, c'est la nature. J'en ai vu qui étaient magnifiques à huit ans et laides à dix-huit. J'ai aussi connu le contraire. C'est une drôle de loterie. Le résultat tu l'attends un moment et après tu l'as pour la vie… Moi tu vois, je n'ai jamais été veinard.

Tu as deux filles ? Hé, bien t'es pas au bout du chemin ! Si elles sont moches, tu auras peur qu'elles se retrouvent seules, qu'elles ne se marient jamais et patati et patata. Si elles sont belles, tu devras les surveiller comme le lait sur le feu. Dès que tu verras des jeunes rôder autour de la maison, tu ne dormiras plus. Quand elles sortiront, ce sera pareil et même pire. Je te souhaite bien du plaisir. Ne fais pas la grimace… Après tout, peut-être que ça se passera bien.

Ce que je t'ai dit à propos des femmes tout à l'heure, ça ne comptait pas pour les vieilles.

Vieux ou vieilles, on est tous affreux… Ils me font rire ces gens qui font les jeunes. Et je cours, et je fais gonfler les muscles, et je bouffe des vitamines, et je nage et je bronze. Le matin, la glace ne ment jamais…

Je pense que tout ça, tu vas le faire sauter ce soir, mais ça m'est égal. Quand j'ai envie de dire quelque chose, je le dis. Je t'avais prévenu avant de commencer. Oui, je sais tu n'as pas parlé, mais tu as fait une drôle de tête…

Les grandes vacances à l'époque elles étaient vraiment grandes, elles duraient trois mois, du début juillet à fin septembre. Personne ne partait. Ce n'était pas à la mode. Il n'y avait pas trop d'argent et puis quand tu vis ici, tu es bien. Où veux-tu aller ?

Les gosses faisaient comme tous les gosses du pays. Ils passaient la journée à jouer aux billes ou à la pétanque. Ils faisaient des cabanes, du vélo. Ils avaient fabriqué une piste qui partait d'en haut du Pech-Rond et qui se terminait dans le ruisseau des Taradels. Il fallait voir comme ils descendaient…

Un jour Paul est revenu chez lui en portant le

vélo du papé sous le bras. La roue avant faisait un joli huit. Il n'a rien dit le vieux, ça faisait pas mal de temps qu'il ne pouvait plus y monter dessus.

Il y avait aussi la fête du 14 Juillet. Oui monsieur, trois jours de fête ici ! Une buvette, un manège, la roulette et un orchestre sur la place. Une fois même, il y a eu un feu d'artifice, mais une fusée a mis le feu à un bout de garrigue et toutes les Corbières ont failli brûler. Tu penses, on n'a plus recommencé.

Il fallait voir ça : du monde partout, les gosses astiqués de frais, les hommes bien habillés, bien propres, les femmes belles tant qu'elles pouvaient et tout le monde gentil et souriant... Un orchestre de sept ou huit musiciens et des valses, des tangos, des paso doble. Rien qu'en entendant les premières notes de l'accordéon, tu avais le cœur qui se mettait à chanter, moi je ne dansais jamais. Tu crois qu'il y en aurait une qui m'aurait voulu ? Tu me vois renifler dans le nombril de ma cavalière ? Non, je n'exagère pas. Je sais comment je suis quand même. On n'a jamais vu un bossu presque nain danser. Parfois, je me faisais attraper dans une farandole, mais en général je me tenais toujours près de la buvette. Je regardais...

J'aimais voir Joséphine danser. Elle riait tout le temps. Elle avait de grands cheveux noirs qui coulaient sur son dos. On aurait dit... de l'herbe... non, plutôt des algues dans le courant d'une rivière...

Quand même, ça me faisait plaisir de voir les autres s'amuser. Leur bonheur il venait un peu sur moi aussi. On dit que c'est contagieux, c'est vrai. J'étais content, excité comme tous mes camarades même si je passais mon temps à la buvette. C'était ça la fête... Sûrement à cause de la musique et des beaux habits, j'avais l'impression d'être plus vivant que d'habitude.

Le dimanche, l'orchestre faisait le tour de table. Il s'arrêtait devant chaque maison du hameau. Les gens sortaient, demandaient une chanson. Les musiciens la jouaient comme ils pouvaient. C'était des airs à la mode ou bien La Marseillaise. Lafon, un communiste, demandait toujours L'Internationale. On mettait des sous dans la boîte et souvent on offrait en plus l'apéritif. À la fin, les musiciens étaient soûls, ils faisaient n'importe quoi.

L'après-midi, concours de pétanque pour les grands et jeux pour les enfants. Au concours, il y avait une bonne trentaine de triplettes. On jouait où on pouvait. Ici, il n'y a pas trop de terrains plats. Je n'étais pas mauvais pour pointer... J'ai failli en gagner un avec Marquet.

Les jeux ? Il y avait la course au sac, la course à l'œuf, la pièce dans la poêle et les pots. Tu n'as jamais entendu parler des pots ? Eh bien, sur la place, le cantonnier installait en carré quatre mâts qu'il reliait par une corde. Il y suspendait de gros pots de terre avec dedans de l'eau, des confettis, de la farine, des bonbons, un saucisson ou un canard vivant.

Il appelait les gosses en commençant par le plus

jeune. Il lui bandait les yeux. Il le faisait tourner un moment pour le perdre, enfin… le dévarier… Je ne sais plus comment on dit en français.

Désorienter ? Oui, c'est ça, mais c'est moins joli !

Le garde donnait au petit une barre en bois. Avec ça, il devait casser un pot pour prendre ce qu'il y avait dedans. Comme il y avait pas mal de gosses inscrits, ça durait presque tout l'après-midi.

Si les platanes de la place pouvaient parler, ils t'en raconteraient des fêtes… des fêtes et des rires, des déclarations d'amour et des baisers en cachette, même des disputes et des bagarres : la vie quoi…

En été aussi, de temps en temps, plusieurs familles allaient ensemble passer la journée à la mer, mais ce n'était pas pour se tremper ou pour nager, juste pour profiter de l'air frais.

C'était une expédition ! On prenait les enfants, les vieux, les chiens, les glacières, les tables, les chaises, les couverts, les poêles et même les réchauds à gaz. Les sandwiches n'étaient pas à la mode. Les grillades on les faisait juste pour les escargots, la cargolade quoi. Même sur la plage on mangeait avec la serviette et la fourchette, c'était comme ça !

Les gosses eux allaient souvent se baigner au gourg de la veuve. C'est un trou d'eau vers Mersac. On l'appelle comme ça à cause d'une femme qui avait perdu son homme à la guerre de quatorze. Une vingtaine d'années plus tard, alors que tout le monde la croyait consolée, elle a pris un bocal avec ses trois poissons rouges et elle s'est jetée dans le trou. On a retrouvé le bocal au bord.

La vieille est morte, mais les poissons ont fait des petits. Encore maintenant, pour empêcher leurs enfants d'aller se baigner au gourg, les mères de Mersac leur disent que ces poissons un peu rouges sont les doigts de la vieille. S'ils plongent, elle les attrapera et les entraînera au fond.

Même en été il n'était jamais complètement sec, il y avait toujours un peu d'eau. Je ne sais pas s'il y en a maintenant. Les gosses avaient fait un plongeoir à partir d'une branche. Je crois que c'est là que tous les gens du coin ont appris à nager. Ne te fais pas de soucis, la vieille n'a jamais attrapé personne.

Le soir, après le repas, tout le monde sortait sa chaise pour discuter. Souvent ça commençait par les derniers ragots du hameau. *« Vous connaissez la dernière ? »*

Chacun y allait de son commentaire et comme les gens d'ici aiment bien gonfler les choses, la moindre dispute devenait un divorce ou un meurtre, le moindre rhume un cancer et le moindre regard un mariage.

Chacun ajoutait un détail simplement pour s'amuser ou parce que ça lui plaisait de penser que les choses s'étaient passées de cette façon. À la fin, c'était tellement gros que tout le monde riait. C'était comme si rien n'avait été dit…

S'il n'y avait pas grand-chose de spécial à signaler dans le hameau, la conversation partait sur un article du journal. Pas de politique, non. Il ne s'en parlait jamais, un peu pour éviter des disputes, mais aussi parce que chacun savait l'opinion des autres, presque automatiquement, les propriétaires petits ou gros étaient gaullistes, les ouvriers communistes ou socialistes. Les débats d'idées comme ils disent maintenant, il n'y en avait pas. On n'en avait rien à faire.

Pas de sport non plus. Le rugby ou le tour de France, c'était une histoire d'hommes, on en discutait qu'entre nous. Ce qui intéressait dans le journal, c'était ou bien les histoires de vol ou d'assassinat ou bien les mariages, les naissances et les décès dans le canton.

L'un annonçait la nouvelle, il lançait un nom. Alors, c'était comme un jeu : quelqu'un donnait une précision. Les autres se renseignaient : *« Ce n'était pas le cousin ou l'oncle de… ? Il n'avait pas de la famille à Bages ? Est-ce qu'il ne travaillait pas pour… ? Il n'était pas marié avec une Delprat… ? Il chassait le sanglier ? »*

Quand on avait répondu à toutes les questions, tout le monde savait de qui on parlait, mais la moitié ne se souvenait plus du pourquoi.

Finalement, pendant ces soirées, ce qui se disait n'était pas important et souvent tout le monde était au courant. On se régalait quand même parce que c'était le seul moment de la journée où il faisait bon. On était bien entre nous, on se sentait au chaud comme dans une famille.

Pendant que les vieux discutaient, les gosses étaient tranquilles et ils en profitaient. Ils jouaient à cache-cache dans tout le hameau ou bien ils faisaient le tour des jardins. Abricots, cerises, figues, pêches, melons, ils mangeaient tout ce qu'ils trouvaient. Le problème, c'est que dans la nuit, ils ne voyaient pas bien ce qu'ils prenaient et souvent, le lendemain, ils passaient la journée aux cabinets.

De temps en temps, ils allaient faire le martelé. Eh bien, c'est quand on tape à la porte des gens en pleine nuit pour les réveiller. En patois un martelé, c'est un petit marteau.

À Pilhan, ils allaient faire lever Miflette. Qui c'était ? Un brave bougre qui s'énervait vite. On l'appelait comme ça parce qu'il avait toujours une bulle de mille (de morve) pendue au nez. Partout il y a un souffre-douleur. À Pilhan, c'était lui. Moi, je ne l'ai jamais été, car j'étais riche, j'ai eu cette chance quand même.

Lorsque les gosses voyaient les lumières de sa maison s'éteindre, ils venaient frapper à la porte chacun à tour de rôle et s'enfuyaient à toute vitesse. C'était comme pour tester leur courage, un examen pour savoir si tu en avais…

« Tu n'es pas capable d'y aller !… vas-y-toi ! »

Ils devaient quand même faire attention parce que Miflette était rusé. Il éteignait tout, mais restait habillé derrière la porte ou alors il se tenait dans sa cave, déjà à vélo, et au premier coup, il fonçait à toute vitesse. On aurait dit un taureau qui giclait dans l'arène.

Qu'est-ce qu'il faisait quand il en attrapait un ?

Rien il l'engueulait un peu, le menaçait de tout raconter aux parents qui savaient déjà, puis il le laissait repartir… Qu'est-ce que tu voulais qu'il lui fasse ?

À force, je suis certain que s'ils n'étaient plus allés le faire lever une nuit de temps en temps, il aurait été déçu. Et même s'ils en avaient réveillé un autre, il aurait été franchement jaloux. C'était comme un travail qu'il avait à faire. Il le faisait bien et tout le monde était content.

Toutes les veillées se terminaient à peu près à la même heure. Je ne sais pas moi, autour de dix heures et demie... Les martinets étaient rentrés, les vers luisants brillaient en bas et les étoiles en haut. Tout à coup, on ne trouvait plus grand-chose à dire. Quelqu'un se levait, regardait le ciel et lançait en soupirant : *« C'est bien beau les histoires, mais demain il faudra y aller ! »*

Deux minutes après, il ne restait que les chats à profiter de la douceur de la nuit.

4

La fin de l'été, c'était les vendanges. D'abord, tu voyais devant chaque cave des montagnes de comportes placées comme des châteaux de cartes. C'était pour les étancher. Oui, c'était des comportes en bois. Pleines, elles pouvaient faire une centaine de kilos.

Ah, ça t'intéresse ça ou on parle de Paul ? Oui, c'est son environnement comme tu dis.

Bon, on mettait le tuyau dans la plus haute, l'eau débordait dans les autres et ainsi de suite. C'était joli, ça faisait des cascades jusqu'en bas.

Après les comportes, c'était les Espagnols qu'on voyait dans les rues. Il y en avait bien une cinquantaine dans Pilhan. Ils étaient logés un peu n'importe où, dans des maisons vides, des cabanons, même dans des greniers. Ce n'était pas les Espagnols que tu vois maintenant.

Ceux-là, ils venaient du sud, d'Andalousie ou d'Estrémadure. Ils étaient pauvres comme Job, mais ça ne fait rien, ils étaient contents d'être ici. Ils parlaient fort, ils se couchaient tard, on entendait des « Ola ! », des cris, des chansons et des rires jusqu'au milieu de la nuit.

Non, ils ne restaient pas après les vendanges. Dès qu'ils avaient fini ici, ils filaient vers Tuchan puis vers Limoux, un peu plus haut, là où le raisin mûrit plus tard. Quand ils repartaient chez eux, avec ce qu'ils avaient gagné, ils en avaient pour un bon moment à ne pas crever de faim.

À la vigne ça travaillait, bien sûr, mais ça riait aussi. Té, par exemple, si une coupeuse oubliait une grappe, les videurs de seau et les porteurs la poursuivaient pour la lui écraser sur la figure. On appelait ça la capounade. Ce n'était pas méchant, juste un jeu entre jeunes.

Tout le monde s'arrêtait de travailler, tout le monde riait, criait. La fille faisait semblant d'être en colère et allait se laver au bout de la rangée. Parfois, au lieu d'être capounée la fille était farcie. Les jeunes lui remplissaient le corsage de feuilles de vigne. Les gens profitaient de ces moments pour se redresser un peu, pour s'étirer parce qu'après il fallait bien suivre la mousseigne.

C'était la meneuse, celle qui donnait le rythme. Elle avait quatre ou cinq souches d'avance sur la seconde sur laquelle les coupeurs devaient s'aligner. Il ne fallait être ni devant ni derrière, en ligne.

Il n'y avait que les enfants qui avaient le droit de faire des échappées. Ils arrivaient à avoir une bonne trentaine de souches d'avance. Comme ça, au bout de la rangée, ils pouvaient faire ce qu'ils voulaient en attendant les autres...

Ça dépendait de leur avance. Ils se reposaient, ils

cherchaient des amandes, des figues ou ils jouaient. Dans certaines vignes il y en a qui ramassaient des escargots tout en cueillant. Ils les mettaient dans un sac qu'ils tenaient dans leur poche… Tu vois ce n'était pas le temps des machines et les patrons ne comptaient pas les minutes perdues comme maintenant.

Moi, je n'ai jamais vendangé. J'étais le fils du patron et puis honnêtement… je ne sais pas si j'aurais pu alors.

Quand je venais dans les vignes, tout le monde était gentil avec moi, on me donnait des raisins bons, on me faisait boire à la gourde en premier, les femmes me tressaient des chapeaux de feuilles. Je montais sur la charrette et là je voyais toute la colhe (l'équipe) des vendangeurs. On aurait dit des épingles à linge de toutes les couleurs suspendues aux rangées.

Les raisins bons ? Il y avait des muscats, des cinsaults, des listans des chasselas. Après, tu sais, dans les vignes, on mettait surtout du carignan, de l'aramon, un peu d'hybride et du maurastel pour donner de la couleur au vin.

J'aimais bien revenir avec mon père. Le soir, il me laissait tenir les rênes. Notre cheval s'appelait l'Ami. Papa me disait de le commander alors je criais le plus fort possible.

De toute façon, il connaissait le chemin et il n'écoutait pas ce que je lui disais. À moi ça me plaisait bien de crier et puis ça faisait plaisir à papa, je voyais qu'il était content.

Je tentais d'avoir l'air tranquille, mais il me foutait une drôle de trouille cet animal. Il était énorme et il avait une façon bizarre de retrousser les lèvres pour montrer ses dents. Papa a dû voir que j'en avais peur. Il m'a demandé de lui caresser le museau, je n'ai pas voulu.

Au début, il rigolait. Il a insisté. J'ai refusé. Il a commencé à s'énerver. Il m'a pris la main pour me le faire toucher de force. Moi, je suis devenu comme fou. Je me suis débattu. J'ai mordu. J'ai griffé. J'ai crié tellement fort que l'Ami a commencé à s'agiter lui aussi.

Papa s'est vraiment mis en colère. Il était tout rouge comme s'il allait exploser. Il m'a poussé contre le bas flanc en hurlant : *« Pauvre petit mal foutu tu feras jamais rien de bon dans la vie ! Fous le camp ! Je veux plus te voir traîner dans la cave ou à la vigne ! »*

Je ne sais pas je devais avoir autour de dix ans. Je ne suis plus jamais monté sur la charrette.

Non, ma mère n'a rien dit. C'est vrai je ne parle jamais d'elle. C'est normal, elle ne me voulait pas. Finalement, elle avait quarante ans quand elle m'a fait, et tu vois le résultat !

C'est une histoire compliquée, je te la raconterai, peut-être plus tard. En gros, c'est les vieux qui voulaient un héritier à tout prix. Ils ont monté la tête à mon père, ils ont même menacé de tout vendre en disant que ce n'était pas la peine de se crever pour rien…

Tu comprends pourquoi je ne m'appelle pas Désiré ! Oui, c'est triste, déjà que je n'avais pas besoin de ça pour être malheureux… Je n'aime pas en parler. Ça ne sert à rien de remuer ces saloperies. Bien sûr, que je leur en ai voulu et pas qu'un peu. Ils sont morts, paix à ce qu'il reste d'eux, sûrement pas grand-chose.

Là, si tu veux je préférerais qu'on reparle de Paul parce qu'encore aujourd'hui, ça me met en colère.

Je reviens à Paul Molinier…

Lui non plus il n'a jamais vendangé quand il était enfant, mais il était toujours à la vigne un peu parce que José y travaillait et surtout parce que ça lui plaisait. Je te l'ai dit, il avait ça dans le sang. Les Molinier aussi, ils avaient un cheval, un beau, un percheron qu'ils appelaient Carillon.

José Sanchez, bien sûr qu'il vendangeait et il avait dix ans, ça se faisait. Avec l'argent des vendanges, les familles s'achetaient des habits pour l'année alors plus il en rentrait, mieux c'était. Les petits on les mettait dans la rangée à côté de leur mère et la pauvre femme travaillait presque pour deux. Chaque fois qu'une souche manquait dans sa rangée – on appelait ça un dimanche – le gosse lui en laissait une en face dans la sienne.

Ne te fais pas de souci, Maria, la mère de José, elle était jeune et dégourdie. Elle pouvait le faire. Elle prenait même le temps de chanter en travaillant, alors tu vois, elle ne tirait pas trop la langue…

Paul donc était toujours fourré à la vigne ou à

la cave. À dix ans, il commençait à tailler… Bon, ce n'est pas difficile, ici on dit toujours *« Los ases podon ! »* Tu ne comprends pas ? Eh bien, ça veut dire que les ânes taillent ! C'est une légende que tout le monde connaît dans la région.

Il y a longtemps, des ânes affamés ont brouté en hiver les branches de plusieurs souches. Le patron s'est aperçu qu'elles avaient fait bien plus de raisins que les autres. Comme il n'était pas bête, l'année suivante, il a taillé toute sa vigne et c'est comme ça que tout a commencé.

Tu n'es pas obligé d'écrire ça, on ne sait pas si c'est vrai !

Enfin, je dis que c'est facile de tailler, mais moi je ne l'ai jamais fait.

C'est le vieux Molinier qui lui a tout expliqué. Je le voyais faire le tour d'une souche avec Paul. Il lui montrait comment la former, à quel endroit il fallait couper, comment tenir le ciseau. Il lui parlait du terrain, du vent, du soleil… Même si de temps en temps il regardait vers la colline, le petit ne perdait pas une miette d'explication. Là, Paul, il n'était pas dans les nuages comme à l'école, il écoutait son grand-père.

Tu t'apercevais tout de suite que ce petit ne se sentait bien que dehors, dès qu'il était dans une maison, il restait près d'une fenêtre ou de la porte.

Moi, à son âge, je connaissais tout juste quelques maladies parce que ça donnait de jolies couleurs aux vignes. Il y avait l'oïdium qui met du blanc sur les feuilles et les raisins, le mildiou qui rend toute la souche rouge et la chlorose qui jaunit le feuillage. J'aimais bien le court-noué, je trouvais qu'il avait un nom amusant.

Moi, je suis le court bossu !

Quand papa me parlait de la vigne, avant la dispute, je faisais semblant d'écouter, mais je n'y arrivais pas. Je pensais toujours à ma bosse. Je me disais que j'allais être un nain, que je ne pourrais jamais rien faire.

Paul, lui, préparait avec son père la bouillie bordelaise et le sulfate de cuivre dans les cuviers. Les nuits de pleine lune, lorsqu'il n'y avait pas de vent, ils partaient soufrer les vignes à la main. La soufreuse ? Ça ressemblait à une grosse pomme d'arrosoir en fer. On donnait un coup sec du poignet au-dessus de chaque souche, ça faisait comme un nuage.

Le lendemain le grand-père tout fier racontait à qui voulait l'entendre : *« Cette nuit, Paul n'a pas dormi. Il est allé soufrer avec son père. Il a les yeux gonflés, je me demande comment il y voit »*.

Paul ! Paul ! Il n'avait que ce mot à la bouche.

*

Après, eh bien les trois ils sont partis au collège. Oui, à Arthur Rimbaud à Narbonne. C'était le seul qui prenait des internes. Tu connais ? On ne peut pas dire que ce soit quelque chose de gai et encore maintenant il a été un peu rafistolé. À l'époque, il ressemblait à une prison, une façade gris sale, interminable, avec des fenêtres grillagées, une grille pointue tout autour une porte qui devait peser une tonne et une cour cimentée. Tout ça en plein centre de la ville.

Tu penses que Paul, de se retrouver là-dedans pour quatre ou cinq ans, ça ne le faisait pas sauter de joie. Par les fenêtres, il pouvait voir un bout de ciel et avec un peu de chance quelques branches des platanes du boulevard.

On savait tout ce qui se passait là-bas parce que Maria continuait à raconter les exploits de son José. En même temps, pour mieux montrer la différence elle parlait aussi de Paul et même d'Anne. Les gens écoutaient et ce qu'elle disait n'étonnait personne. C'était normal que l'Espagnolet travaille bien.

« Té, le petit il ne veut pas manger de la morue toute sa vie comme ses parents ! »

C'était normal aussi que Paul ne fasse rien.

« Le Molinier, il n'a rien à faire dans ce collège. On lui bourre la tête de choses inutiles. Il vaut mieux qu'il apprenne à mener la propriété parce que lui, hé bé, avec toutes les terres qu'il va avoir, il n'est pas près de se retrouver pauvre et sans travail. »

Il n'y avait pas de commentaires sur Anne à part celui du vieux Riboul qui déclarait chaque fois qu'il le pouvait : *« Une femme moins elle en sait, mieux elle se porte et son mari aussi ! »*

Cette phrase, il ne la disait pas spécialement pour

la petite Jésus. Il ne devait même pas savoir qui c'était. Peut-être il répétait ça parce que sa femme, la pauvre, ce n'était pas la sœur d'Einstein, ni même sa cousine…

Tu comprends, d'après sa théorie, plus elle était bête, plus il avait été intelligent de l'épouser.

Les deux garçons étaient plus que jamais amis. Ils passaient ensemble toutes les vacances. Nafoux, le roi des piégeurs, leur avait appris à placer des trappes pour les lapins. Il leur en avait même donné une paire parce qu'il se faisait vieux et qu'il avait du mal à se baisser.

Je les suivais de loin pour les voir faire. Il fallait voir comment ils creusaient un trou bien rond dans le cagadou. Quoi ? Le cagadou ? C'est l'endroit où il y a des crottes de lapin. Où j'en étais ? Aux crottes !…

Ça t'intéresse ? Tu veux placer des pièges ? Non, je m'amuse…

Ils frottaient la trappe avec du thym ou du romarin pour enlever les odeurs d'homme, ils la mettaient au fond du trou et ils la recouvraient de feuilles de journal et de terre fine. Tu aurais vu comme ils s'appliquaient.

Non, ça ne me plaisait pas de les espionner. J'étais seul, je n'avais rien à faire, je m'ennuyais. Je regardais les gens. Comme j'étais petit, ils me voyaient pas ou alors ils s'en foutaient que je les voie !

Des lapins ? Non, ils n'en ont jamais attrapé. Tu penses, s'ils en avaient eu un, le vieux Molinier l'aurait dit à tout le monde. Il était trop fier pour garder un secret comme ça. C'est possible que des gens, peut-être même Nafoux qui était malin comme un singe, soient venus les leur prendre parce que ces couillons ils allaient voir les pièges vers les onze heures. C'était trop tard !

Quoi, c'est interdit ? Les pièges ? Non, ça dépend et puis... c'était surtout interdit de se faire prendre.

Tout le monde en plaçait alors, même le fils du maire de Mersac.

Je n'aime pas que tu dises espionner. C'est vrai que j'étais toujours en train de traîner dans le village. Que voulais-tu que je fasse ? Je regardais les gens normaux. En les voyant faire, j'oubliais de penser à moi.

Depuis l'histoire du cheval, mon père avait tenu bon. Il me parlait à peine et en tout cas, il ne m'avait plus demandé d'aller à la vigne avec lui. Je crois que c'est cette fois-là, qu'il s'est vraiment aperçu que je n'étais pas normal.

Moi, j'aurais bien aimé qu'il m'appelle à nouveau pour être avec lui. J'aurais fait des efforts, peut-être même avec ce sacré cheval. De l'autre côté, j'avais peur qu'il m'engueule encore. Du coup, quand il se préparait pour aller travailler et qu'il descendait à la cave, je ne disais rien, je me faisais oublier.

Paul ? Oui, oui ! Paul !

Je te l'ai dit, au collège, il laissait passer le temps. Le dimanche ou pendant les vacances, il faisait comme tout le monde. Après les vendanges, eh bien y avait la chasse, mais il n'aimait pas ça, il s'y est mis beaucoup plus tard. Lui, c'était plutôt le champion des escargots, des salades sauvages et des champignons.

Les Molinier mangeaient des escargots tout l'hiver presque une fois par semaine. Fernande, la mamète, elle n'avait pas son pareil pour les faire à la narbonnaise ou à la catalane. Ils en avaient toujours une grande caisse grillagée pleine. À tous les cinq, ils devaient en manger dans les six cents en un seul repas. Si, si ! Je te le jure, c'est vrai.

Les champignons, ben ça dépend des années, tu le sais. Des cèpes ? Non, c'est trop sec. Ici, il y a les coutives, elles sont plates, marron clair, presque invisibles. Elles poussent dans les friches, là où il y a des chardons panicaut. On trouve aussi les grisets dans les clairières et les pieds de mouton presque enterrés sous les aiguilles de pin. Les plus cherchés sont les rousillous. On les appelle comme ça parce qu'ils sont rouges ou orange, en forme d'entonnoir.

Plusieurs fois dans l'année, si tu connais les bons peupliers tu peux ramasser les piboulades. Pour moi, ce sont les meilleurs.

Mais d'où es-tu ? De Toulouse ! C'est sûr que ce n'est pas dans la ville que tu vas trouver quelque chose ! Voilà pourquoi tu ne connais rien.

Pour les champignons quand même je ne me débrouillais pas mal. Tu comprends j'étais avantagé, j'avais les yeux et le nez au ras du sol.

En hiver ici, il n'y a pas grand-chose à faire ! Il

fait un vent à décorner les cocus et il gèle. Tous ces touristes qui nous arrivent de partout maintenant, j'aimerais qu'ils soient là quand ça souffle.

De temps en temps, les jours de beau temps, Paul allait tailler avec ses parents… tailler ou espoudasser. Espoudasser ? En français on dit prétailler. C'est couper tous les sarments, comme ça le tailleur n'est pas gêné. Il gagne du temps et il voit mieux comment il va tailler la souche.

Il allait parfois avec le grand-père chez Fortiou, le boulanger de Mersac. C'était un brave type, mais à la fin il ne faisait que pleurer. Pour te dire s'il n'avait pas le moral, un matin il est rentré dans le four, et il s'est foutu une balle dans la tête. Dans le four, oui… Pourquoi ? Peut-être pour être au chaud. Non, je déconne…

C'était quelqu'un qui disait toujours : *« Nous les commerçants on paye toute notre vie et à la retraite on ne touche rien. Moi, ma retraite, elle est là ! »* et il montrait son commerce.

Seulement, petit à petit, il y a eu moins d'habitants et les gens ont moins mangé de pain. Quand il s'est rendu compte que son magasin ne valait plus rien et qu'il ne trouverait personne pour le lui reprendre, il a commencé à plonger.

Il répétait chaque jour à chaque client : *« Tu te rends compte, je serai le dernier boulanger de Pilhan ! Comment vous allez faire quand j'arrêterai ? Vous allez manger cette saloperie qu'ils fabriquent dans les usines. Rien que d'y penser ça me tue ! »* et il s'est tué.

Remarque si tu réfléchis, une balle dans la tête tu ne dois pas avoir mal ! Tu n'as juste qu'à appuyer et après plus rien, plus d'emmerdements, plus de gifles, plus de honte, plus de bosse, rien, plus rien.

Oui, j'y ai pensé souvent quand j'étais jeune, mais mon père, il le savait bien que je n'étais pas capable de faire quelque chose… Qu'est-ce que tu veux, c'est comme ça ?

Paul suivait le papé chez le boulanger, mais lui, il s'amusait avec les chats. Fortiou devait en avoir une bonne dizaine alors !

Au printemps le petit donnait un coup de main au vieux pour s'occuper du jardin : mettre les pommes de terre, planter les oignons, faire les semis, préparer la terre avec le fumier. Le jardin des Molinier, il était en bas à côté du Rec des Pastres. Ils avaient un grand puits avec de l'eau toute l'année même au plus fort de l'été. Comme Paul commençait à être costaud, c'est lui qui remplissait le bassin avec la pompe… Oui, il fallait tourner une grande manivelle.

Comme tout le monde, il allait aussi ramasser des asperges sauvages. Avec ça, tu fais des omelettes du feu de dieu. Peut-être qu'un jour si l'envie me prend et si tu es dans les parages, je t'en ferai une.

Au collège, je crois qu'il a redoublé la première année, mais tout le monde s'en moquait, il avait quatre ans à faire, point final.

C'est quand même là-bas qu'il a commencé à jouer au rugby. Il était loin d'être grand et large comme son père, mais il était vaillant. D'après ce qu'on disait, le professeur voulait le faire jouer derrière avec les gazelles, mais lui il se régalait devant. Ce qu'il aimait, c'était les mêlées, les tas de joueurs, les bagarres tout ça quoi ! Je crois qu'il jouait talonneur.

Bien sûr, Jacques disait que s'il n'y avait pas les vignes il deviendrait sûrement international. Le vieux, tout le monde savait que dès qu'il parlait de son petit-fils, il était capable de raconter n'importe quoi.

Paul devait quand même être bon parce que les dirigeants voulaient le faire jouer avec les cadets du Racing Club Narbonnais. Il a refusé bien sûr, ça l'aurait empêché de passer le dimanche à Pilhan.

5

C'est vers cette époque qu'il y a eu l'affaire Ferrier !

Il s'appelait Louis Joël Ferrier ce salaud. C'était un négociant bien connu dans le coin puisqu'il achetait du vin à tous les propriétaires du village. Le vrai monsieur comme on dit ici : toujours bien habillé, bien coiffé, belle voiture, grande gueule. Je touche la main à l'homme. Je dis un compliment bien tourné à la femme. Je répète au papé qu'il a l'air en pleine forme. Je demande des nouvelles des enfants. Je caresse le chien. Je parle quand même un peu pointu.

Ce type, il t'aurait endormi un chat sur une caisse de sardines. Il venait deux ou trois fois par an. Le premier coup vers janvier pour goûter le vin et voir la récolte, le second pour dire que l'année était catastrophique, le troisième un peu avant les vendanges pour acheter.

Il fallait voir comment il posait son bras sur l'épaule des gens quand il visitait la cave. Et quand il goûtait le vin. Quel cinéma ! Je te le regarde devant l'ampoule. Je te le fais tourner dans le verre. Je te le renifle à petits coups. Je t'en bois un peu. Je te le crache. Je t'en reprends. Je te le recrache…

En face de lui, les pauvres types qui s'étaient crevés toute l'année, ils étaient là à attendre, morts de frousse. Ils n'osaient pas bouger, je ne sais même pas s'ils respiraient. Ferrier reposait le verre, se frottait les lèvres avec un mouchoir blanc, réfléchissait un instant puis faisait la grimace. De toute façon, il trouvait toujours quelque chose qui n'allait pas : trop d'alcool, pas assez d'alcool, trop acide, trop lourd, manque de couleur, manque d'arômes...

Ensuite il partait dans un discours, toujours le même. Chez moi, je l'ai entendu une bonne dizaine de fois et il le répétait partout. C'était du genre : *« Mon pauvre, je ne sais pas où on va ! Si on ne travaillait pas ensemble depuis toujours je ne serais même pas venu vous voir ! Je n'ai rien vendu depuis plus de deux mois ! Si je vous prends quelque chose, je ne peux même pas vous le payer comme l'an dernier, ce n'est pas possible ! Croyez-moi, le prix que je vais vous faire, c'est par pure amitié, je vais encore perdre de l'argent ! »*

Les gens l'écoutaient en hochant la tête. Ils protestaient un peu, râlaient doucement. Sûr qu'ils avaient envie d'étrangler ce vampire qui les suçait jusqu'au sang, mais ils étaient coincés. Leurs cuves étaient encore pleines et ils avaient besoin de place pour rentrer la prochaine récolte. En plus, il leur fallait de l'argent frais pour payer les vendanges.

Ils essayaient bien de se défendre, ils se débattaient comme des poissons au bout d'une ligne, mais ils étaient bien ferrés. Finalement, ils vendaient aux conditions de Ferrier. Souvent, ils avaient tellement honte du prix qu'ils avaient accepté qu'ils avaient peur de le dire à leur femme parce qu'elle allait gueuler.

Aux autres vignerons ils ne disaient rien non plus, simplement : *« Ferrier est passé ! »* Personne ne savait vraiment à quel prix ils avaient vendu et l'autre porc continuait à s'engraisser sur leur dos. Quelques jours après, un camion-citerne venait chercher le vin et un ou deux mois plus tard, les propriétaires étaient payés.

Cette année-là, les versements avaient du retard. Au début, les gens ne voulaient pas en parler parce que cela voulait dire qu'ils étaient gênés aux entournures. Ce n'est jamais glorieux de dire qu'on est fauché. Petit à petit, ils se sont rendu compte que personne n'avait reçu d'argent. Ce salaud de Ferrier avait vendu tout le vin qu'il avait puis il s'était déclaré en faillite.

Tous les viticulteurs sont partis chez lui, à Lézignan, pour lui demander des comptes, mais il n'était pas fou le Ferrier, il ne les avait pas attendus. En plus, il avait mis tous ses biens sur le nom de sa femme et comme ils étaient mariés sous contrat, il n'était même pas solvable.

Les gens voulaient mettre le feu à la maison, mais les gendarmes les ont empêchés de le faire. Les gendarmes qui protègent les voleurs, il y en a beaucoup qui étaient fous de rage et quelques képis ont volé. Ils ont tout juste pu casser deux ou trois carreaux à coups de pierre.

Non, personne n'a rien touché. Jamais. Pas le

moindre centime. Dans le coin ça a été un coup dur. Il y en a beaucoup qui se sont serrés la ceinture. Certains ont renvoyé l'ouvrier qu'ils avaient. D'autres ont été obligés de vendre et de se mettre à travailler dans les propriétés de la plaine.

À Pilhan même, il y en a eu pas mal. Les Barthe, qui habitaient là depuis presque quarante ans, ont tout laissé pour une bouchée de pain et ils sont partis s'installer chez leur fille à Narbonne. Martinez qui était ouvrier chez Casals et qui avait quatre enfants a été mis à la porte. Je crois qu'il a trouvé du travail du côté de Rivesaltes...

Mes parents et même les Molinier ont perdu pas mal d'argent, mais ils n'avaient pas tout vendu à l'escroc et en plus eux, ils avaient les reins solides, ils pouvaient tenir le choc.

C'était la première fois qu'un truc comme ça arrivait dans la région. On ne parlait que de ça ! On a discuté, discuté et, à partir de là, les gens ont compris que ce n'était pas tout de faire du bon vin, il fallait aussi pouvoir le vendre. Ils ont commencé à avoir peur même quand les vendanges étaient rentrées et le vin dans les cuves.

Avant, tu comprends, on se touchait la main et l'affaire était réglée. La parole donnée valait le papier du notaire. Maintenant, il n'y avait plus de morale. Ce qui arrivait, c'était le Nouveau Monde des affaires, le monde où il n'y a que le pognon qui compte. Là, eux ils n'y connaissaient rien. Ils étaient battus d'avance.

Jusque-là, les parents menaient la propriété tant

qu'ils pouvaient travailler puis ils la faisaient passer au fils qui continuait. Bon an mal an, on payait ce qu'on devait, on vivait tranquillement sans faire de folies et puis voilà. C'était comme ça et ça paraissait pouvoir durer pendant des siècles.

C'est pour cette raison que quand mon père s'est rendu compte que je ne pourrais pas le remplacer, il ne s'est presque plus occupé de moi. Il s'est dit qu'il avait été trompé. Je te l'ai dit, il m'avait fait juste pour que je prenne la suite.

Ma mère ? Qu'est-ce que tu voulais qu'elle dise ? Elle s'en foutait de moi ! Elle ne me regardait pas ! Elle ne m'aimait pas. Tu ne peux pas savoir ce que ça veut dire une maman qui ne t'aime pas. C'est comme la bosse, pareil… peut-être pire !

Comment je peux dire ça ? Comment je le sais ? Tu veux rire, non ?

Je m'applique à lui faire un beau dessin plein de couleurs. Je le lui donne tout content. Elle le prend et le met à la poubelle sans même y jeter un coup d'œil.

Je fais le cadeau à l'école pour la fête des Mères. Je te jure je fais de mon mieux. Je crois que c'était le mien le plus beau. Je le lui offre et une semaine après, il est encore dans son papier brillant sur le buffet.

Je m'égratigne toutes les jambes pour lui ramasser des amandes. Je les lui pèle et elle les porte à son fils, son vrai fils comme elle dit quand elle se dispute avec les vieux ou avec mon père !

Des choses comme ça je pourrai t'en raconter

des tas, mais je ne préfère pas, encore maintenant ça me met en colère. Oui, ça aussi. Et ne te moque pas de moi !

Il y en avait que pour l'autre. Même, après qu'il soit marié, elle a continué à lui apporter des assiettes de nourriture cachées dans le panier, à lui tricoter des pulls, des bonnets, des chaussettes et j'en suis sûr, à lui donner tout l'argent qu'elle récupérait ici et là. Moi, rien. Jamais.

Non, je n'en veux pas de tes mouchoirs en papier, ça m'arrive souvent d'avoir les yeux qui coulent, c'est l'âge, qu'est-ce que tu crois ?

Oui, elle avait un fils, tu veux que je te raconte ? Tu penses que c'est intéressant pour toi ? Bon.

Mon père a passé toute sa jeunesse à travailler. Du matin au soir, il était à la vigne. Il ne sortait jamais, ni pour danser, ni pour rire avec les copains. Pas eu le temps de jouer au rugby non plus. Pendant vingt ans, il a trimé comme un bagnard : ni dimanche, ni jour de congé, jamais de repos. Tu comprends, nous la propriété c'est mon grand-père et mon père qui se la sont payée.

Chez les Molinier, ça remonte beaucoup plus loin dans le temps, au moins trois générations. Eux, ils étaient bien installés, ils pouvaient se payer une paire d'ouvriers et prendre le temps de vivre.

Quand mon père a commencé à lever la tête, quand il a eu mal au dos à la fin de la journée, quand il a vu que ses parents devenaient vieux, il a commencé à se dire qu'il allait se retrouver seul comme un couillon. Je suis sûr qu'il a aussi pensé que ce serait bien d'avoir un petit pour assurer la suite.

Il avait trente-six ans, il n'était presque jamais sorti, il ne connaissait que la vigne. Toutes les filles de son âge, les plus âgées comme les plus jeunes étaient mariées. À Mersac, il ne restait que Martha, une fille-mère qui avait deux ans de plus que lui. Son fils Michel devait avoir une bonne quinzaine d'années. Tu sais à ce moment une fille-mère dans le coin, c'était comme une pestiférée...

Il n'avait pas le choix. Il n'avait pas le temps non plus parce que vingt ans de vigne, crois-moi, ça use. Je ne sais pas comment ils se sont rencontrés. C'est sûrement la mère qui a tout arrangé. Enfin, ils ont fait affaire et ils se sont mariés.

Les vieux ont voulu faire les choses en règle. Bien sûr, il y a eu un contrat de mariage. En plus, c'était écrit noir sur blanc que le fils de Martha resterait chez ses grands-parents à Narbonne, qu'il n'habiterait jamais avec sa mère chez les Pech. Moyennant quoi il recevrait de l'argent chaque mois. Quelle somme et pendant combien de temps ? Je n'en sais rien. Tout le monde a signé et vive la vie !

Je ne te parle pas d'amour, tu vois parce qu'il n'y en avait pas. Après bien sûr, mon père et surtout ses parents souhaitaient vite voir arriver un héritier. Après tout, c'est pour ça qu'il s'était marié, non ?

Elle, elle ne voulait plus en entendre parler. Elle devait avoir calculé que si elle ne faisait pas d'enfant, les Pech finiraient par accepter son fils. Au bout d'un an, ils lui ont fait peur, ils ont parlé de divorce…

Finalement, elle a cédé, elle m'a fait. Je ne te parle toujours pas d'amour et… tu vois le résultat.

Mon père et ma mère se causaient à peine. Ils ne dormaient même pas ensemble. Mes grands-parents ont jamais pardonné à ma mère de m'avoir fait bossu. Ils pensaient que c'était comme si elle l'avait fait exprès.

Un jour, j'ai entendu la mamée qui disait à sa cousine : *« Cette pute, elle a dû essayer de le faire passer, c'est pour ça qu'il est tout mal foutu le pauvret ! »*

Plus tard, j'ai compris ce que ça voulait dire.

En attendant, j'étais au milieu, je me débrouillais seul. Personne n'avait l'air de s'intéresser à moi à part la mamète justement parce qu'elle avait pitié de moi. Elle me plaignait. Quand elle parlait de moi, elle disait toujours : le pauvret. Tu vois, j'ai été verni de bonne heure. Un vrai porte-bonheur d'après les imbéciles.

Bon, changeons de sujet. On parlait de quoi ?

Oui, de Ferrier !

Je te disais, ça a été le début du changement. Les petits propriétaires qui vivaient de plus en plus mal ont compris que c'était fini, que les quelques vignes qu'ils avaient ne pourraient jamais faire vivre leurs enfants. Alors, ils ont poussé le fils à bien travailler à l'école, à apprendre un vrai métier puisque vigneron ça voulait dire crève-la-faim. Le petit José Sanchez c'était l'exemple à suivre.

Il valait mieux être maçon, plombier ou même poubellaïre – oui, éboueur ! –, au moins on était payé quand on travaillait.

Et alors tu aurais entendu quand ils parlaient des fonctionnaires. Les femmes surtout, elles en bavaient de jalousie, mais toutes en rêvaient pour leurs gosses. N'importe quel fonctionnaire, je ne sais pas moi : postier, cheminot, électricien, même éboueur, même gendarme ou militaire alors.

Tant pis s'il fallait lécher le cul d'un type bien placé, tant pis s'il fallait prendre la carte d'un parti, tant pis si le petit devait partir à Paris ou en Alsace. Devenir fonctionnaire, ça valait bien tous ces sacrifices.

Je ne parle pas d'instituteur ou de professeur parce que là quand même il fallait aussi être intelligent. D'un seul coup le prix des vignes a commencé à baisser et celles qui étaient trop loin ou trop petites ou trop vieilles ou trop maigres, personne ne les voulait.

Non, je n'exagère pas, je te jure que ça s'est passé comme ça et encore ce n'était que le début. Oui, c'est triste, mais qu'est-ce que tu veux, les gens ne s'en sortaient plus alors !

Putain à force de parler de vin, je t'ai une de ces soifs ! Tu bois un petit coup avec moi ? Je dis petit comme ça, mais tu peux en avoir un grand si tu veux. Ah, ici c'est du vin ou de l'eau.

Moi vivant, il n'y aura jamais de cette saloperie de coca cola. J'ai ma fierté quand même. Tu n'en bois jamais ? C'est bien ! C'est vrai que la première fois que je t'ai vu arriver je me suis dit que t'avais l'air plutôt coincé. Après tout, tu es peut-être quelqu'un de bien finalement !

*

Des nouvelles de Paul au collège, après le redoublement, il n'y en a pas trop eu. Tu comprends, Maria ne parlait plus que de son José et un peu de la petite Jésus parce qu'ils étaient encore dans la même classe. Le papé, ça le gênait de parler des études de Paul au collège. Il préférait nous raconter chaque semaine ses exploits sur le terrain de rugby.

La petite Jésus commençait à changer, à devenir demoiselle. On la voyait un peu plus dans le hameau, en tout cas, bien plus souvent que sa mère ou sa grand-mère. Ce n'était pas une beauté, mais elle avait un joli sourire. Oui, elle était assez souriante. C'était même étonnant avec sa famille qui faisait la gueule à tout le monde.

Souriante oui, c'était la même chose que Joséphine. Elle semblait quelconque et puis, d'un coup, son visage se faisait tout beau. C'était comme… comme… si brusquement le soleil l'éclairait.

Qui c'était Joséphine ?

Joséphine Paillat, une de ma jeunesse…

Tu aurais vu lorsqu'elle dansait. Je ne la quittais pas des yeux. Elle tournait, elle tournait. J'avais l'impression qu'elle ne souriait que pour moi, ou, en tout cas, qu'il n'y avait que moi qui pouvais la voir. Aussi, elle portait les cheveux longs et ils faisaient des rayons autour de sa tête quand elle passait devant les lumières.

Elle ne dansait qu'avec ses copines, jamais avec des garçons ou alors c'était vraiment pour rigoler. Quand elle revenait sur le bord elle avait toujours le même geste : elle passait ses deux mains de chaque côté de sa tête pour se recoiffer.

Comment ? De qui je parle ? De Joséphine bien sûr, pourquoi ? Oui, j'aimais la regarder danser et alors ? Je ne peux pas m'empêcher de parler aussi de moi... C'est normal, non ? Simplement, il ne faut pas que tu oublies que quand Joséphine dansait, Paul dormait dans son berceau.

Anne, oui, la petite Jésus, elle aussi elle dansait, mais c'était une autre époque. Avec José, elle faisait tous les slows, cette danse où ils sont collés l'un contre l'autre. L'Espagnol n'avait pas les mains dans les poches et l'autre ma foi, elle se laissait faire.

Paul aussi la faisait danser, mais pas trop souvent et puis il était moins hardi que son copain. Il se tenait raide comme s'il avait un balai planté dans le derrière, mains sages sur les épaules et toujours à bonne distance...

Moi qui passais mon temps à regarder tous ces gens qui faisaient ce que je ne pouvais pas faire, je me disais qu'un jour José et Paul se disputeraient à cause de cette fille. Ils riaient ensemble, ils déconnaient ensemble, mais il n'y avait qu'à voir Molinier quand la petite était dans les bras de Sanchez. Il était sur des chardons ardents !

Après, à la danse d'invitation, ils allaient boire tous les trois ensemble bien sûr, et ils avaient l'air de bien s'entendre. Ils n'avaient pas trop de copains, peut-être justement parce qu'ils étaient trop amis. Et puis, tu sais dans un village tout le monde se connaît, mais ce n'est pas pour ça que tu es bien avec tous les gens. Il y a des clans. C'était certainement Paul qui payait. C'est normal, lui, il était riche.

Moi aussi j'étais toujours en train de payer, mais moi ce n'était pas seulement parce que j'avais des sous. Si en plus de supporter un bossu, il avait fallu qu'ils lui paient à boire, eh bien des copains je n'en aurais pas eu beaucoup !

À la buvette j'étais le roi ! Tout le monde venait me taper sur l'épaule, discuter avec moi, j'étais heureux. Qu'ils viennent pour boire un coup gratuit, je m'en foutais. Au moins, je n'étais pas seul. Comme je buvais avec eux, à la fin, je me sentais tout à fait bien. Moi, j'en avais plein de copains… Vrais ou faux quelle importance ! On sait très bien que les copains, ça ne dure jamais trop longtemps. Ils étaient autour de moi, on riait et on discutait. Le reste, je m'en moquais…

Ah bon ! Tu ne sais pas ce que c'est la danse d'invitation ? Oui, y a longtemps que ça ne se fait plus…

Un peu après minuit, pendant une danse, le musicien l'annonçait et normalement le danseur devait payer un coup à boire à sa cavalière. C'était une façon de faire marcher le commerce, de reposer l'orchestre et aussi pour certains de mieux faire connaissance.

Il y avait plein de couples qui en profitaient pour aller s'embrasser dans les coins sombres. Du côté du figuier de Paul, crois-moi, il y avait du monde !

Fais attention parce que ce que je t'ai dit sur les trois petits, c'est quand ils se trouvaient ensemble à la fête de Pilhan, mais ce n'était qu'une fois par an. Ne crois pas qu'ils faisaient la noce chaque semaine. Ils étaient encore jeunes, ils ne devaient pas aller ailleurs, peut-être à Mersac et encore... Je pense que la petite Jésus ne sortait qu'à ce moment.

En pensant à ce que je te disais sur mes copains, il y en avait un quand même avec qui je m'entendais mieux qu'avec les autres. C'était Serge, Serge Camps. Il avait un an de plus que moi. Je ne sais pas pourquoi je l'aimais bien... Sûrement parce qu'il avait un grand nez pointu, des boutons partout, qu'il était timide, très laid et plutôt petit ! Lui aussi était traité comme un chien alors, je n'en étais pas jaloux, c'était bien le seul.

Tu connais un Camps ? Le mien, le pauvre, ça fait longtemps qu'il est mort, mais peut-être que c'est la même famille... Pourquoi tu me demandes ça, tu veux que je te parle des Molinier, non ? Oui, bien sûr ma vie aussi est intéressante. Pour toi peut-être, pour moi, surtout dans ma jeunesse, pas trop.

J'ai oublié de te dire, ça me revient maintenant. José a été reçu à l'École Normale de Carcassonne. Maria, je crois que ce jour-là, elle a fait vingt fois le tour de Pilhan. Huit ou neuvième il a été pris. Les gens la félicitaient, disaient que c'était bien, mais dès qu'elle avait tourné le dos, ils ne pouvaient pas s'empêcher de râler.

Ils étaient malades de jalousie, bien sûr. De voir qu'un petit Espagnol de rien du tout allait devenir instituteur ça les tuait.

Ils pensaient à leurs enfants qui traînaient à attendre un coup de piston du cousin ou du maire et qui gueulaient chaque matin quand le père les réveillait pour aller à la vigne.

Ils pensaient à la vie que José allait avoir, et à celle que leurs petits couvaient avec le SMIG, les dettes et le loyer en retard. Ils se disaient que ce n'était pas juste, que cette racaille d'Espagne venait prendre les bonnes places, que ça devrait être interdit.

Les gens quand ils sont malheureux, il ne faut pas leur demander d'être justes et honnêtes. Dès qu'ils ont la colère, ils se débrouillent pour la passer sur quelqu'un. S'il n'y a personne, ils râlent, ils disent des conneries. C'est normal, non ?

Combien de fois je me suis dit qu'arriver ici avec une bosse sur le dos ce n'était pas juste ? Pourquoi moi ? Bon Dieu ! Pourquoi moi ? Pourquoi pas le petit Alazé qui était déjà idiot ? Il ne s'en serait pas aperçu.

Pourquoi ne pas mettre tous les malheurs sur un seul et que tous les autres soient bien ? Ce n'est pas juste, non ce n'est pas juste…

Et pourquoi Luc il est plus beau que Jean ? Et

pourquoi Victor il est plus intelligent que Pierre ? Le problème, c'est que rien n'est juste et qu'il faut vivre avec…

Je crois que quand José dansait avec Anne, il était déjà normalien. Oui, oui, c'est sûr. Déjà il ne ressemblait plus tout à fait aux gens d'ici, il s'échappait. Je ne sais pas, mais ça se voyait à sa façon de se tenir bien droit, bien fier, à son regard.

Peut-être c'est pour ça qu'Anne en pinçait pour lui. Je te l'ai dit, il la serrait de près et elle se laissait faire. Quand la danse était finie et qu'ils revenaient au bord, elle continuait à le tenir par la main. Aussi quand elle riait, elle se penchait toujours vers lui comme si elle voulait poser sa tête sur son épaule, mais elle n'osait pas.

Maintenant que je te raconte, je revois tout ça comme si j'y étais. Les femmes depuis, je ne leur ai jamais fait trop mal, mais j'ai eu le temps de les regarder… de loin évidemment. Elles font plein de signes et la plupart du temps les hommes ne les voient pas. Pourquoi ? Parce qu'ils sont dans leur chemin et qu'ils regardent ni d'un côté ni d'un autre. Peut-être aussi que c'est des signes trop… trop… légers. À eux, il leur faut des mots simples ou de grands gestes.

Je parle, bien sûr, quand les femmes ne les font pas exprès. Par exemple, leur bouche dit non, mais elles écartent les bras. Elles s'en vont, mais sans pouvoir s'empêcher de se retourner ou de s'arrêter ou même de revenir un peu sur leurs pas.

Tu n'as qu'à penser à toutes les façons de faire une bise : avec les bras qui tiennent ou bien de loin, juste jetée sur la joue ou bien appliquée soigneusement, lèvres serrées ou entrouvertes, sèches ou humides, n'importe où ou au bord de la bouche. Il y a plein de choses comme ça que les jeunes ne voient pas.

Il faut quand même se méfier parce qu'elles sont coquines et souvent elles font tout pour ne pas que tu saches vraiment ce qu'elles ont derrière leur tête… à condition qu'elles le sachent elles-mêmes, bien sûr !

José à cette époque-là, il n'avait qu'à se baisser pour cueillir Anne, mais il était trop jeune encore. Il ne comprenait pas. Peut-être aussi qu'elle ne lui plaisait pas ou bien qu'il était gêné parce qu'il y avait Paul. Il était intelligent José… C'est possible qu'il se soit rendu compte que son copain était amoureux… enfin, je ne sais pas.

Anne et Paul comment ça se passait ? Bien, bien, mais pour elle, c'était un copain, point final. Elle le lâchait tout de suite à la fin de la musique. Elle ne s'appuyait presque jamais contre lui. Elle ne le mangeait pas des yeux quand il parlait. C'était l'inverse, c'était lui qui la suivait comme un petit chien. C'était lui qui n'arrêtait pas de la regarder.

Tu vois ça aussi ça fait partie des ce n'est pas juste !

La vie aurait été tellement plus simple pour tous les deux si elle l'avait aimé comme lui il l'aimait !

6

Je te parle maintenant comme ça, je fais monsieur-je-comprends-tout, mais quand j'étais jeune, j'étais encore bien plus couillon qu'eux. Tu te rends compte, comment je suis ? Eh bien, moi aussi je croyais que j'avais le droit d'aimer, moi aussi j'étais amoureux…

Je ne devais pas me regarder dans la glace ou alors elle me mentait ou bien je ne me voyais pas. Remarque, dans une glace c'est difficile de se voir le dos et puis, à force de te regarder, tu ne te fais plus peur, tu t'habitues.

Au café, à la buvette je me débrouillais toujours pour m'asseoir dans un coin, contre un mur ou un pilier comme ça ni vu ni connu. Oui, tu le sais puisque tu t'es fait avoir.

Le plus difficile c'était après, quand il fallait se lever pour suivre les autres. Je baissais la tête ou je ne regardais pas pour ne pas voir la réaction des gens. Parfois même, je faisais exprès de rire fort pour faire croire que j'étais bien dans ma peau.

Oui, bien sûr, Joséphine… J'étais amoureux fou d'elle. Il faut dire qu'elle aussi me faisait de drôles de signes. Bien sûr, il y avait ses sourires, mais aussi souvent elle posait sa main sur mon épaule. Oh, c'était très vite fait, mais... moi ça me faisait des rêves pour la semaine.

Et quand elle s'asseyait à côté de moi, que je sentais son corps bouger contre le mien, que je respirais son parfum, que j'avais ses cheveux qui me caressaient la figure, j'étais le plus heureux des hommes.

Tu vois ça aussi je l'ai compris bien plus tard... Le bonheur, c'est fait de petits morceaux de vie comme ça et on n'en profite pas. On fout tout en l'air parce qu'on veut que ça dure toujours et ça, ce n'est pas possible. On nous bourre la tête avec le Bonheur avec un grand B et ça nous empêche de profiter des bons moments. Même moi j'en ai eu des bonheurs, peut-être sur le coup, ils ne me suffisaient pas, pourtant c'était bon. J'ai eu ma part, ce n'était pas la plus grosse, mais je l'ai eue.

Tu ne veux plus boire ? Celui-là, ce n'est pas du trafiqué comme ailleurs, il n'y a que du soleil dedans.

Tu vas sécher comme un artichaut en été tant pis pour toi ! Fais-moi passer la bouteille s'il te plaît, il en reste encore un peu. Je bois trop ? Oui, ça, c'est toi qui le dis. Crois-moi, si tu m'avais connu il y a une quarantaine d'années, tu n'en serais pas revenu. Là oui, je buvais, comme un trou.

Lorsque je repense à tout ça, je me rends compte que moi, j'ai tout fait à l'envers. Remarque, comme ça a commencé avec ma naissance, c'est normal.

Pourquoi je dis ça ? Tu n'as pas compris que je ne suis pas un enfant de l'amour ? Bon ! Pour le reste, j'ai été plus intelligent à quatorze ans qu'à vingt alors.

Tu veux que je te raconte ça aussi ! Tu n'en as pas assez que je parle de moi, que je me vide comme un tonneau dans ton appareil ?

C'était pendant les vendanges. Oui, je devais avoir dans les treize ou quatorze ans. Lucia, elle s'appelait Lucia – elle prononçait Loucia. Elle était belle comme tout... De longues nattes brunes attachées avec des rubans rouges ou bleus, une peau mâte, un visage ovale, des yeux noirs. Elle faisait la timide, mais on la sentait fière.

Parfois elle te regardait d'une manière sauvage et tout de suite après elle te faisait un sourire qui aurait attendri un croûton. Tu la voyais et tu avais envie qu'elle te mène par le bout du nez. Ce qui me plaisait c'était ça : elle était en même temps pleine de gentillesse et prête à te donner un coup de sécateur si tu ne la respectais pas. Comme une chatte oui, la fourrure douce et les griffes pointues...

Même ses parents lui foutaient la paix. Elle ne s'occupait pas des autres, elle restait à sa rangée. Elle chantonnait. Quand elle était en avance, elle se redressait et regardait les autres comme une reine, une vraie reine...

Je m'en souviens bien ? Ben tu sais moi, même jeune, je n'étais pas le sosie de Don Juan. Des amours, je n'en ai pas eu beaucoup...

C'était un soir, il fallait se dépêcher pour finir une vigne. Mon père avait dit : *« Acaba è sopa ! »* (On termine la vigne et on va dîner !).

Tout le monde se met à travailler plus vite et comme Lucia est un peu en retard je vais l'aider. En plus, je sais que ça fait plaisir à mon père que je coupe des raisins même s'il ne dit rien. C'est pour ça, parce qu'il a vu que j'aide à droite et à gauche qu'il m'a laissé revenir dans les vignes pendant les vendanges. Moi, là, je ne pense pas à lui. Je suis près d'elle. Je comprends un peu l'espagnol et je me débrouille pour le parler.

On est presque tête contre tête, presque parce qu'elle était un peu plus grande que moi, bien sûr, mais pas trop. Elle me parle de sa maison à Murcia, de ses frères, de ses sœurs. Je réponds *« Si ! Si ! »* J'ai le cœur qui tape fort, je suis comme au paradis. J'ai envie de l'écouter pendant des heures.

Je suis complètement hypnotisé... Oui, comme au cinéma. Je vole au-dessus de la terre, tellement dans les nuages qu'à un moment je mets les doigts sur la queue d'une grappe en même temps qu'elle la coupe. Elle me taille, pas trop, mais ça saigne un peu, juste le bout près de l'ongle.

Elle me prend le doigt. Elle est toute pâle. Elle a l'air complètement affolée. Finalement, c'est moi qui dois la rassurer. Je me retrouve en train de serrer sa main entre les miennes. Il me semble que ça dure des siècles.

Là, d'un seul coup, je ne sais pas ce qui me prend,

je trouve le courage. Avec des gestes, un peu de français, un peu de patois, un peu d'espagnol, j'essaye de lui fixer rendez-vous après la journée à la sortie du village sur la route de Pilhan. Je ne sais pas trop si elle me comprend, mais elle répond *« Si ! Si ! »* en souriant. Il me semble même qu'en disant oui elle me presse doucement les doigts...

Dès qu'on a fini, je grimpe sur mon vélo et je file chez moi à toute vitesse. Je me douche. Je me lave la tête. Je me gratte les mains au savon de Marseille pour effacer les taches violettes du raisin. Je me peigne. Je mets mes habits préférés. Je me fais le plus beau possible... C'est une façon de parler, bien sûr…

Pendant tout le temps que je me prépare, ma mère me regarde faire en haussant les épaules et en ricanant. Je la connais. Quand elle a cet air, elle cherche la bagarre. Si je dis quelque chose, ça va finir par des insultes et peut-être des gifles. Elle attend que je me mette en colère, mais je fais comme si elle n'est pas là. Ce soir, je m'en fous de ses grimaces. Je suis prêt à affronter n'importe quoi.

Je cache mon vélo derrière des tamarins au bord de la route de Pilhan et je me mets à attendre. Au début, je suis sûr qu'elle va venir : on va parler, je lui tiendrai la main, peut-être même elle me laissera l'embrasser.

J'entends le tracteur d'Ournac sur la route. Vite, je me cache dans le fossé avec mon vélo. Je suis mort de trouille qu'il me voit et qu'il me demande ce que je fais là, en habits du dimanche, dans le fossé. Après un groupe d'Espagnols arrive. Ils doivent aller chercher des figues ou des amandes. Je reste caché.

À partir de là, dans ma tête ça commence à bouillir. Et si elle ne vient pas ? Non, elle va arriver, mais qu'est-ce qu'elle a compris ? Elle va se foutre de moi, non ? Elle est si belle… et moi…

Tout à coup je ne sais pas pourquoi, ma bosse a commencé à me faire mal. Et moi je me suis rendu compte que j'étais fou, que je n'avais rien à espérer, que j'étais ridicule.

Pourvu qu'elle ne vienne pas ! Pourvu qu'elle ne vienne pas ! Je me répète ça mille fois dans ma tête et c'est comme une prière. Je ne sors plus du fossé. J'ose à peine lever la tête pour surveiller.

La nuit tombait, mais encore on y voyait bien. Il y avait à peine un peu de brume qui montait. Oui… Je me souviens de tout. C'est resté planté dans mon cerveau, c'est comme une épine et je n'ai jamais pu l'enlever.

À un moment, il me semble voir quelque chose de rouge ou d'orange qui sort de derrière la maison des Toulousains. C'est Lucia, c'est elle, j'en suis sûr.

Vite ! Vite ! Je ne réfléchis pas, je saute sur mon vélo, je fonce à toute vitesse dans la descente vers Mersac. Quand je m'arrête tout essoufflé, j'ai traversé tout le village. Je m'assieds au bord de la route. Je pleure, je pleure et je ne peux pas m'en empêcher. Je suis nul. Je suis bossu. Je suis un nain.

Je suis affreux. Jamais personne ne m'aimera. J'ai envie de mourir. Vraiment !

Il fait nuit noire quand je reprends mon vélo. Il y a plein d'étoiles, je n'en ai jamais vu autant.

Dans le village je fais le moins de bruit possible. Je me cache dès que j'entends quelqu'un parler. Je rentre chez moi comme un voleur. Tout le monde est couché. Je n'allume pas. J'y vois parce qu'un peu de lumière vient de la rue. Il y a mon assiette de soupe toute froide sur la table. J'en prends un peu. Je me remets à pleurer, ça fait comme la pluie dans mon bouillon.

J'entends un craquement, je relève la tête. Ma mère est là, assise dans l'ombre, elle m'a attendu. Elle ne me quitte pas des yeux. Elle a l'air content. J'ai honte. Elle éclate de rire. Elle se lève. Elle range sa chaise en riant. Elle va se coucher.

Je l'entends toujours rire cette salope, même maintenant. Je n'ai rien pu avaler. J'avais la gorge bloquée. Putain, j'aurais voulu la tuer. Je te jure ce soir-là si j'avais eu un fusil je la faisais péter ! Oui, cette fois-là, je l'aurais fait. Sûr !

Le lendemain matin, j'ai pissé dans sa casserole de tisane. Moi qui croyais l'empoisonner, elle ne s'en est même pas aperçu.

Voilà l'histoire de mon premier amour, tu vois, elle n'a pas duré longtemps. Ben oui, elle est finie.

Le lendemain ? Qu'est-ce que tu veux qu'il se passe le lendemain ? Rien du tout. Je ne suis pas allé à la vigne le matin, j'ai dit que j'étais fatigué. L'après-midi je n'ai pas regardé Lucia. Tu comprends, j'avais trop peur qu'elle se moque de moi. Je ne l'ai pas aidée. Je ne me suis pas approché d'elle. Je ne lui ai pas adressé la parole. Non ! Elle non plus ne m'a pas parlé. Elle ne m'a même pas dit au revoir quand ils sont partis à la fin des vendanges et elle n'est jamais revenue.

Même maintenant, j'y pense des fois. Je me dis que j'ai sûrement bien fait de détaler comme un lapin. Cette fille devait venir me voir en copain. C'est moi qui m'étais monté la tête tout seul. Si j'étais resté, ça aurait été encore plus dur. Elle n'aurait rien compris ou elle m'aurait ri au nez.

Finalement ce qui m'ennuie le plus c'est que je n'ai jamais su si elle était vraiment venue au rendez-vous. Est-ce que j'ai vu arriver quelqu'un ? Est-ce que c'était elle ? J'avais tellement peur en l'attendant que j'étais capable d'imaginer n'importe quoi. Mais alors pourquoi elle m'a fait la gueule le lendemain ? Parce que je ne lui ai pas parlé ou parce qu'elle m'a attendu ? Je ne le saurai jamais.

Quoi ? Tu veux que je te raconte ce qui s'est passé quand j'avais vingt ans ? Non ! Pas maintenant, ça me fait mal tout ça. Une autre fois, mais pas ce soir parce que sinon il me faudra vider au moins deux bouteilles pour m'endormir tout de suite et sans faire de rêve...

Je préfère te reparler des trois artistes...

José à Carcassonne, Anne à Narbonne, il ne restait plus que Paul à Pilhan. Anne ? Je crois qu'elle avait commencé à travailler dans un supermarché. Je ne sais pas ce qui s'était passé chez elle, elle n'y revenait que deux ou trois fois par mois. Oui, c'était le début des grands magasins, il devait y en avoir une paire à Narbonne.

C'est eux que le pauvre Fourtiou appelait des usines à pain. Ce n'était pas des villes comme maintenant, mais, à l'époque, ils nous paraissaient immenses. Quand elles en parlaient, les vieilles disaient : *« Moi je n'irai jamais là-dedans, j'aurai trop peur de me perdre ! »*

Paul devenait un vrai viticulteur.

C'est quoi un vrai viticulteur ? Je ne sais pas moi, il y a plein de choses… C'est un type qui pense à ses vignes du moment où il se lève à celui où il se couche. Il a toujours l'air d'être ailleurs. Quand il est chez quelqu'un, il se tient debout, il regarde par la fenêtre, il est prêt à sortir. Il faut le forcer à s'asseoir.

Tu peux le rencontrer pendant toute une semaine il te fera juste un petit signe pour te saluer et puis un matin il t'arrêtera au milieu de la rue, il te fera la conversation pendant une heure et tu auras du mal à t'en débarrasser. Il est toujours en retard, il n'a pas de montre, il vit avec le soleil.

Il ne sait pas la date de naissance de ses enfants, mais il te dit sans hésiter en quelle année chaque parcelle de sa propriété a été plantée et quelle est sa surface au centiare près. Il râle, il affirme qu'il fait un métier de fou, que la terre, ça ne vaut rien, mais il part au travail en sifflant et il chante sur son tracteur.

Bien sûr, il a le bronzage agricole : le visage, les bras et les mains brûlés par le soleil et le reste blanc comme un chou-fleur.

À dix-huit ans, Paul était déjà comme ça. Je te dis dix-huit ans, c'est peut-être dix-neuf parce que tu comprends c'est loin tout ça, et les dates s'embrouillent dans mon cerveau. C'est comme pour les bals, la deux-chevaux et tout ça. Ce que je te raconte maintenant c'est quand les petits ils commençaient à être grandets, pas des hommes, mais presque.

Non, Paul n'a pas fait le service militaire... Ils avaient les bras longs, les Molinier, ils connaissaient un député. Enfin, ils se sont débrouillés. Je crois qu'ils l'ont fait passer pour soutien de famille, un truc comme ça...

Paul, c'était un viticulteur. En fait, il n'avait qu'un seul problème : c'était le même que celui que j'avais eu vingt ans avant lui, mais en moins grave, bien sûr. Il ne s'entendait pas bien avec Carillon le cheval et il se disputait souvent avec son père à cause de ça.

Il faut dire que c'était une drôle de bête, un cheval entier... Ben, ça veut dire qu'il était en état de marche, oui, avec les femelles. On ne l'avait pas coupé. Il avait du caractère et du sang.

Une fois, il est parti au galop avec la charrette à moitié pleine de comportes pour rejoindre la jument en chaleur des Aussac qui passait par là et qui devait sentir bon. D'un coup de sabot, il a cassé la jambe d'un apprenti maçon qui s'était aventuré derrière lui pendant qu'il mangeait. Il n'acceptait que les ordres de Sanchez et du père. Avec Paul, c'était la bagarre.

Je pense aussi que le garçon ne faisait pas trop d'efforts pour l'amadouer parce qu'il avait envie d'avoir un tracteur. Il y en avait déjà plusieurs dans le hameau et un jeune ça veut du moderne, ça aime le bruit, la vitesse. Sûr que le tracteur il aurait été le premier à le conduire. Pourquoi ils n'en avaient pas ? Sûrement à cause du vieux. Le papé ne sortait presque plus et il était toujours là à la maison.

Remarque ce Carillon, il avait un caractère de cochon, mais c'était un vaillant. Et puis un cheval, c'est intelligent, on s'y attache. Quoi ? Le garder à l'écurie et acheter un tracteur ? Ce n'était pas possible, ça coûte cher à nourrir et à soigner un cheval. Si on s'occupait de lui, il fallait qu'il travaille, sinon ce n'était pas la peine. On appelait Girard, le boucher de Salses et il partait à l'abattoir.

*

À propos de conduire, ça me fait penser que c'est le plus pauvre des trois, José, qui a eu la voiture en premier. Une deux-chevaux !

Un samedi il a traversé le hameau et il a fait le tour de la place en klaxonnant comme un fou. Même la vieille Mourel qui était sourde comme un pot l'a entendu. Elle a cru que c'était le poissonnier et elle est arrivée avec son cabas et son porte-monnaie à la main.

Oh, elle n'avait pas dû coûter bien cher. Une deux-chevaux et encore un vieux modèle avec la malle fermée par la bâche et les essuie-glaces branchés sur les roues. Ces voitures tu les réparais avec une pince et un bout de fil de fer, et si tu les entretenais un minimum, elles étaient increvables.

Oui, José s'en occupait bien. Chaque semaine il allait la laver à la pompe et s'il prenait de la poussière dans un chemin, dès qu'il arrivait il passait un coup de chiffon. On ne peut pas dire maniaque non, soigneux et fier comme d'Artagnan, fier comme tous les Espagnols quoi...

Il y tenait, tu comprends. Cette voiture c'était le cadeau de ses parents parce qu'il avait été reçu au baccalauréat avec mention bien. C'est sa mère qui ajoutait ça chaque fois en riant de bonheur. José il savait bien que pour la lui offrir, ses parents avaient travaillé encore plus dur que d'habitude et qu'ils s'étaient encore un peu plus serrés la ceinture. Alors, il y faisait bien attention, c'était normal non ?

Il changeait vite José, je te l'ai déjà dit. Quand tu le croisais dans la rue, il ne se contentait pas de te faire un petit signe ou de te grogner un bonjour à la va-vite comme tout le monde. Il s'arrêtait, il te touchait la main, il te demandait comment tu allais... Il faisait comme le docteur, quoi ! C'est logique, c'était comme s'il s'entraînait à être un monsieur, ce qu'il allait devenir bientôt. Il pouvait faire un peu le fier quand même... De Pilhan, c'était celui qui avait le mieux réussi.

Le soir, il passait prendre Paul et ils allaient faire un tour au café à Mersac. On entendait la voiture avant qu'elle rentre dans le village. Oui, au café du centre. En été, tous les jeunes se retrouvaient là, tard dans la nuit, mais en hiver, à huit heures, il était déjà fermé.

Moi, quand j'étais jeune il y en avait cinq à Mersac et un à Pilhan, tu te rends compte ? Oui, ici aussi il y en avait un.

Tu veux que je te dise à quoi il ressemblait. C'est pour l'environnement de Paul ? Bon puisque tu le dis…

Il s'appelait Café Glacier, c'était peint sur la façade, mais moi des glaces je n'en ai jamais vu dedans…

Il devait y avoir cinq ou six tables en marbre, des chaises en bois et un petit comptoir. Le patron c'était Célestin, mais lui n'était presque jamais là. C'était Rose, sa femme, qui tenait l'affaire. Une vaillante celle-là, toujours en train de s'occuper.

Un drôle de bonhomme ce Célestin. Grand, sec, sombre avec de gros sourcils toujours ébouriffés, l'œil vif et perçant. Il disait qu'en regardant un type il savait tout de suite ce qu'il avait dans le ventre. Je crois qu'il ne mentait pas.

Il était intelligent et malin, mais surtout ce qui l'avait fâché avec les trois quarts des gens du pays, c'était son esprit de contradiction. Il était toujours contre et on voyait que ça lui plaisait. Communiste quand il n'y en avait pas beaucoup, puis gaulliste quand il y en avait encore moins, il trouvait toujours le moyen de se disputer avec un client.

Par exemple, si en passant dans la rue il voyait quelqu'un assis en train de prendre l'air, il s'exclamait en le regardant : *« Té ! La France au travail ! »* Il y en avait qui le prenait mal surtout que tout le monde savait que le Célestin n'avait pas trop cassé de manches de pioche dans sa vie.

Une année, il est arrivé un instituteur qui sortait tout frais de l'École Normale de Carcassonne. Ce jeune, il te mangeait du curé à chaque repas et il te faisait la révolution au moins une fois par jour. Il n'était pas méchant, mais alors un enragé, un rouge pur et dur comme il n'y en a plus.

Chaque midi, il prenait son repas au café et chaque midi il s'engueulait avec Célestin. Si la bagarre mettait du temps à commencer, en buvant l'apéro, il y en a un qui lançait : *« Tu as vu le gouvernement ce qu'ils ont fait ? »* et aussitôt Célestin ou l'instituteur fonçait. Nous, on comptait les points. Quand elle en avait marre, Rose s'en prenait à son mari : *« Tu nous embêtes avec ta politique, laisse manger les gens ! »*

Le calme revenait jusqu'au lendemain.

À midi ? Il y avait toujours du monde ! Il en venait même de Mersac parce que Rose c'était la reine des cuisinières. Elle te servait deux plats de résistance, hors-d'œuvre et dessert, du pain et du vin tant que tu voulais, et tout ça, pour pas grand-chose. Le soir non, elle ne faisait pas à manger.

Célestin n'aimait pas trop travailler, encore moins servir. Il avait quelques vignes et il se débrouillait pour aller y faire un tour quand il y avait un peu de monde. Les midis, les samedis ou les dimanches à l'heure de l'apéritif, il était introuvable. Sa femme se démenait toute seule.

Elle l'appelait, elle le cherchait partout. Quand il arrivait enfin derrière le comptoir, alors que presque tous les clients étaient partis, elle lui disait de tout. Au bout d'un moment, il répondait : *« Si tu continues je m'en vais ! »* et souvent il repartait. Le pauvre, il faut reconnaître qu'il n'avait pas la vie facile. Même quand il lui donnait un coup de main au service, elle le poussait en grognant : *« Sors du milieu, tu gênes ! »*

Oui, ce café ce n'était pas le Pays du Sourire, mais on y était tranquille. Quand il pleuvait, tous les hommes s'y retrouvaient. En semaine c'était comme à Mersac, il y avait quatre vieux l'après-midi qui jouaient à la belote en buvant un café. Le soir on était un peu plus nombreux.

Ils travaillaient surtout pendant la fête et puis les samedis de décembre parce qu'ils organisaient des lotos. On était serrés, il faisait chaud et ça durait longtemps. Il y avait toujours quelqu'un qui avait soif surtout que Célestin nommait lentement et qu'il ajoutait toujours un petit commentaire après chaque numéro. En plus, il faisait durer l'entracte.

Qu'est-ce qu'il disait ? Bah, toujours les mêmes choses dans le genre… Attends… Par exemple *« Un tout seul, cinq la pleine main, six la queue en l'air, neuf elle est en bas, douze baisse ta blouse, vingt sans eau, vingt deux les flics »* des trucs comme ça tu vois. Il y avait aussi *« soixante-neuf frotte-toi les moustaches »*, je ne te fais pas un dessin… *« Quatre-vingt-neuf la mamète et quatre-vingt-dix le papète, quarante le cul de ma tante ».* J'en oublie plein, mais il y a longtemps que je n'y suis pas allé et puis chaque nommeur disait les siens.

On ne gagnait pas des millions. Pour les quines c'était une pintade, un poulet ou un canard, une bouteille de vin et un filet garni avec des boîtes de nouille, du sucre, des petits pois, du chocolat, du riz, rien que des trucs pas chers, mais qui tenaient de la place.

À carton plein, tu pouvais avoir un jambon. Attention je te parle des lotos du coin parce que dans les gros villages de la plaine, tu pouvais gagner beaucoup plus, même une maison à la mer. Là-bas, il y avait un monde fou et puis ça a fait comme le reste, c'est juste devenu une histoire d'argent.

Célestin nommait en patois puis en français en disant ses petites blagues. Les gens marquaient avec des grains de maïs que Rose récupérait à la fin en balayant les tables. À force, le maïs était tellement vieux qu'il était plein d'insectes. On appelait ça le caissou en patois… Je ne sais pas comment on dit en français.

Un soir, il y en avait tellement que les grains bougeaient tout seuls sur les cartons, tu sais, comme ces haricots d'Amérique... Si ! Si ! Je te jure. On en posait un sur le sept et il partait sur le douze. Il fallait les surveiller comme le lait sur le feu.

Tu me regardes d'un drôle d'air, tu ne me crois pas ? Je te dis la vérité depuis le début. Peut-être que parfois j'exagère un peu ou j'ajoute un petit quelque chose, mais c'est pour faire plus joli. Ce n'est pas toujours bien la vérité. On ne pourrait pas vivre avec elle, ça ferait une sacrée méchante femme…

Pourquoi ? Parce que si tout ce que tu entendais, tout ce que tu voyais, tout ce que tu pensais, tout ce que tu disais était vrai, tu aurais toujours raison… Tu serais comme un dieu. Tu t'imagines un peu le bordel sur la Terre avec quatre ou cinq milliards de dieux sur la planète ? Déjà qu'avec cinq ou six ils font battre tout le monde…

Moi, tout ça, c'est ce que je pense, après, on fait comme tu as dit au début. Ce soir, chez toi, tu trieras, tu garderas ce que tu voudras…

J'ai même oublié de te dire qu'ils ont fait du cinéma dans ce café, oui, du cinéma ! Enfin pas eux, c'était un bonhomme de Tuchan qui venait passer des films. Il allait dans tous les villages du coin. Jules, il s'appelait. Il arrivait une heure avant tout le monde. Il déchargeait sa 4 L avec précaution. Si tu l'aidais, il te suivait en murmurant *« Doucement ! Doucement ! »*.

Il installait son appareil puis il buvait un café. Dès que les gens commençaient à arriver, il se mettait à l'entrée pour les faire payer. Rien qu'en voyant sa tête, tu savais s'il y avait du monde ou non. C'était quelqu'un de bien crois-moi. Les sous il s'en foutait. Son plaisir c'était de voir la salle pleine. Ces jours-là, il allait de l'un à l'autre en demandant : *« C'est quand même des bonnes soirées, non ? »* Et ses yeux brillaient de bonheur. Il était très souvent content parce que quand il venait c'était une petite fête et il y avait presque toujours une bonne trentaine de personnes.

Finalement, le café a été le premier commerce à fermer. L'affaire a été reprise par un couple de jeunes, mais ils n'ont pas tenu six mois. L'époque des cafés était passée.

Un ou deux ans plus tard, c'est l'épicerie des Barthe qui a fermé. Oui, toujours à Pilhan.

Bien sûr, c'étaient des voleurs et il n'y avait pas le choix. Tu partais acheter une scarole et tu revenais avec une salade frisée à prendre ou à laisser. En plus, il ne fallait pas être trop regardant sur la propreté.

Barthe, c'était le roi de la tapette à mouches. Il ne les manquait jamais, même si elles étaient posées sur le fromage. Après ? Hé bé, il les sortait avec les doigts.

Un jour je te jure, j'ai vu leur chat faire ses besoins dans un sac de haricots blancs qui était posé par terre. Barthe a pris une petite pelle, a ramassé les crottes puis il a remis les haricots en plus dans le sac.

Bah, on n'était pas plus malades que maintenant. C'était là que les femmes se rencontraient. Il s'y disait de tout : un peu de vérité, un peu de rêves et plein de mensonges.

7

Quand Paul, José et Anne étaient plus âgés, chaque samedi, ils faisaient un tour dans les bals. Oui, dans la région, tu en avais quatre ou cinq chaque semaine ; je ne sais pas moi, un peu partout, surtout dans la plaine. Il y avait plein de bons orchestres qui défilaient toute l'année et chacun avait ses habitués.

Il te faut imaginer une grande salle, des lumières qui tournent au plafond, les jeunettes devant la scène en train de se tortiller, les couples au milieu, les filles seules au bord et les gars serrés en grappes autour de la buvette. Ils buvaient et déconnaient en attendant que les tangos, les pasos ou les rocks se finissent. Mais tu les aurais vus dès qu'un slow commençait, on aurait dit des chiens, œil vif, queue frétillante, qui partaient à la chasse.

Tu le sais, si ça ne te plaît pas, tu effaceras ce soir.

Les boîtes n'existaient pas encore ou alors ça commençait. Il y en avait peut-être une paire à La Nouvelle ou à Saint-Pierre, mais elles n'ouvraient que pendant deux mois, de début juillet à fin août.

En septembre, tous les jeunes allaient aux Variétés, le cinéma de Mersac. Lui aussi a fermé, ça fait même un bon moment.

Dans l'année ils y allaient aussi, mais moins souvent. Pendant les vendanges, comme il y avait beaucoup d'Espagnols, le gérant passait toujours des films de cul. Là-bas, tu comprends, Franco et les curés te les faisaient marcher droit. Les pauvrets, c'était tout juste s'ils voyaient un baiser de temps en temps. Ici, crois-moi, à chaque fois, la salle était pleine

Je te dis qu'il passait des films de cul, mais ça n'avait rien à voir avec ce que j'ai vu une fois à la télé. À l'époque on te montrait un bout de téton ou de fesse, un peu de peau, une caresse sur les habits et tout le monde était content.

À chaque fois qu'il y avait une scène d'amour, les Espagnols criaient « Olé ! » comme à la corrida. Si ça durait longtemps, tu n'entendais plus rien. Juste à la fin, un grand soupir et les gens qui à nouveau s'agitaient sur les fauteuils. À part ça il y avait des films policiers ou des cow-boys.

Oui, c'était long ! Tu rentrais vers neuf heures et tu sortais à minuit. Il y avait un documentaire ou un dessin animé ou même une histoire sans paroles, puis les actualités, puis l'entracte puis le film. On en avait pour notre argent. Moi, j'aimais bien la première partie sauf quand il y avait des documentaires sur les églises ou sur des villes. Là, je faisais comme tout le monde, je n'écoutais pas et je rigolais avec les copains.

Les amoureux se mettaient au fond pour ne pas

qu'on les voie. Les petits se battaient et se poursuivaient tout à fait devant, presque contre l'écran. Les couples et les jeunes en bande s'asseyaient au milieu. De toute façon, dès que la lumière s'éteignait, les cigarettes s'allumaient, et les chewing-gums commençaient à voler.

Le dimanche, en été, de temps en temps José et Paul allaient à la mer. Quand elle était là, Anne partait avec eux. Elle habitait toute la semaine à Narbonne dans une espèce de pension, elle rentrait parfois le samedi. Je te l'ai dit, non ? Depuis qu'elle avait quitté le nid, elle avait l'air beaucoup mieux dans sa peau. Si sa mère ne sortait plus, ne parlait plus, elle, elle le faisait largement pour deux.

Comment elle était ? Bah, normale... Non, la pauvre elle ne venait pas du côté de sa maman. Elle n'était pas jolie, mais pas désagréable à regarder non plus.

Tu sais une femme, si elle a un peu de goût, elle a toujours vite fait de s'arranger. À force de passer du temps devant la glace, elle se connaît par cœur. Un peu de rouge ici, un peu de bleu plus loin, et je m'attache les cheveux comme ça, et je mets cette couleur, et je me parfume...

Les hommes, bien sûr qu'ils se laissent attraper. Ils en ont tellement envie de voir toutes les femmes belles... Même moi je me suis toujours régalé de les regarder. Encore maintenant quand j'en vois une qui se promène, je te la passe en revue de haut en bas, de face et de dos, surtout de dos, mais bon...

C'est vrai qu'à mon âge, je n'y ferai pas bien mal, mais le plaisir des yeux figure-toi que c'est le seul qu'on m'a laissé alors j'essaie d'en profiter tant que je peux.

On ne l'appelait plus la petite Jésus, non, elle était trop grande… C'était la mode des cheveux longs. Elle les avait à peu près jusqu'aux épaules avec une frange sur le front. Ce qu'elle avait de joli dans son visage c'était ses yeux. Non, pas leur couleur, ils devaient être marron. C'est qu'ils bougeaient tout le temps. Ils étaient, je sais pas comment dire, ils étaient… vivants. Elle faisait pareil avec ses mains. Je crois qu'elle n'aurait pas pu parler en les gardant dans la poche.

Qu'est-ce que tu veux que je te dise d'autre ? Elle était assez grande et un peu costaud.

Quoi ? Costaude ? Jamais entendu ça ! Écoute, tu ne vas pas commencer à me reprendre ? Ah, ça t'a échappé ! La prochaine fois, tiens ta langue parce que j'ai largement passé l'âge des leçons.

Elle n'avait pas des épaules de catcheuse, mais elle était forte. Côté poitrine, c'était pas terrible… Pas plate non, mais elle ne trouait pas ses pulls... Côté cul, je ne m'en souviens pas et ça, c'est mauvais signe. Il devait être quelconque, peut-être même triste, plat. Je te l'ai dit, elle n'avait pas grand-chose de sa mère.

Lorsqu'ils partaient à la mer, ils descendaient la capote de la deux-chevaux complètement, on aurait dit trois oisillons dans leur nid. Quand je les voyais passer comme ça, ils avaient l'air tellement heureux que ça me faisait mal au cœur. Je n'étais pas jaloux, non ! Ils s'entendaient très bien, mais il y avait quelque chose contre quoi ils ne pouvaient rien, ils étaient trois.

Nous, en patois, on dit : *« A tres la guerro i es ! »*

Voilà c'est ça, quand on est trois il y a la guerre. C'est bien, tu comprends le patois, tu fais des progrès. Tu ne veux vraiment pas boire un coup ?

Déjà dans la voiture, c'était Paul qui était derrière. Je suis sûr que ça ne devait pas trop lui faire plaisir. Anne, elle était heureuse et ça se voyait. Elle se retrouvait devant bien sûr, à côté de son José.

Peut-être que c'est pour ça que trois ou quatre mois plus tard, Paul a passé le permis et ses parents lui ont acheté une Simca 1000. Enfin, je dis ça, mais ce n'est pas sûr que ce soit la seule raison. Peut-être aussi que les Molinier avaient un peu honte de voir leur fils promené par le petit de l'ouvrier.

C'était une belle voiture bleu clair, en bon état, mieux que la deux-chevaux c'est certain. Ils l'avaient achetée au vieux Courel qui devait s'en servir cinq fois par an à soixante à l'heure.

Ces voitures avaient quand même mauvaise réputation parce qu'elles ne tenaient pas trop la route. Dans les tournants un peu larges, elles faisaient des tête-à-queue. Elles avaient le moteur derrière. Il y en a qui mettait du poids devant, une ferraille ou un sac de sable, pour qu'elles soient plus stables.

Remarque, à l'époque ce n'était pas trop grave.

Il n'y avait pas beaucoup de chances que quelqu'un arrive en face. Tu te retrouvais dans le fossé et puis voilà. En plus, les voitures n'allaient pas vite. À cent, le chauffeur passait pour Fangio. Pour se tuer, il fallait le faire exprès ou pas avoir du tout de chance.

Moi non, je ne pouvais pas conduire. Oui, la taille et la bosse... Déjà que pour monter et descendre de la moto je faisais du trapèze. Je ne te l'ai pas dit ? J'avais une moto, une Terrot. C'est bien la moto. Je me régalais. Quand il faisait mauvais ? Ben, je trouvais toujours quelqu'un pour me transporter, ne te fais pas de soucis.

Le permis, Paul ? Il l'a eu au premier coup. Tu parles, il conduisait tous les jours le tracteur alors... Quoi le tracteur ? Mais non, ils n'avaient plus le cheval à cette époque, je ne te l'ai pas raconté ? C'était fini tout ça, il y en avait plus dans le village. Carillon a été le dernier à partir.

Je te parle de Paul, du café, des voitures, de ma moto, je commence à m'embrouiller. Non, ce n'est pas facile...

Je te raconte comme ça me vient... C'est bien ? Tant mieux ! T'es pas difficile et ça, ça me plaît ! Tu veux que je continue comme ça ? Bon, de toute façon je ne saurais pas faire autrement alors... Ah oui, le cheval !

*

Tout a commencé par la mort des vieux. Tu vois, de ça non plus je ne t'en ai pas parlé. Jacques, le papé de Paul, a été le premier. Un matin de novembre il ne s'est pas réveillé. Ils l'ont trouvé mort dans son lit.

C'est ce qu'on appelle une belle mort, non ? Imagine un sommeil qui dure toujours. Maintenant, j'y pense de plus en plus. Les gens me font rire avec leurs histoires de ciel, d'enfer, de fantômes, de récurec.. de risurec... de retour.

Chaque nuit on meurt, non ? Oui, ils te disent, mais ce n'est pas pareil on ne s'en aperçoit pas. Qu'est-ce qu'ils croient ces andouilles ? Ils s'imaginent peut-être qu'ils vont se regarder dans leur joli cercueil. Il y a rien à voir, c'est justement ça, la mort.

Moi, j'espère avoir la force. Si un jour je ne me sens pas bien, je vais me saouler comme un Polonais, comme ça j'aurai plus de chances de ne pas me réveiller. Oui, t'as raison c'est rare quand tu es averti à l'avance à moins que tu appuies sur la gâchette... C'est quand même une bonne façon d'arrêter le suspense, non ?

Le papé, même s'il ne faisait plus grand-chose, il restait le chef de la famille et on lui demandait toujours son avis. Je sais comment ça se passait, c'était pareil chez moi. On disait qu'il ne comprenait plus rien, qu'il perdait la tête, mais on l'écoutait quand même.

Les miens ? Mes grands-parents ? Boudiou, il y a longtemps qu'ils étaient partis. Je ne suis pas allé à l'enterrement, je t'expliquerai peut-être pourquoi un autre jour. N'empêche, ça m'a fait de la peine, surtout la grand-mère. C'était, je crois, la seule qui m'aimait un peu, je te l'ai dit non ? Le grand-père peut-être aussi parce qu'il m'a aidé une paire de fois, mais avec lui, on ne pouvait jamais savoir ce qu'il pensait.

En plus ma mamée, c'est Étiennette Portal qui me l'a raconté parce qu'elle faisait des ménages chez mes parents, ma mamée donc, elle a perdu la tête cinq ou six mois avant de mourir. D'après la Portal, c'était une folle gentille.

Elle restait assise sur sa chaise tout près de la fenêtre et de temps en temps, elle éclatait de rire. Elle riait vraiment, elle en avait même les larmes aux yeux, et ses mains toutes ridées tremblaient. Elle riait comme une gosse. Au bout d'un moment Étiennette me disait qu'elle ne pouvait plus le supporter, qu'elle était obligée de sortir. Le papé disait : *« Elle est revenue en enfance ! »*

Il devait avoir raison parce qu'ensuite elle s'est mise à chanter. Pendant le repas, elle s'arrêtait de manger. Elle posait sa fourchette. Elle regardait tout le monde, mais sûrement que ce n'était pas les gens qui étaient avec elle qu'elle voyait. Elle regardait un bon moment puis d'un seul coup, elle se mettait à chanter. Portal me disait que la pauvrette avait une petite voix claire comme une fillette.

Elle chantait des chansons vieilles, des chansons en patois que personne ne connaissait à part le grand-père qui parfois disait les paroles en même temps qu'elle. La Portal me répétait qu'on aurait dit que la bouche de ma grand-mère était une source. Il en coulait des mots et de la musique comme de l'eau.

Tout le monde se taisait, tout le monde écoutait. C'était des vieux airs qui parlaient d'avant. Étiennette pleurait en me racontant ça et moi aussi je sentais que j'avais les yeux mouillés. Oui, c'était des chansons du pays. C'était des choses jolies de chez nous qui étaient en train de mourir aussi.

Le plus triste, c'était qu'après ma grand-mère, plus personne ne les chanterait. C'était comme si ces musiques, elles étaient allées se mettre dans le cercueil avec la mamée. Je ne les ai jamais entendues. Non, jamais ! Tu penses bien que maintenant c'est fini.

Sur son lit de mort, elle avait gardé son sourire. La Portal me disait que la nuit de la veillée, elle avait été seule un moment et qu'elle attendait qu'une chanson s'échappe de la bouche de la mamée. Elle disait même que ça ne l'aurait pas étonnée.

Le grand-père lui, est mort deux ou trois ans plus tard d'une mauvaise grippe. Tu sais les gens, quand ils n'ont plus envie de vivre, le moindre bobo les emporte. Une grippe, tu te rends compte ? Lui qui n'avait jamais été malade ! C'est simplement qu'il était fatigué. Il en avait assez alors il a fermé les yeux et puis voilà.

C'est de ta faute, tu me fais tout mélanger ! Je te parle des grands-parents de Paul et tu me questionnes sur les miens. Comment veux-tu qu'on s'y retrouve ? Bon, je reviens à Jacques Molinier.

À son enterrement, il y avait un monde fou. Quand le corbillard est arrivé en haut de la colline, des gens tout à fait en bas commençaient à peine à grimper la côte.

Il n'avait pas fait des choses extraordinaires. Ce n'était pas un héros, simplement un brave homme, mais il faisait partie d'une des plus vieilles familles de Pilhan, tu le sais. C'était un ancien, quelqu'un que tout le monde connaissait...

Quand tu es habitué depuis toujours à voir un arbre à un endroit et qu'un jour il n'y est plus, hé bé il te manque. Le vieux c'était comme un arbre, tu comprends ? En plus avec tous ces gens qui partaient, il était important.

L'arbre dans la pinède tu ne le remarques pas. Au milieu de la cour, tu ne vois que lui. Avec le papé, ce n'était pas des chansons vieilles qui mouraient, c'était tout un bout du hameau.

Je ne sais pas si tu peux comprendre ce que je dis parce que c'est vrai que tout ça a drôlement changé. Les grands-parents, à cette époque, ils vivaient avec leurs enfants et ils mouraient chez eux. Même ceux qui étaient vraiment malades et qu'on soignait à l'hôpital, on les faisait revenir à la maison pour la fin.

Maintenant les vieux on les cache. On les enferme

dans des hospices. On les laisse crever à l'hôpital. Il y en a qu'on ne ramène pas chez eux même quand ils sont morts.

Allez hop, à la morgue le vieux ! Depuis qu'il nous emmerdait à nous empêcher de dormir parce qu'on le savait seul là-bas dans sa cage et que les voisins faisaient exprès de nous demander de ses nouvelles…

Au moins moi, tu vois, je n'enquiquinerai personne…

Je ne sais pas pourquoi ils font peur les vieux… Peut-être qu'en les voyant ça oblige les gens à penser qu'un jour ils seront comme eux. Peut-être aussi que c'est parce qu'ils sont plus près de la tombe que du berceau ?

« Ils sentent le sapin ! » disait d'eux Martial, un copain. Peut-être simplement parce qu'un vieux c'est moche et qu'on veut que tout soit beau ?

Putain ça me rend triste de réfléchir à tout ça. Il faut que je boive un bon coup sinon je suis capable de chialer comme un gosse.

Accompagne-moi, s'il te plaît, tu ne vas pas me laisser boire seul ? Oui, juste une goutte !

Paul, je crois qu'il a été le plus touché. Le papé c'était vraiment celui qui l'avait élevé. Je te l'ai raconté, tant qu'il était petit, ils allaient toujours par deux, ensemble comme les gendarmes.

Je l'ai vu au retour du cimetière pleurer contre le tronc du figuier, ça m'a fendu le cœur. Je n'ai jamais supporté de voir pleurer un homme sauf dans les films, bien sûr, parce que là ça ne compte pas. Tout se mélange, tu ne sais jamais si les gens font semblant ou non. Je me souviens que Martial disait que les artistes ils se mettaient de l'oignon sur les doigts. Après, ils n'avaient qu'à se frotter les yeux pour pleurer.

Quoi la télévision ? Oui, des fois quand je vais à Narbonne je la regarde dans un café. J'en ai eu une pendant quatre ou cinq mois. Elle a failli me rendre fou. J'y étais collé dessus du matin au soir. Je ne sortais plus... Tu parles d'un remède contre la solitude !

Non, je n'en ai pas et je n'en veux pas. Ça me donne mal à la tête et je ne comprends pas la moitié de ce qu'ils disent. Je serai moins seul ? Ce n'est pas vrai, ce sont des bêtises tout ça. Ne me crois pas assez idiot pour penser qu'une machine puisse me tenir compagnie... Depuis plus de dix ans que j'ai ma machine à laver, je lui ai jamais fait de déclaration d'amour. Je ne l'ai même pas embrassée la pauvre et tu vois, elle n'est pas rancunière, malgré ça, elle continue à marcher...

Ne fais pas la grimace, je plaisante. J'ai très bien compris ce que tu voulais me dire, mais pour moi avoir de la compagnie, ce n'est pas ça. Il faut qu'on me réponde quand je pose une question, qu'on rie ou qu'on m'engueule quand je dis une connerie et qu'on me console quand ça ne va pas. Pourquoi tu crois que j'ai accepté que tu viennes me faire parler de tout ça ?

Si un jour ils fabriquent des télés qui font tout ce que je viens de dire, alors, sûrement que j'en achèterai une.

Il y a une chose qui m'avait frappé à l'enterrement. Tu sais on passait devant le cercueil et on jetait un peu de terre dessus, ça se fait partout ça, non ? Le vieil Ournac a pris une motte, il l'a écrasée au-dessus du trou et il a dit en se frottant les yeux : *« Mon pauvre Jacques tu as bien de la chance ! Au moins, toi, tu ne verras pas le village crever. Tiens, je t'envie presque ! »*

La mamée n'a pas traîné. Je crois qu'elle a suivi son homme d'une paire de mois. Tu connais ces histoires de chiens qui se laissent mourir sur la tombe du maître ? Hé bé, la grand-mère c'est ce qu'elle a fait.

D'après ce que racontait la mère de Paul, la pauvre vieille passait son temps à pleurer en disant qu'elle ne pouvait pas s'en empêcher, que c'était plus fort qu'elle.

Elle ne faisait plus rien dans la maison. Elle ne parlait presque plus et mangeait moins qu'un oiseau. Elle ne voulait plus se coucher dans le lit pour dormir. Elle passait les nuits sur le fauteuil du papé. Quand ils essayaient de la faire manger ou bouger un peu, elle leur disait qu'elle n'avait plus le courage.

Tu vois, elle a quand même mis deux mois pour mourir. Je ne sais pas si elle l'a fait exprès, mais je trouve que c'est bien. Elle s'est laissé partir.

Oui, c'est vrai j'en parle souvent, ça me turlupine cette histoire de mort. J'y ai pensé plusieurs fois quand j'étais jeune, alors maintenant encore plus. J'ai peur d'attraper un cancer et de crever morceau par morceau, seul à l'hôpital.

On dit que l'alcool, ça conserve, mais c'est vrai pour les fruits, pour moi ce n'est pas sûr. Oui, c'est triste tout ça, mais à l'enterrement de la mamète Molinier on a drôlement rigolé.

Tu ne t'en es jamais aperçu ? C'est au moment où tu dois être sérieux comme un pape que tu as le plus envie de rire. Moi ça m'est arrivé plusieurs fois, ça doit être les nerfs…

Même toi tu me sembles un peu pincé sur les bords, mais tu dois bien rire de temps en temps, non ? C'est bon de rire. Quand tu ris, tu oublies tout. Tu es comme lavé de tous les ennuis de la journée, tu redeviens enfant. Moi, quand je ne ris pas, c'est que je suis malade.

Je m'étais mis à la queue du cortège avec tous les gars du rugby qui étaient venus à cause de Paul et de son père. J'ai toujours préféré me mettre avec les jeunes plutôt qu'avec les vieux sûrement parce que les uns déconnent tout le temps et les autres ne parlent que de boulot ou d'argent.

Au fond, on était tranquilles, on pouvait discuter sans nous cacher. Tout le monde parle dans le cortège, mais plus tu es près du corbillard plus tu dois le faire doucement. C'est normal, les gens sont alignés dans l'ordre de l'amour. En principe, ça va de ceux qui aiment le plus le mort jusqu'à ceux qui s'en foutent.

En dernier il y a les curieux, ceux qui s'ennuient toute la semaine et ceux qui connaissent vaguement la famille. On fait son devoir, on montre qu'on est là, mais on n'est pas noyé de chagrin si tu vois ce que je veux dire...

Quand le cortège se forme à la sortie de la chapelle, tout le monde est sérieux et silencieux, mais petit à petit, on reprend les discussions qu'on avait commencées en attendant que le curé ait fini sa messe. Je te l'ai dit, toujours les mêmes : temps, vigne, rugby, chasse et champignons suivant la saison.

On était au fond donc, et on discutait. Il y avait avec nous le grand Hérail, presque deux mètres, mais pas deux sous de cervelle. Pour te dire, on n'avait jamais réussi à lui faire comprendre quelque chose au rugby.

Voilà que cette andouille marche sur une merde de chien. C'était une infection tellement ça puait. Tout le monde, mine de rien, se regarde les souliers. Le grand, il sent. Il se penche vers ses chaussures et pour être sûr de ce qu'il voit, il y passe les doigts dessus. Il se tourne vers nous la main en l'air en s'exclamant : *« Mince, c'est moi ! »*

Même en rentrant dans le cimetière on continuait à rire. Tu sais comment ça se passe, quand il y en avait un qui se calmait, l'autre éclatait à côté de lui. On ne pouvait pas garder notre sérieux. Il a fallu qu'on sorte. Ensuite, chaque fois qu'Hérail voulait nous toucher la main, on lui disait : *« Non ! Elle pue ! »*

Ne nous juge pas mal, je te jure qu'on était un peu triste. On la connaissait tous cette pauvre femme, mais il n'y avait rien à faire.

Les deux Molinier sont partis presque ensemble…

Je t'avais dit qu'ils gardaient Carillon à cause du grand-père. J'avais entendu au moins vingt fois le vieux jurer que Carillon mourrait à la maison comme lui. Là, c'est lui qui était parti en premier et ça n'a pas traîné.

8

Le cheval a fait comme la grand-mère. Il est tombé malade, mais lui ce n'était pas le chagrin. Il a attrapé la gourme. C'est une espèce de gros rhume pour les chevaux. Ils ont du pus qui sort par les naseaux. Les Molinier ont fait venir le vétérinaire et Carillon s'en est sorti, mais après ça, il ne pouvait plus travailler. Il ne faut pas oublier qu'il était vieux lui aussi. Il devait avoir près de vingt ans et pour un vaillant comme lui qui avait trimé toute sa vie, c'était beaucoup.

Bien sûr, ils étaient riches, mais ils ne pouvaient pas se permettre de garder un cheval à ne rien faire, surtout avec tous les problèmes pour vendre le vin. En plus, s'ils avaient Carillon à l'écurie, il fallait aussi Sanchez qui était ramonet, sans parler de la nourriture.

Je te l'ai expliqué tout ça ? Alors, ne me fais pas répéter !

Tu ne sais pas ce que c'est un *ramonet* ?

C'était celui qui s'occupait du cheval et qui le faisait travailler. Tous les matins et tous les soirs de l'année, les dimanches, même pendant les congés, l'homme devait nourrir l'animal, le faire boire et le panser à six heures du matin et à six heures du soir. Il était un peu plus payé qu'un ouvrier et il était logé au-dessus de l'écurie ou dans une maison à côté qu'on appelait le ramonétage.

Maintenant que Paul travaillait comme un homme, il pouvait sans problème remplacer Sanchez, surtout s'ils achetaient un tracteur. Tout le monde le sait, ces machines, ça te fait le travail de vingt bêtes et d'autant d'ouvriers. Il suffirait d'embaucher une paire d'hommes au moment de la taille, deux ou trois femmes comme chaque année pour ramasser les sarments et il y en aurait assez pour faire tourner la propriété.

De toute façon, c'était dans l'air. Il n'était plus question de prendre un autre cheval. Les tracteurs les avaient tous remplacés. Je te l'ai dit, il me semble, que Carillon était le dernier de Pilhan.

Les premiers à avoir acheté un tracteur étaient les Astruc. Ils n'étaient pas bien riches, mais ils étaient fiers. Ils n'avaient que les mots « moderne » ou « progrès » dans la bouche. Ils te parlaient d'exploitation agricole, de rentabilité, d'emprunts, de remboursements différés, de taux préférentiels.

Les autres paysans écoutaient sans rien dire. La moitié ne comprenait rien à tout ce qu'ils disaient. Pour ne pas passer pour des imbéciles ou pour des ignorants, ils remuaient la tête, ils approuvaient.

Ils repartaient ensuite dans leurs vignes en pensant que ces Astruc, ils étaient plus malins qu'eux, qu'ils allaient s'en sortir et que peut-être ça valait le coup de faire pareil.

Le premier tracteur, je m'en souviens : un Saint-Chamond rouge, nerveux. Oui, il était à chenilles et tu l'entendais arriver de deux kilomètres au moins. Ils le faisaient essayer à tous ceux qui voulaient. C'était pour eux une façon de se prouver qu'ils ne se trompaient pas et qu'ils étaient à la pointe du progrès.

Quand quelqu'un soupirait : *« Un engin comme ça, ça doit en valoir des sous ! »* Louis reprenait aussitôt toutes ces histoires d'emprunt et il ajoutait que les mensualités étaient si petites qu'ils ne les sentaient pas passer.

Moi je sais qu'ils avaient du remords d'avoir vendu leur cheval qui était encore jeune et qui aurait pu tenir quatre ou cinq ans de plus. Une bonne bête brave comme un sou qu'ils appelaient Copain. Un soir qu'il avait un peu bu, Louis m'a raconté que son père avait été malade de voir partir leur cheval et qu'il avait mis un mois avant de remettre les pieds dans l'écurie.

Bien sûr, ça, c'est des choses qui ne se racontent pas. Alors chaque fois qu'ils en parlaient c'était toujours la même chanson. Je l'ai entendu une bonne vingtaine de fois : *« Un tracteur, ça ne mange que quand ça travaille ! Le cheval, tu comprends, quand il est crevé, il te faut arrêter et puis tu ne peux pas prendre de vacances ! Tiens, regarde y a des phares, on peut même travailler la nuit ! »* et d'autres trucs comme ça qui montraient qu'eux ils étaient plus malins que les autres.

C'est comme ça que petit à petit tous les chevaux de Pilhan ont disparu.

Des noms ? Il y avait des Coquet, des Bijou, des Pompon, des Mignon, des Brave, des Tempête, des Bayard, des Vaillant, des Ami, des Trompette ou des Tambour, des Moustic, des Belle, des Polka.

Tu as déjà entendu marcher un cheval sur le goudron ?

C'est comme une musique bien rythmée, jolie, toujours la même sur quatre temps : *« Cloc-cloc, cloc-cloc, Cloc-cloc, cloc-cloc »*. Dans l'affaire de deux ans, tout ça a été remplacé par le bruit des moteurs et des chenilles. Tu vois le changement !

Quand mon père rentrait dans l'écurie, chaque matin, il criait : *« Ho l'Ami tu as bien dormi ? »* Le cheval répondait par un petit hennissement puis il baissait la tête parce qu'il savait que mon père allait venir le caresser un peu.

L'écurie, c'était chaud, ça sentait la vie forte… sauvage… Lorsqu'ils partaient à la vigne, papa annonçait *« On va aux Garriguettes basses ! »* et l'Ami prenait la bonne route. On ne le dirigeait pas, il connaissait le chemin.

Tu vois, c'est des choses comme ça qui ont été perdues. Je te l'ai dit, personne n'en parlait, mais ça a dû être dur pour tous. Mettre de l'huile dans un moteur au lieu de donner à manger à un cheval, ce n'est quand même pas pareil et puis tiens, essaie de dire quelque chose à ta voiture, tu vas avoir l'air d'un fou...

Tu y parles toi ? Alors, ne le prends pas mal, c'est une façon de dire.

De toute façon, ils n'avaient pas le choix. C'était plus possible le cheval, l'écurie, le *ramonet*, le travail qui se faisait proprement, sans se presser. Le monde allait plus vite il fallait s'accrocher, il fallait gagner plus de sous...

Paul ? Il n'avait pas grand-chose à dire, mais je pense que, comme tous les jeunes, il avait drôlement envie de monter sur ces engins. Il fallait voir comme ils étaient fiers en haut de leur machine, les premiers tractoristes. En plus, il ne s'entendait pas bien avec Carillon.

Pour lui, le cheval, c'était dépassé. Si on lui a demandé ce qu'il en pensait, sûr qu'il a poussé pour acheter un tracteur. Les nouveaux étaient à roues et bien sûr ils allaient beaucoup plus vite que les chenillards. Le problème c'est qu'ils se renversaient facilement. Ils étaient faits pour travailler en plaine.

Ici, les terrains ne sont jamais plats, c'est dangereux d'aller vite en tracteur. Malgré ça, tous prenaient les roues. Tu comprends, il fallait aller à toute vitesse. Tant pis si de temps en temps, il y avait un engin qui se retournait dans un fossé, c'était la faute à pas de chance et ça arrivait toujours aux autres... Dans le coin j'en connais quand même au moins trois qui se sont foutus en l'air avec leur tracteur.

Quand la décision a été prise, il a fallu le dire à Sanchez. Je sais comment ça se passait, j'y ai assisté chez moi et, à entendre les autres, c'était à peu près toujours la même chose. Il n'y avait pas de cris, pas de dispute, rien. Je suis sûr que quand le père de Paul a dit à Bacalao de passer le voir après la journée, l'autre a tout de suite compris ce qu'il allait lui dire et ça a dû être vite fait.

Après, à tous les coups, Molinier a sorti une bouteille de muscat ou de quinquina et ils ont bu un verre sans parler ou alors juste pour dire que c'était bon.

Tu te rends compte ? C'était des gens qui travaillaient ensemble depuis une bonne vingtaine d'années. Vingt ans dehors à trimer ensemble par tous les temps, vingt ans à vivre sur la même propriété. Jamais une saloperie, jamais la moindre hypocrisie, c'est quelque chose, non ?

Sanchez savait que Molinier n'avait pas le choix. Il ne devait même pas lui en vouloir. C'était le progrès qui faisait ça. L'amitié et la confiance, ça ne voulait plus rien dire. C'était des trucs de vieux, c'était dépassé. Sur la place il ne se passait pas cinq minutes sans que tu entendes rentable ou rentabilité.

Ils ont dû être d'accord sur tout parce que jusqu'à leur départ, les Sanchez ont continué à habiter le ramonétage. Bacalao était vaillant et sérieux, il a trouvé du travail assez vite dans une campagne à côté de Mersac. Elle s'appelle « La Franquette. » Bien sûr qu'elle existe toujours, tu peux aller la voir. Le patron était un chirurgien de Montpellier qui venait cinq ou six fois dans l'année se reposer de la ville.

José, bien sûr, continuait à venir à Pilhan pour voir Paul, Anne et discuter avec les gens. Il avait ses habitudes ici.

C'est certainement Sanchez qui a dit dans le hameau que Girard viendrait chercher Carillon ce jour-là. Du coup, il y avait presque tous les habitants devant la maison des Molinier. Je m'en souviens bien. Tu vois ça aussi, c'est quelque chose qui m'a marqué.

Il y avait des familles entières avec les vieux et les gosses. Les parents voulaient que leur petit voie encore une fois le dernier cheval de Pilhan. Attention ! Pas un cheval de promenade, de cirque ou du tiercé, un vrai de vrai, un costaud.

Les vieux, je crois qu'ils étaient là comme pour lui rendre hommage. Peut-être aussi parce que ce cheval, ils sentaient qu'il représentait leur monde à eux…

C'était comme l'enterrement d'un camarade.

Je ne sais pas comment te dire… Eux, ils avaient passé leur vie avec les chevaux. Après Carillon, il y en aurait plus. Ils venaient voir s'en aller tout un morceau de leur passé… Comme quand on démolit une usine ou qu'on noie une mine. Pour les anciens ouvriers, ça doit être pareil.

Tu comprends ? Oui ? Tant mieux !

Tout le monde attendait, il n'y avait pas de bruit. Tous regardaient Carillon qui était attaché dehors à l'anneau scellé au mur. Le pauvre, il ne comprenait pas encore ce qui se passait. Je te montrerai l'anneau après si tu veux le voir.

On a entendu de loin arriver le fourgon du boucher. Il a reculé vers le cheval. Quand Girard est descendu, il a regardé tous les gens et il a haussé les épaules en souriant. J'avais envie de lui jeter des pierres. Je pense que je ne devais pas être le seul.

C'était un type qui aimait bien faire le fort, ce Girard. Molinier et Sanchez l'attendaient ensemble, appuyés au mur sans parler. La mère de Paul est sortie brusquement. Elle a vite caressé le cheval sur le museau et elle est partie.

Je te jure, tu aurais entendu une mouche voler. Même les petits qui ne tiennent pas une minute en place ne bougeaient pas. Il y avait des vieilles qui reniflaient dans leur grand mouchoir à carreaux. Même moi, et tu sais pourtant que je n'aime pas ces bêtes-là, j'avais la gorge serrée.

Girard, ce fanfaron, a fait durer le spectacle. Tu penses, ça devait lui plaire que tout le monde le regarde. En plus, de jouer le rôle du méchant, ça lui allait bien. Il tournait autour de Carillon, lui regardait les dents, les pattes, comme s'il allait le refaire travailler. Bien sûr, il faisait du cinéma. Tout ça ne servait à rien puisque le pauvre cheval allait direct à l'abattoir et que le prix avait déjà été fixé.

Molinier a détaché doucement son cheval et l'a tiré par la bride. Pendant ce temps le boucher a placé des planches pour qu'il monte dans le fourgon. Tu aurais vu cet animal. Là, il a tout compris. Il frissonnait. Il bougeait les oreilles dans tous les sens.

Il ouvrait grand ses yeux. Quand il est arrivé devant les planches, il a senti les odeurs du fourgon. Tu penses, ça devait puer la misère, la peur, peut-être la mort. Il s'est mis à reculer en tirant sur la bride...

En sifflotant, Girard est allé chercher dans la cabine un fouet à manche court. Sanchez l'a arrêté. Il était blanc comme un linge. J'ai cru qu'il allait l'assommer. Putain, tout le monde l'aurait applaudi.

Marcel a pris la tête de Carillon dans ses mains et il lui a parlé. Ce qu'il lui a dit je ne le sais pas, mais il lui a parlé, tout le monde l'a vu. Le cheval s'est calmé. Il est monté presque tout seul dans le fourgon.

Ce salaud de Girard a fait exprès de rabattre le volet du camion de toutes ses forces. On a tous sursauté, la guillotine, ça devait faire le même genre de bruit.

Il a sorti de sa poche un grand portefeuille. Il a pris des billets. Il a fait semblant de vérifier. Il les a mis dans la main de Marcel qui les a fourrés dans sa poche sans les compter, comme s'ils lui brûlaient les doigts.

Il a gardé la tête baissée. Il ne voulait pas voir tous ces gens qui étaient là. Peut-être il avait honte. Peut-être il pleurait. Il n'a pas touché la main de Girard. Sanchez non plus. Ils sont rentrés tous les deux dans l'écurie en laissant le boucher tout seul dans la rue.

Le fourgon a démarré lentement et les gens ont commencé à partir. Girard était encore au bout de la rue que déjà Marcel et Bacalao commençaient à nettoyer. Ils étaient sûrement pressés d'effacer toutes les traces de Carillon. Tous ceux qui avaient vendu leur cheval avaient fait pareil comme si en enlevant un peu de paille ils croyaient effacer tout ce qu'ils avaient dans la tête... et dans le cœur.

Les hommes qui étaient là sont venus discuter avec eux. Marcel ne faisait que répéter : *« On pouvait pas faire autrement ! »* et les autres disaient que c'était la vie, qu'il n'y avait rien d'autre à faire. Peut-être, même sûrement qu'ils avaient raison, mais si c'était ça la vie qui arrivait, je suis certain que beaucoup comme moi pensaient qu'elle devenait complètement folle.

Je crois que tous les autres étaient contents que Molinier se soit enfin débarrassé du cheval, l'Ami devait leur donner mauvaise conscience, ou alors il leur rappelait le leur.

Je ne sais pas pourquoi ça m'a autant frappé. Tu vois, quand Girard est venu chercher le nôtre, ça ne m'a pas fait tout ce chagrin. Tu me diras, c'est à cause de ce sale cheval que mon père ne me parlait presque plus alors... et puis Carillon c'était quand même le dernier de Pilhan.

Les Molinier ont reçu le tracteur une semaine après. Un engin énorme, rouge vif. C'est Paul qui l'a rangé dans l'écurie. Crois-moi, il n'a pas râlé comme avec Carillon. Il ne s'est pas fait prier pour y monter dessus.

Le soir, les autres vignerons sont venus le voir. Bien sûr que j'y étais. Je n'y entendais rien, mais j'écoutais. La cave était encore toute pleine de l'odeur du cheval et de la litière humide.

Les hommes s'en foutaient ou alors ils ne voulaient pas sentir. Ils parlaient de puissance, de cylindres, de force motrice, de voies larges ou étroites, de couple, de vitesse, de maniabilité et de plein d'autres choses dans ce genre.

Je rigolais de les voir tourner autour de l'engin comme s'il était à eux. Je rigolais, mais en même temps, il y avait quelque chose qui m'ennuyait. Je ne les comprenais pas.

Ils faisaient comme si Carillon n'avait jamais existé. Ils marchaient dans l'odeur de sa pisse et ils n'en parlaient pas.

Je ne comprenais pas non plus pourquoi ils faisaient ça, pourquoi ils avaient l'air si contents ? Ils faisaient les fiers, ils s'étaient transformés à coup d'emprunts en paysans modernes. Ils avaient déjà la tête pleine de cambouis.

Comme je n'étais pas vigneron, j'étais certain que tout ça n'était que du cinéma. Je les regardais et j'avais l'impression de les voir pour la première fois. Je me demandais si c'était des fous, des salauds ou simplement de pauvres types paumés...

Moi, je n'arrivais pas à m'enlever de la tête l'image de Carillon qui ne voulait pas monter dans le fourgon.

Le jour tombait. Dans l'obscurité de l'écurie, le tracteur faisait comme une tache rouge vif. J'ai pensé à une tache de sang et j'ai imaginé Carillon à l'abattoir.

Depuis ce jour-là, je n'ai jamais plus mangé de cheval, jamais.

Un drôle de bonhomme, moi ? Peut-être. Pourquoi tu dis ça ? À cause du cheval ? On peut s'en passer, tu vois… Non, je te jure, de les voir discuter autour du tracteur dans l'écurie, ça m'a fait mal au cœur.

Maintenant, j'ai compris pourquoi ils étaient comme ça ce jour-là. Ils voulaient croire ce que les marchands leur avaient répété et répété. Ils se noyaient et ils s'accrochaient à une branche. Ils s'en foutaient de savoir si elle était pourrie.

Il y a rien de plus fort que l'espoir.

Grâce au tracteur, ils allaient faire plus de vin, le vendre plus cher, rembourser leurs dettes, mieux s'en sortir quoi !

Pour eux cette machine, c'était le canot de sauvetage. Puisque tout le monde le disait, ça devait être vrai. Ils allaient être sauvés. C'était sûr et certain, ils ne risquaient plus rien.

*

Sanchez parti, Paul s'est mis au travail comme ses parents. Lui conduisait surtout le tracteur, mais il était levé aux aurores et à part le dimanche, il ne prenait pas de vacances. José continuait à venir.

Je ne sais pas s'il venait pour Paul ou pour Anne, mais il était souvent là. Il arrêtait sa deux-chevaux devant la maison des Molinier. Il ne descendait même pas de la voiture. Un coup de klaxon, Paul passait la tête à la fenêtre et ils discutaient. Après José repartait en faisant hurler le moteur. Parfois tout seul, parfois avec le Molinier.

Il commençait à avoir une sacrée réputation de dragueur. Mais non, pas Paul ! Le pauvret n'avait pas trop le temps de s'amuser je viens de te le dire. José bien sûr !

Tu me diras, à l'époque, il n'en fallait pas beaucoup : un type qu'on voyait avec deux filles différentes dans un an, c'était un dragueur. Avec trois ou quatre filles, c'était un chaud lapin, presque un obsédé bon à être enfermé. D'après ce que disaient les uns et les autres, il ne se passait pas un bal sans que José sorte avec une fille, alors imagine ce qui se racontait sur lui.

Peut-être qu'ils exagéraient un peu. Tu sais dans les villages du coin, en hiver, il ne se passe pas grand-chose. Alors si on voit un petit truc qui sort de l'ordinaire on l'arrange un peu pour pouvoir le raconter. Les autres font réchauffer ce que tu leur as dit et quand ils le resservent, ça a encore gonflé.

Nous ici, avec un grain de blé on fait un gâteau.

Maintenant, même si moi je ne l'ai pas vu changer de fille chaque semaine, c'était possible qu'il ait du succès. Il allait être instituteur, il parlait bien et il n'était pas laid : grand, mince, cheveux noirs, un visage fin de minet et des mains longues et blanches qui devaient plaire aux filles.

Ce qui m'énervait c'était qu'il était toujours en

train de relever la mèche qui lui tombait sur les yeux. La mode des cheveux longs commençait. À lui, on n'y voyait pas le cou. Boudiou, il y en a qui les avaient jusqu'aux épaules, on aurait dit des filles. De dos tu ne savais pas si tu disais Monsieur ou Madame.

Oui, José c'était le plus dégourdi des trois, ça c'est sûr. Avec Anne non, ils sont restés longtemps sans qu'il ne se passe rien. Souvent c'était lui qui la ramenait de Narbonne le samedi à midi. J'avais beau regarder, quand il la laissait au bord de la route – personne ne rentrait chez Anne –, c'était juste un petit baiser sur la joue.

Tout a changé pendant la fête de Mersac. Ne me demande pas l'année, je n'en ai aucune idée. Je me souviens que le chanteur imitait bien Johnny Hallyday. Il y avait aussi une femme qui chantait comme France Gall... Je m'en souviens de ce nom à cause du rugby, oui le tournoi des cinq nations, des six maintenant, si tu veux !

On était tous à la buvette en train de déconner. Je dis on parce que moi je suivais. Bien sûr que j'étais beaucoup plus vieux, mais comme j'étais toujours là, même les jeunes étaient habitués. En plus un bossu riche, ça ne peut pas être trop gênant.

On commençait tous les bals par un tour à la buvette. Tu sais, au bout de quatre ou cinq muscats tout le monde se trouve un peu plus beau et un peu plus intelligent que d'habitude. C'était juste ce qu'il fallait pour avoir le courage d'aller inviter les filles.

José disait *« aller à la chasse »*. Je ne parle pas pour moi il m'aurait fallu boire un tonneau et encore…

À la buvette aussi, on se foutait des mecs qui dansaient. Leurs habits, leur façon de faire, tout y passait. Plus on avait envie d'être à leur place, plus on avait peur qu'ils réussissent à embarquer une fille, plus on les critiquait. Il y avait deux catégories qu'on ne pouvait pas sentir : les minets un peu le genre José, mais lui il était de chez nous et les pels louncs (les cheveux longs) qui avaient toujours l'air de prendre les gens pour des cons.

C'était pareil pour les filles qui ne voulaient pas danser. C'était à celui qui racontait les plus grosses saloperies sur elles. Plus les tournées passaient, plus ça riait fort et même souvent pour rien. C'était comme ça. Non, des bagarres il n'y en avait presque pas. Parfois avec une bande de Narbonne, mais non, il n'y en avait pas trop.

Oui… Je te raconte José et Anne.

On était à la buvette et l'orchestre attaque un slow. C'était au début du bal, j'étais encore clair. Je vois José qui fonce, qui attrape Anne par la main et qui l'entraîne au milieu de la piste, loin de nous. Paul était encore au comptoir que déjà les autres ils dansaient.

Moi, je me suis tout de suite rendu compte qu'ils ne faisaient pas comme d'habitude parce que normalement ils restaient près de nous et ils faisaient les idiots : ils dansaient n'importe comment, ils riaient, ils chahutaient, ils cassaient les pieds aux autres…

Je l'ai souvent remarqué ça : il y en a plein qui font ceux qui s'amusent, qui ne pensent pas à draguer, mais ce n'est pas vrai, ils jouent la comédie. Pourquoi ? Va-t-en voir ! Ou bien ils se sentent surveillés et ils font les innocents, ou bien ils n'osent pas faire le premier pas parce qu'ils ne sont pas sûrs de leur coup, ou alors il y en a un qui aime et l'autre non.

Je n'y crois pas moi à ces simagrées entre un garçon et une fille : on est ami, c'est tout. Moi, je suis bien placé pour te dire que tu es ami parce que tu ne peux pas être davantage. J'étais copain avec toutes les filles que je connaissais, mais si elles avaient voulu que je les embrasse, je ne me serais pas gêné, crois-moi !

Je parle, bien sûr, quand tu es jeune. Après, en vieillissant, ça change. Quand tu as moins envie de tirer un coup sur tout ce qui bouge en robe, sauf les curés bien sûr, tu deviens beaucoup plus raisonnable.

Je ne te choque pas, j'espère ? Non ? Tant mieux parce que tu peux penser que je dis des conneries, mais toi aussi tu dois être comme ça à moins que tu sois de la jaquette. Ça, par contre, c'est une famille que je ne connais pas…

Bon je pense que tout ce baratin tu le feras sauter ce soir. Je ne crois pas que ce soit un témoignage sur l'époque…

José et Anne ne dansaient pas comme d'habitude. Il te la tenait serrée contre lui et ils étaient sérieux comme des papes. Je voyais la main de l'Espagnolet qui jouait de la guitare sur le dos de la fille. Je voyais leur bouche se rapprocher. J'ai commandé une tournée de muscat.

Quand je me suis retourné, ils étaient en train de s'embrasser et crois-moi ce n'était pas sur la joue. Ils sont revenus vers nous en se tenant par la main.

José faisait le type content de lui, du genre : *« Encore une, les copains ! »* Anne était tout sourire. Elle a dû se rendre compte que Paul faisait la gueule. Elle s'est approchée de lui, elle l'a embrassé sur la joue. Paul l'a repoussé un peu fort et il s'est essuyé. Je n'ai jamais su s'il l'avait fait exprès ou non. Anne s'est mise contre José et l'a pris par la taille.

Ce soir-là, Paul a ramassé une cuite monumentale. Je ne l'avais jamais vu comme ça. Il voulait se battre avec tout le monde. Il a fallu le faire sortir. Une fois dehors il s'est mis à dire les pires méchancetés sur José : que c'était un sale Espagnol, qu'il sentait la morue… Plus il parlait, plus il s'énervait. À la fin il le cherchait partout. Il voulait lui casser la figure.

José et Anne, ça faisait un moment qu'ils étaient partis. Tu penses, ils avaient mieux à faire qu'à écouter ces bêtises.

Serge a ramené Paul, il ne pouvait pas conduire. Mon copain était furieux parce que Molinier avait vomi partout dans la voiture.

Paul n'est pas sorti avec la bande pendant une paire de samedis et José n'a plus garé sa deux-chevaux devant sa maison. Il continuait à ramener Anne de Narbonne et à venir la chercher pour aller au bal, mais il ne s'arrêtait plus chez les Molinier. Quelqu'un devait lui avoir raconté ce que Paul avait dit sur lui ou alors il était un peu gêné par rapport à Anne.

Je crois que c'est elle d'ailleurs qui les a raccommodés. Après tout, c'est à cause d'elle qu'ils étaient fâchés.

Un dimanche matin je l'ai vue en grande discussion avec Paul sous le figuier. La semaine d'après, ça a recommencé comme avant. Ils se sont mis à repartir tous les trois ensemble avec la deux chevaux ou la Simca 1000, mais ce n'était plus les oisillons dans le même nid.

Paul, maintenant, il faisait le coucou.

9

Tu vois c'est rigolo parce que depuis que tu me fais parler je m'aperçois qu'être comme je suis, ça m'a permis de voir plein de choses que les autres ne remarquaient pas. Tu comprends, moi, j'ai toujours été comme au bord de tout ce qui se passait.

Je ne faisais rien, j'étais un témoin. Même l'âge ne comptait pas. Bien sûr que j'étais plus vieux que Paul, José, Anne et compagnie, j'aurai pu être leur père, mais ça ne les gênait pas que je sois avec eux.

Je l'ai déjà dit ? Tu l'effaceras ce soir !

J'étais là, je suivais. Personne n'y trouvait à redire. Remarque, je suis tellement petit, ils ne devaient pas me voir. Non, là je déconne ! Il y avait aussi que je savais tenir ma langue. Ils avaient tous confiance en moi. Ils savaient que je n'allais pas raconter leurs exploits à droite ou à gauche. En plus, c'est vrai, je payais souvent. Ça, il y en a beaucoup qui aimaient bien... S'ils étaient fauchés, Ernest était là pour leur payer à boire ou leur prêter ce qui leur manquait.

Je faisais partie du décor et à force, le décor, tu l'oublies. C'était comme si je n'existais pas.

On se retrouvait à Mersac au café. Moi, j'y passais

presque tous les samedis après-midi de cinq heures du soir jusqu'à ça dépendait.

Les jeunes arrivaient après le repas et ils commençaient à boire et à déconner. Quand ils partaient vers dix heures et demie onze heures, ils me demandaient toujours : *« Tu viens avec nous ? »* et souvent j'y allais. Quand il y avait Serge, on les suivait avec sa voiture. C'est vrai que de temps en temps ils se moquaient de moi, mais ce n'était pas méchant. Tu sais ici on aime bien allumer les gens, les faire râler quoi.

Plus ils se mettent en colère, plus on est content... C'est comme un jeu qu'on fait tout le temps. Bien sûr, moi aussi, je me faisais charrier. Non, je ne m'énervais pas, j'étais même plutôt content : ça voulait dire que je faisais partie de la bande.

Je n'ai même pas eu la sensation de vieillir... Quand tu n'as jamais rien fait, tu ne peux pas dire : *« Avant je faisais ça, maintenant je n'y arrive plus ! »*

J'étais le témoin de tous ces jeunes. Eux oui, je les ai vus vieillir. Je les ai regardés enfants, jeunes hommes puis hommes.

Tu peux croire que j'en ai vu défiler. Un samedi, il manquait quelqu'un, puis on ne le voyait plus du tout. Il était parti travailler ailleurs ou il faisait son service militaire ou il s'était marié.

Il en arrivait d'autres que j'avais vus tout petit jouer dans les ruisseaux comme Paul ou José. Ils remplaçaient ceux qui ne revenaient plus. Au début, ça me foutait un coup au moral et puis j'ai compris que l'important c'était qu'il y ait toujours quelqu'un pour boire, pour rire, pour discuter.

C'est bête, tu vois, j'ai toujours eu peur de la solitude et j'ai passé toute ma vie seul.

J'en ai vu partir beaucoup, j'en ai vu arriver beaucoup. Je suis allé à l'enterrement de quelques-uns et moi j'étais toujours là un peu comme le figuier de Paul... Lui aussi bien sûr, il était toujours là, sauf qu'il voyait beaucoup moins de monde que moi et qu'il ne se saoulait pas.

Serge ? Lui aussi il est parti. Un jour, il m'a attrapé par le bras, il m'a dit qu'il en avait assez de cette vie de con et qu'il allait à Strasbourg travailler chez son oncle qui était directeur d'usine. À Strasbourg ! Tu te rends compte ! Il m'aurait dit en Australie il ne m'aurait pas étonné davantage.

Au début, on s'est écrit un peu, puis il m'a envoyé une carte pour le Premier de l'an. J'ai peut-être oublié de lui répondre. Je l'ai revu trois ou quatre fois. Il s'est marié. Il était laid comme un cul de singe et il a trouvé une femme...

Il n'y a vraiment que moi qui suis resté tout seul comme un pestiféré... Il a même eu une fille... Et puis un jour, il y a longtemps, j'ai appris qu'il était mort...

Évidemment sur les cartes, il disait qu'il était super heureux, qu'il avait fait son trou, et *caetera*, et *caetera*. Moi mon trou c'est les autres qui le creuseront. Que veux-tu, c'est la vie... Il n'était pas bossu lui, il avait le droit de vivre comme tout le monde, tu comprends ?

Moi ? Depuis quand je bois ? Mon pauvre, depuis toujours je crois. Tu sais, si les prières avaient été aussi bonnes que le vin pour me faire oublier ma bosse, je serais peut-être devenu curé. Je me suis mis à boire surtout après l'histoire avec Joséphine... Tu veux que je raconte, ça t'intéresse ? Ce n'est pas mon meilleur souvenir et je ne pense pas que ça fasse partie de l'environnement de Paul.

Ne fais pas cette tête de chien battu. Je ne veux pas de pitié, moi. Regarde, je suis heureux. J'ai mis longtemps à me calmer, à être en paix, mais maintenant je suis bien.

J'ai ma maison, je ne manque de rien, je bois un bon coup de temps en temps manière de me vider la tête et puis ma vie se passe tranquille. Que veux-tu de plus ?

Je te raconte, je te dis tout, mais d'abord cette fois, justement, il me faut boire un grand verre, j'en ai besoin.

*

Joséphine, je t'en ai déjà parlé. J'aimais la voir danser. Je crois que je suis tombé amoureux d'elle parce qu'elle ne me regardait pas comme les autres filles.

J'avais vingt ans. À vingt ans, tu attends la femme, tu attends l'amour. Oui, même un mal foutu comme moi... Tu es l'affût du moindre signe.

Joséphine me voyait vraiment comme j'étais et

ça n'avait pas l'air de la dégoûter. Elle m'écoutait aussi. Pour elle, je n'étais pas un clown riche, j'étais quelqu'un comme les autres. C'est difficile à expliquer, mais quand elle était à côté de moi, quand elle me parlait, il me semblait que j'étais un peu beau, enfin normal quoi...

Tu sais comment ça se passe, ça a dû t'arriver. Quand tu es amoureux, tu te montes la tête, c'est obligé.

Si en riant, elle posait sa main sur mon épaule, c'était comme une caresse pour moi. Si en servant à boire, elle commençait par moi, ça voulait dire que j'étais son préféré et elle venait de le montrer à tous. Si elle terminait la tournée par moi, c'était qu'elle ne voulait pas éveiller les soupçons.

Lorsqu'elle me faisait la bise, il me semblait qu'elle me retenait un peu plus longtemps que les autres. Elle parlait à tous, mais elle me regardait surtout à moi. Il n'y avait que moi qui l'intéressais, j'étais sûr qu'elle ne s'adressait qu'à moi.

Je me débrouillais toujours pour être à côté d'elle à la moindre occasion. Parfois sous la table, si sa jambe me frôlait, je n'osais plus bouger.

Elle sentait bon Joséphine, un parfum d'épices un peu sucré. Lorsqu'elle secouait la tête, ses cheveux volaient et son odeur m'enveloppait complètement. Ça me faisait tourner la tête plus que si je m'étais envoyé une dizaine de pastis.

Qu'est-ce que je l'aimais !

Dès que je me réveillais le matin, je me demandais comment j'allais m'arranger pour la rencontrer. Je faisais des plans pour la retrouver à l'épicerie ou chez le boulanger. Si je la voyais, ça prouvait qu'elle aussi, elle avait tout fait pour être là en même temps que moi. Si je ne la voyais pas, c'était parce qu'elle avait peur que les gens se mettent à parler sur notre compte.

Ça pouvait arriver, la preuve, un jour, l'épicière, une langue de pute, m'avait lancé devant elle : *« Alors Ernest, toujours amoureux ? »*

Moi j'étais devenu rouge comme une tomate. Joséphine avait juste souri un peu. Quand même, ça, ce n'était pas mon imagination qui courait. Elle aurait pu dire que l'épicière disait des bêtises. Non, elle avait juste souri…

Avec des trucs comme ça – j'en trouvais toujours plein – petit à petit je me suis persuadé qu'elle aussi était amoureuse de moi. Je me disais qu'il ne fallait pas presser les choses, ça m'arrangeait parce que j'étais mort de trouille à l'idée de lui parler, mais j'étais sûr qu'on allait sortir ensemble, puis qu'on se marierait, puis qu'on aurait des enfants, et *caetera*, et *caetera*...

Je réfléchissais même aux pièces qu'on allait prendre dans la maison pour être tranquilles, le plus loin possible des parents et des vieux.

On dit que l'amour donne des ailes. Eh bien, je peux t'assurer que c'est vrai. Je sifflais toute la journée. Je trouvais la vie belle... Je me changeais d'habits et je me douchais deux ou trois fois par semaine.

Avant de sortir le samedi soir, je passais demi-heure devant la glace à me peigner, à m'arranger.

Un soir je l'avais accompagnée jusque devant chez elle parce qu'il y avait une panne de lumière. On avait discuté, je l'avais fait rire. Elle m'avait fait un baiser en passant un bras autour de mon cou. Un baiser plus doux et plus long que d'habitude.

J'étais parti en courant comme un fou tellement j'étais heureux. Le lendemain matin, c'était toujours aussi fort. Je devais le dire à quelqu'un. Dans la maison il n'y avait que ma mère… Tu te rends compte comme il fallait que je sois sur les nuages pour faire des confidences à cette pute.

Je lui ai tout raconté dans les moindres détails. Tout, même mes rêves d'avenir avec Joséphine. Elle m'a écouté sans rien dire… Il me semblait même qu'elle aussi se mettait à m'aimer. Moi, tu comprends, j'aimais le monde entier alors tout le monde me semblait merveilleux et bon.

Je ne la regardais pas, ça filait de ma bouche comme l'eau du robinet. C'était trop pour moi, ça m'étouffait. Il fallait que ça sorte. Quand j'ai fini, elle a demandé :

— Tu lui as parlé ?

Je n'ai pas répondu alors elle est venue vers moi avec son mauvais sourire qui était comme une grimace et elle m'a dit :

— Tu te fais du cinéma, crapaud.

Je l'ai poussée en criant qu'elle se taise, que c'était une menteuse, une salope et je suis parti en me bouchant les oreilles pour ne plus l'entendre. J'avais vraiment envie de la tuer.

Elle m'avait mis le doute dans la tête. Je voulais parler à Joséphine, mais je ne trouvais pas l'occasion ou alors je me dégonflais.

En juillet, un cousin de Toulouse est arrivé chez eux. Je crois qu'il avait fait des conneries là-bas et ses parents l'avaient envoyé à la campagne pour lui changer les idées. Il était un peu voyou. Tu ne savais jamais ce qu'il pensait. Il ne te regardait jamais en face, c'était comme s'il n'avait pas d'yeux.

Il ne faisait qu'embêter Joséphine. Et je te lui fais des chatouilles, et je te lui mets une paille dans le cou, et je te lui tire les cheveux, et je m'assieds sur ses genoux, tout comme un gosse, quoi. Je voyais bien qu'il l'énervait, mais c'était son cousin. Par force, elle était bien obligée de le supporter.

Un samedi on avait prévu d'aller au cinéma à Mersac. Je n'en pouvais plus d'attendre le bon moment. Chaque nuit, je commençais à rêver d'elle puis j'entendais les paroles de ma mère. C'était le soir où jamais ! Avant de partir, je me suis descendu en cachette la moitié d'une bouteille de muscat.

Quand le film a commencé, je me suis un peu penché vers elle. Je sentais son bras contre le mien. Je te jure, j'avais peur que mon cœur explose. Je me suis poussé encore plus. Je suis resté longtemps comme ça. Je sentais sa peau chaude et douce contre la mienne, j'étais comme paralysé. Je ne savais pas ce que je devais faire : la prendre dans mes bras ?

Poser ma main sur son épaule ?

À un moment, je l'ai senti remuer. Je me suis tourné vers elle et là, j'ai vu qu'elle et son cousin, ils étaient en train de s'embrasser. Je me suis levé comme un fou et je suis parti. Ils ne s'en sont même pas aperçus.

J'ai marché jusqu'à la nuit noire, je ne sais pas où je suis allé. Je me suis couché par terre dans une vigne et là j'ai pleuré comme une Madeleine. Je voulais mourir, mais je n'avais rien pour me tuer. J'ai pris une pierre et je m'en suis foutu un coup sur la tête. J'ai commencé à saigner. J'ai eu mal… Je me suis arrêté.

Je pensais : comment Joséphine a pu me faire ça ? Comment elle a pu ? Et puis je me suis dit que c'était peut-être pour me rendre jaloux. Oui ! C'était ça la vraie raison ! Ça ne pouvait être que ça !

Alors, j'ai couru vers le cinéma et j'ai attendu devant le portail. Quand les gens sont sortis, ils me regardaient comme si j'étais un martien. Je ne m'étais même pas rendu compte que j'étais plein de terre et de sang. Joséphine et son cousin sont arrivés en se tenant par la main. Joséphine m'a demandé : *« Qu'est-ce qui t'a pris ? Qu'est-ce que t'as fait ? Tu es tombé ? Tu es blessé ? »*

Moi, je regardais leurs mains qui se tenaient et je ne pouvais pas répondre. Elle a suivi mon regard et je crois qu'elle a compris. En voyant sa tête moi j'ai tout de suite su la vérité : elle n'avait jamais pensé à moi comme amoureux, jamais !

— On est ami ! elle m'a dit en me touchant le bras. Je l'ai repoussée en gueulant :

— Salope ! Tu es une salope !

Je voulais lui sauter dessus, mais le cousin m'a arrêté. Il était grand, il me tenait loin de lui. Je gesticulais comme un pantin. Je n'arrivais pas a le toucher. Les gens nous ont séparés. Joséphine s'est serrée contre le cousin. Lui, il faisait le beau. Il disait qu'il ne voulait pas frapper un infirme, que s'il ne s'était pas retenu, il m'aurait assommé.

Joséphine répétait à ses copines.

— Je n'ai rien fait ! Je ne sais pas ce qu'il lui est passé par la tête, je n'ai rien compris. D'habitude il est gentil. Peut-être qu'il a trop bu.

Son cousin, fier comme d'Artagnan, m'a dit en la serrant contre lui :

— Bossu, laid et méchant, tu as vraiment tout pour toi, espèce de nain.

Personne n'a protesté, personne ne m'a défendu. Ils sont partis tous. Je suis resté seul devant le cinéma. Quand Bonnet le gérant est sorti, il m'a demandé ce que je faisais là. Je n'ai pas répondu. Il a haussé les épaules et il est parti. À un moment j'ai voulu le rappeler pour tout lui raconter et puis je me suis dit que ce n'était pas la peine, que ça ne servirait à rien.

C'est là que j'ai compris qu'il ne me fallait plus rien espérer. Jamais je n'aurai une vie comme les autres. Jamais je n'aurai de femme ni d'enfants, peut-être même que jamais je n'aurai de vrais amis. Mon père avait raison : je ne ferai jamais rien.

Je suis rentré chez moi en passant par la cave. Derrière la porte il y avait le fusil de chasse, un juxtaposé. Je l'ai pris, j'ai mis les canons devant ma tête.

J'ai pensé les yeux noirs du fusil... Je n'ai pas pu. Je l'ai reposé.

Je suis allé prendre une bouteille de vin vieux. Je me suis assis par terre et je l'ai bue. Je suis allé en chercher une autre.

Cette nuit-là, je ne me suis pas foutu en l'air parce que je n'avais pas assez de couilles pour ça. Et même maintenant, si parfois j'y pense ou j'en parle, je sais que je ne pourrai jamais le faire. C'est tellement plus facile de se saouler...

Le lendemain je me suis réveillé tout habillé sur le lit, c'était midi passé. Quand je suis arrivé dans la cuisine, ma mère m'attendait. Tout de suite elle m'a attaqué :

— Alors crapaud, tu l'as faite hier soir ta déclaration ?

Je n'ai pas répondu, je ne voulais pas l'entendre, je voulais partir, partir. Elle me barrait le chemin vers la porte. Elle me retenait de toutes ses forces. Elle m'empêchait de passer. Elle me postillonnait dessus.

Putain qu'elle était contente. Tu comprends, si je m'étais marié, si j'avais fait des enfants, elle n'aurait eu plus rien à espérer pour son fils.

Elle parlait, elle riait, elle parlait. Elle balançait tout ce qu'elle avait sur le cœur. C'était des saloperies sur mon père, sur les vieux, sur toute la famille. Elle se vengeait. Je ne lui avais rien fait et elle se vengeait sur moi !

— Qu'est-ce que tu croyais crapaud ? Tu t'es vu ? Tu ne te regardes jamais dans la glace ou alors en plus tu es aveugle ! Tu ne sens rien dans ton dos ? Tu ne t'es jamais touché ? Tu devrais, ça porte bonheur ! Joséphine ce matin elle était morte de rire en racontant que tu étais jaloux.

Je voulais qu'elle arrête, qu'elle arrête. Elle me secouait. Elle me tirait. Elle me criait dessus. Elle ricanait. Elle me secouait encore, encore.

Je lui ai donné un coup de poing dans le ventre. Je te jure, il est parti tout seul. Elle est tombée sur le cul. Alors, je lui ai sauté dessus pour l'étrangler. Elle se débattait cette salope. Elle essayait de me crever les yeux. Elle criait au secours. Moi, je serrais tant que je pouvais. Crois-moi, elle ne riait plus.

Mon grand-père est arrivé. Il m'a tiré doucement en arrière par les épaules. Je n'ai pas résisté, j'ai lâché. Elle est partie en gueulant. Le vieux m'a regardé. Il a relevé une chaise qui était tombée. Il est sorti sans dire un mot.

Je suis allé dans ma chambre. Je me suis changé d'habits. J'ai pris le porte-feuilles de mon père dans son bureau. J'ai sorti la Terrot de la cave. Je suis parti droit devant.

Maintenant tu vois, je n'en veux à personne. Quand je pense à Joséphine, je me dis que, grâce à elle, pendant deux mois j'ai vécu sûrement le moment le plus heureux de ma vie.

Avec le cousin ? Non, ça n'a pas duré. Il est reparti à Toulouse, point final. C'est moi et moi seul qui m'étais fait mon cinéma. Simplement parce qu'elle était plus gentille que les autres, plus gentille ou plus pute je ne sais toujours pas.

Après on s'est reparlé un peu, mais de loin. Elle avait peur de moi, je pense. En tout cas, elle se méfiait. Moi, même après l'avoir vue embrasser le cousin, même après ce qu'avait dit ma mère, j'avais du mal à croire qu'elle ne m'aimait pas du tout. J'ai mis longtemps à me sortir tout l'espoir de la tête…

Avec ma mère, on ne s'est plus jamais parlé. Le jour de la bagarre pour me dire tout ce qu'elle m'a dit, crois-moi qu'elle devait en avoir gros sur le cœur. Tu te rends compte ! Elle est rentrée chez les Pech en laissant son petit devant la porte. Elle n'avait même pas le droit d'en parler. C'est digne d'une mère ça ?

Peut-être qu'elle a accepté au début parce qu'elle pensait que petit à petit il pourrait venir avec elle. Tu sais, un peu comme ces chats qui naissent dehors et qui finissent par s'installer chez quelqu'un. C'est qu'elle ne connaissait pas mon grand-père. Je crois qu'il aurait préféré lui foutre un coup de fusil à elle et à son fils. Enfin, à cette époque-là, parce qu'après…

De me voir tout mal foutu traîner dans la maison à ne rien faire, ça la faisait crever de rage. Elle devait tout le temps penser à Michel. Oui, c'était le nom de son petit.

J'ai pris la moto et je suis parti.

Écoute, j'en ai assez de parler de moi. Ça me donne le cafard. Je te raconterai la suite de mon feuilleton un autre jour. Tu es venu me voir pour que je te parle de Molinier, non ?

10

Pendant deux ou trois ans, la récolte a été bonne et le vin s'est vendu à un prix honnête. C'était bien parce que presque tous les viticulteurs s'étaient endettés pour acheter leur tracteur. On a plus parlé de Ferrier qu'on n'a d'ailleurs jamais revu. Il se disait qu'il s'était établi en Argentine. Les jeunes continuaient de partir à droite ou à gauche, mais on trouvait ça normal.

Je te l'ai dit. Les gens s'étaient habitués à l'idée que la vigne ne pouvait plus nourrir tous leurs enfants, ça ne faisait plaisir à personne, mais la roue avait tourné. Ça paraissait impossible de la faire revenir en arrière, c'était le progrès.

Les enfants les plus dégourdis apprenaient un métier ou bien montaient à Paris ou ailleurs pour en trouver un. Les autres restaient avec le père ou se louaient dans les propriétés de la plaine que les Pieds Noirs qui étaient pleins d'argent achetaient et remettaient en état.

Là-dessus, il y a eu la gelée. Je ne me souviens plus exactement de la date. Ça devait être dans les années soixante et quelque chose.

Cette année-là donc tout s'annonçait bien. Il avait bien plu en automne et au printemps, la sortie des raisins était magnifique. Certains annonçaient déjà qu'ils n'auraient pas assez de cuves pour contenir toute la récolte.

Il y avait bien les vieux qui ne faisaient que parler des Saints de glace, mais personne ne les écoutait. Les Saints de glace ? Hé bé, c'est Saint-Anicet le 17 avril, puis Saint-Georges, Saint-Marc et enfin Saint-Jean qu'on appelle ici Saint-Jean ferme la tine, la cuve en patois.

C'est une quinzaine de jours, ça va jusqu'au début de mai. On ne sait pas pourquoi, mais souvent il fait mauvais dans cette période et même des fois il gèle. C'est pour ça qu'on les appelle les Saints de glace. C'est mauvais pour la vigne parce qu'à cette période les bourgeons sont fragiles.

Comment ça se passe ? Oh ! Tu sais, une gelée c'est vite fait. S'il y a de la rosée pendant une nuit sans vent et qu'au matin il gèle, tout se glace, les feuilles et les bourgeons sont brûlés par le froid.

Cette fois-là, il avait fait du vent du nord toute la semaine et puis il s'était arrêté juste avant la nuit. Le ciel était plein d'étoiles. Mon père, comme chaque soir, était sorti regarder le temps et il avait dit en rentrant, qu'il allait avoir du mal.

Il ne s'est pas trompé. Au matin, la gelée blanche avait mangé plus de la moitié de la récolte de Pilhan et de tout le coin. Dans les vignes qui étaient au fond des combes, il ne restait plus rien. Certains avaient tout perdu, d'autres un petit peu. La gelée, comme disent les gens ici : *« C'est jaloux ! »* Tu peux avoir une vigne complètement brûlée à côté d'une autre qui n'est pas touchée, c'est comme ça.

Dès qu'il a commencé à faire soleil, chacun est allé voir sa propriété. Moi, avec ma moto j'ai vite fait le tour. Les gros comme nous ou comme les Molinier, on avait des parcelles un peu partout. Quelques-unes étaient gelées, mais d'autres pas du tout. On s'en sortait plutôt bien. Il y avait des petits à qui il ne restait plus rien.

Du chemin, on voyait les souches marron, les bourgeons qui pendaient. Il n'y avait pas besoin d'être un spécialiste. Même les femmes venaient se rendre compte des dégâts. Elles arrivaient vite. Elles jetaient un coup d'œil. Elles serraient les dents sûrement pour ne pas pleurer. Elles repartaient aussitôt sans descendre de vélo.

J'ai vu Lucienne Portal qui crachait sur les souches en criant : *« Putain de terre ! Putain de pays ! »*

Il y avait plein de gens qui n'avaient pas de réserve d'argent. Ils vivaient d'une récolte sur l'autre. Pour arrondir les fins de mois, ils se louaient chez les gros. Ceux-là ils étaient ruinés. Bien sûr, il y avait toujours quelques bourgeons ici et là qui repousseraient, mais les trois quarts de la récolte étaient foutus.

Ils allaient devoir vendre s'ils pouvaient puis foutre le camp ou alors se serrer la ceinture. Ça voulait dire ne plus rien acheter de neuf, pas de voiture bien sûr, mais aussi pas de réfrigérateur ou de machine à laver, pas d'habits, pas de sorties, pas de cadeaux pour Noël, pas de bon repas avec la famille et les amis.

Travailler pour les autres, faire des ménages juste pour manger et pour payer tout le reste : les mensualités du tracteur, les dettes, le car ou la cantine du petit, je ne sais pas moi, l'eau, l'électricité, les impôts, les taxes, toutes ces conneries quoi !

Moi, je suis mal placé pour raconter ça, mais c'était les femmes les plus enragées. Je te l'ai dit, c'était elles qui tenaient les comptes. C'était elles qui passaient leur temps à gratter quatre sous par-ci quatre sous par-là. C'était elles qui se rongeaient les sangs pour savoir comment elles allaient payer les traites à la fin du mois.

Dès que leur gosse ramenait de mauvaises notes, elles se mettaient à gueuler : *« Tu iras à la vigne ! Tu seras un cul terreux et un crève-la-faim comme ton père ! »*

Les hommes se taisaient. Ils se faisaient petits. Qu'est-ce que tu voulais qu'ils disent ? Eux, toute leur vie, ils avaient été fiers de leur travail. Ils n'étaient pas capables de faire autre chose et en plus ils n'en avaient pas du tout envie.

La terre pour eux, c'était comme une maîtresse qu'ils ne pouvaient quitter...

Ils continuaient à faire leur boulot, mais ça ne suffisait plus pour faire vivre la famille. Ils étaient toujours aussi heureux dans leurs vignes, mais ça, ils ne le disaient pas. Ils se seraient fait traiter de fous.

Ils ne gagnaient pas assez, point final !

Comme disait Portal : *« Putain en ce moment au lit c'est l'auberge du cul tourné ! La Lucienne, je crois que si je la touche, elle me mord ! »*

Les autres rigolaient, bien sûr, mais c'était pareil chez eux.

Les vieux répétaient que ce n'était pas la première fois, que la vie était beaucoup plus rude avant, mais justement les vieux ils étaient vieux. Leur temps était fini. Les jeunes n'avaient pas envie d'en baver comme eux parce qu'ils voyaient comment ça se passait ailleurs.

Ceux qui étaient partis chercher du travail à Paris, dans le Nord ou au diable, revenaient au pays passer les congés et voir la famille. Dès qu'on discutait avec eux, ils te nous en foutaient plein la vue !

Ils nous parlaient de leur vie, c'était mieux qu'un roman. Des femmes belles et pas farouches que tu mettais dans ton lit sans avoir besoin de les marier. De l'argent, des fêtes tous les jours, des boîtes de nuit, du champagne.

Tu en avais qui étaient partis depuis trois ou quatre mois et qui revenaient en parlant pointu. On aurait pu se foutre d'eux, leur dire qu'ils nous prenaient pour des imbéciles, mais non, on les écoutait. On croyait tout ce qu'ils racontaient, on les badait… Ben oui quoi ! Ça veut dire qu'on les admirait, qu'on bavait d'envie en les entendant.

Les vieux disaient : *« Le petit Richou a drôlement changé. Maintenant c'est un Monsieur ! »*

Oui, parce qu'ici plus tu parles pointu, plus tu as l'air coincé, plus tu es un Monsieur. C'est comme ça. Je ne sais pas trop pourquoi, mais c'est comme ça. Peut-être que c'est à force d'entendre dire qu'on ne sait pas parler français, que le patois n'est pas une langue et que tout ce qui se fait de bien, c'est dans le nord et pas ici.

Bien sûr, maintenant que je repense à tout ça, on aurait pu leur demander à tous ces blancs-becs pourquoi ils revenaient ici dès qu'ils avaient deux jours de congé puisqu'ils étaient si bien là-bas... On n'y pensait pas.

Tous les jeunes en rêvaient. Ils n'avaient que ça dans la tête : partir, partir le plus vite possible, ne pas devenir un cul-terreux. Ne pas se retrouver seul comme un vieux con sans personne le soir pour faire chauffer la soupe et le lit.

Ces drôles de touristes ne parlaient pas trop de leur travail. On ne savait pas ce qu'ils faisaient sauf les fonctionnaires qui eux commençaient par te mettre ça sur le bec. On s'en foutait, ça ne nous intéressait pas de savoir.

On les regardait débarquer. Ils étaient bien habillés. Leurs femmes faisaient enrager de jalousie celles d'ici. Ils avaient une belle voiture toute neuve devant la porte. Ils parlaient fort. Ils riaient fort. Ils payaient la tournée au café.

Ils étaient heureux. Il n'y avait qu'à les voir et les entendre pour savoir qu'ils avaient réussi, c'était sûr et certain. Bien sûr, il y avait plein de choses qui nous faisaient rire et quand ils n'étaient pas là, on se foutait d'eux.

Par exemple, leurs petits avaient peur des mouches. Ils confondaient les libellules avec les cigales. Ils ne comprenaient pas ce qu'on leur racontait. Ils savaient même pas ce que voulait dire couillon (imbécile) ou manhac (chéri).

Tu me diras, ce n'était pas important. À côté de ça, eux, ils ne vivaient pas comme des bêtes, le nez dans la terre. Eux, ils pouvaient sortir chaque soir, aller au cinéma ou au théâtre. Eux, ils n'avaient pas à se faire du souci pour l'argent, à chaque fin de mois, le salaire tombait.

*

En plus des gens qui étaient partis et qui racontaient comment ils vivaient dans les villes, les télés s'installaient un peu partout.

C'est le vieux Roussel qui a acheté le premier poste à Pilhan. À Mersac, il y en avait un au café et trois ou quatre dans le village. Nous aussi on l'a eu assez tôt, en tout cas bien avant les Molinier.

Roussel, c'était un ancien adjudant. On l'appelait *« Garde-à-vous »*. Tous les matins, il levait le drapeau, le saluait, pissait contre le mur du voisin et une fois par semaine il se saoulait. Il avait conservé les habitudes de l'armée, quoi.

Pas méchant, mais vite en colère surtout si on le contredisait. Il avait été blessé à la jambe en Indochine et il marchait mal avec une canne. Il disait que c'était à cause de cette blessure qu'il avait acheté la télé.

Dès qu'ils ont vu l'antenne sur le toit, tous les habitants du hameau ont défilé dans son salon pour voir comment elle marchait, si on entendait bien, si l'image était claire, si c'était intéressant, combien ça coûtait, où il l'avait acheté. Ils en profitaient aussi pour boire l'apéritif. C'était du noir et blanc, bien sûr... Pas l'apéritif, la télé !

Lui, il était très fier. Il donnait patiemment toutes les explications et il servait du muscat. Par politesse, bien sûr, il buvait un coup avec chaque visiteur. Cette fois-là le pauvre Garde-à-vous s'est endormi devant le poste et crois-moi, il n'a pas descendu le drapeau !

Les samedis après-midi, en hiver, la moitié des hommes de Pilhan allaient chez lui voir les matches du tournoi des cinq nations. Moi, j'y suis allé une paire de fois pour rire parce que je peux te dire question ambiance, il y en avait encore plus qu'au café de Mersac.

Ce n'était pas comme maintenant, la télé à l'époque. Je te l'ai dit du noir et du blanc, du gris quoi, mais en plus des pannes, des instruptions de l'image comme ils écrivaient.

Des quoi ? Des interruptions ? Oui, c'est pareil ! Hé bé, ce n'est pas ce que j'ai dit ?

Roussel commençait à faire lever tout le monde quand il y avait la Marseillaise. C'était ça ou la porte, mais après quelle pagaille ! Au bout de cinq minutes de match, comme ça se passait toujours dans la boue, on ne reconnaissait plus rien : ni les maillots, ni les joueurs, ni même l'arbitre.

Dès qu'il y avait une belle action, tout le monde se levait en gueulant. Ceux qui étaient derrière râlaient, demandaient ce qui s'était passé. On leur expliquait à peu près, mais ça ne calmait personne.

Il n'y avait que les essais qui réconciliaient les gens pendant un moment. Ça ne durait pas longtemps. Les disputes repartaient tout de suite pour savoir si un tel avait bien joué ou si l'autre avait sa place dans l'équipe, ou si les entraîneurs ne feraient pas mieux de garder un troupeau de chèvres.

Ce qui n'arrangeait rien c'est que les arbitres étaient toujours Anglais et ils ne pouvaient pas nous encaisser les Anglais. Remarque, ça a toujours été comme ça, et ça n'a pas changé même si maintenant ils font les mielleux.

Entre les images qui sautaient, les conneries des joueurs et l'arbitre qui nous volait, avant la mi-temps déjà on n'entendait plus rien et tu en avais trois ou quatre qui faisaient la gueule. Distribution de muscat ou de grenache apportés par l'un ou l'autre, une petite pause et on était prêt pour la suite.

Un jour, ça a dégénéré parce que Roussel préférait Dourthe à Maso. Tu ne connais pas ? C'était de bons joueurs qui jouaient au centre, mais quand même Maso il jouait à Narbonne ! Tout le monde a mis son grain de sel. Jules, un ancien pilier a dit à

Roussel qu'il n'y entendait rien. L'autre s'est vexé. Il s'est foutu tellement en rogne qu'il a mis tout le monde dehors au milieu de la partie, tu te rends compte ?

Depuis ce jour, quand il y avait un match, les Pilhanais descendaient au café de Mersac pour suivre le Tournoi.

Petit à petit, il s'est mis à pousser des antennes sur tous les toits de la région. Les gens disaient que puisqu'ils n'avaient pas le temps ou l'argent pour prendre des vacances, ils pourraient quand même voir ce qui se passait ailleurs. C'était sûrement un prétexte, mais ce n'était pas bête.

Les vieux pour se moquer appelaient les antennes des espandidous, des étendoirs. Les grands-parents de Serge ne touchaient jamais le poste. Ils faisaient même exprès de ne pas le regarder même si, de temps en temps, ils y jetaient un coup d'œil en cachette. C'est à cause de la télé qu'ils se sont engueulés avec leur fils. Je mangeais chez eux ce jour-là.

Les parents de Serge comme les miens étaient complètement hypnotisés. Le premier qui arrivait allumait le poste, le dernier à aller au lit l'éteignait. En principe, on regardait surtout la première chaîne, je crois qu'il y en avait deux, mais sur la deuxième il n'y avait jamais rien d'intéressant.

Des émissions ? La piste aux étoiles, ça, c'était du cirque, Télé-Dimanche, les Maigret avec Jean Richard et les émissions de variétés. Moi, j'aimais bien la Séquence du Spectateur. Ils te passaient plein de bouts de films surtout les moments où il y avait de l'action ou du cul, tu n'avais pas le temps de t'ennuyer...

Là où personne devait parler, que ce soit à midi ou le soir, c'était pendant le journal télévisé. Les vieux, eux, ils n'étaient pas habitués à ça. Au contraire, c'était pendant les repas qu'ils discutaient le plus.

On était en train de manger chez Serge et le grand-père a commencé à me demander un truc sur la propriété à Mersac. La mère de Serge s'est levée comme pour aller chercher un plat et en passant devant le poste, elle a augmenté le son. Le papé l'a vu faire et il a compris. Il s'est mis en colère et il a dit que puisqu'il ne pouvait plus parler à table, il préférait manger tout seul. La mamée a essayé de le calmer, mais il n'y a rien eu à faire.

Quand j'ai demandé à Serge où en était l'histoire, il m'a répondu que ça n'avait pas changé. Les vieux mangeaient seuls dans la cuisine et connaissant le papé, ce n'était pas demain qu'ils reviendraient avec eux. Moi, ce qui m'avait étonné c'était que le père de Serge n'ait rien dit...

Va t'en voir, peut-être que les parents en avaient marre de voir toujours les vieux ? C'était complètement idiot de se fâcher à cause de la télé, mais finalement je crois que ça les arrangeait bien...

Cette putain de télévision, petit à petit, ça a même supprimé les veillées en été. Si tu avais une bonne émission, personne ne sortait. Ceux qui n'avaient pas de poste allaient chez les amis, mais ce n'était pas pour discuter, juste pour regarder. Personne ne voulait manquer un épisode de Belphégor ou les demi-finales d'Intervilles ou Johnny Hallyday en train de se trémousser.

Faut dire que comparé à ce qu'on voyait et ce qu'on entendait au poste, les amours du petit-fils de la voisine, les chaleurs de Totoche la chatte, le rhumatisme du cousin Léonce ou l'arthrose de la mamée Albine, ça ne valait pas grand-chose. En plus, on en avait déjà entendu parler une bonne centaine de fois.

Les gosses non plus ne sortaient pas. Même ceux qui commençaient à avoir du poil, bien sûr. D'abord comme ils étaient de moins en moins nombreux, c'était difficile pour eux de se retrouver et de faire des conneries sans se faire engueuler. Et puis, tu te rends compte, pour eux qui n'avaient presque jamais quitté le coin, c'était quand même l'occasion de voir plein de choses qu'ils n'avaient même pas imaginées. Ils étaient les premiers collés à l'écran.

Les soirées devant la télé, c'était à peu près les mêmes dans toutes les maisons. Chez nous, en principe mes parents ne se disputaient pas pour le programme vu qu'il n'y avait pas trop le choix. D'ailleurs, ce qu'il y avait, ils s'en foutaient. L'important, c'était que pendant ce temps ils ne pensaient à rien. Ils avalaient n'importe quoi, moi aussi pardi !

Ils avalaient tout, mais en critiquant tout, un peu comme s'ils voulaient montrer qu'ils ne se laissaient pas avoir. À la pétanque, sur la place, les gens parlaient de ce qu'ils avaient vu la veille, mais c'était presque toujours pour s'en moquer.

Peut-être qu'ils faisaient ça parce qu'ils ne comprenaient pas ce qu'ils voyaient sur l'écran. Ces hommes encravatés qui couraient partout, ces belles femmes peinturlurées qui embrassaient tout le monde, ces danseuses presque nues, ces grosses voitures, ces rues longues comme un jour sans pain, ces hôtels pour riches, ils croyaient que ça n'existait que dans les films. Là, c'était à la télé alors c'était vrai !

Ils avaient quand même du mal à le croire. Ces gens qu'ils voyaient, on aurait dit qu'ils habitaient sur une autre planète. Les vieux surtout étaient les plus étonnés. Ou ils riaient, ou ils disaient que ce n'était pas possible de vivre comme ça. Les plus jeunes faisaient ceux qui savent et leur répétaient : *« Hé oui ! C'est la vie de maintenant ! »*

Les femmes encore coquettes et les filles jeunes regardaient les vêtements, les cheveux, les maquillages pour les imiter comme elles pouvaient. Le beau et le chic, c'était tout ce qui passait à la télé. Le reste ne valait plus rien.

Bien sûr, ça donnait envie aux jeunes de partir. Tout ce qu'ils voyaient correspondait à ce que leur racontaient ceux qui habitaient là-bas. Ils ne leur avaient pas menti. C'était ça la vraie vie. C'était dans les grandes villes qu'il fallait aller. Ça finissait de les dégoûter de la terre. Les gens à la mode n'étaient pas des paysans !

Du coup, tu avais des jeunes qui n'avaient jamais quitté le village qui se mettaient à parler pointu. Ça faisait bien, ça montrait qu'ils n'étaient pas des culs-terreux. S'ils étaient vendeurs à Narbonne, ils arrivaient comme s'ils étaient patrons.

Je m'en souviens d'une, la fille Morelle, elle travaillait dans un magasin de toilettage. Elle lavait le cul des chiens et quand tu la voyais, quand tu l'entendais, on aurait dit une princesse. Tu te rends compte, elle lavait le cul des chiens...

Les plus âgés se sentaient moins perdus, moins bêtes qu'avant. Ils se disaient que même en habitant dans un trou, on pouvait voir les mêmes choses qu'un Parisien et ça, il faut reconnaître que c'était bien.

Pour en revenir à la maison, dès qu'une femme à la télé se déshabillait un peu ou changeait de copain, ou encore plus couchait sans être mariée, ma mère la traitait de salope. Elle disait que c'était une honte, qu'on ne devrait pas montrer des trucs comme ça, que c'était des mauvais exemples, et *caetera*, et *caetera*. Elle qui avait été fille-mère à une époque où ce n'était pas la mode, elle jouait la mère la pudeur.

Tu l'as remarqué toi aussi qu'en vieillissant les gens prêchent souvent tout le contraire de ce qu'ils ont fait quand ils étaient jeunes ? Celle qui tenait un bordel rougit dès qu'on parle de cul. Celle qui cocufiait son mari fait des leçons de morale à tout le monde. C'est pareil pour les hommes, j'en ai connu qui bouffaient du curé toute la journée et qui ont fini complètement bigots… C'est sûrement parce qu'ils ne sont pas fiers de ce qu'ils ont été. De toute façon, ce qui est fait est fait, après ça ne change rien !

Moi, tu vois, je peux te dire que j'ai fait deux ou trois conneries qui me pèsent, mais bon ce n'est pas la peine d'en parler.

Je suis né bossu, je suis bossu et bossu je m'en irai.

Mon père, il écoutait, il se rinçait l'œil et surtout il ne répondait jamais à ma mère même s'il en avait envie. S'il était d'accord, elle allait continuer pendant tout le film. S'il était contre, elle allait l'engueuler pendant tout le film. Ce n'était pas facile ! De temps en temps il bougeait la tête et c'est tout.

Dans l'affaire de cinq ans, presque tous les toits ont eu leur antenne. Tu pouvais reconnaître une maison habitée grâce à ça. Plus personne ne sortait. Tu avais des bonhommes qui quittaient une partie de pétanque en plein milieu parce que c'était l'heure du feuilleton.

Ceux qui n'avaient pas de télé se retrouvaient seuls dehors sur leur chaise. Ils attendaient un peu. Ils disaient qu'ils prenaient le frais, pour voir si quelqu'un arrivait puis ils rentraient. À force, que voulais-tu qu'ils fassent, ils finissaient eux aussi par en acheter une. Ils n'avaient pas le choix.

Quand j'y pense, tu vois, je me dis que la télé a fait autant de mal à la région que les gelées ou les crises. C'est elle qui a enfermé la moitié des gens chez eux et qui a fait partir l'autre moitié. Pour vider le coin, il n'y a pas eu qu'elle, mais elle a bien aidé.

11

Ruiné par la gelée et par le prix trop bas du vin, Pilhan a continué à se vider. Les Molinier ? Non, ils tenaient le coup. Je te l'ai déjà dit : eux, ça faisait longtemps qu'ils étaient riches, ils avaient des réserves.

Tu sais la vie, c'est comme au poker : celui qui a des sous, même s'il n'a pas trop de chance, il finit toujours par s'en sortir. Crois-moi, ce sont toujours les fauchés qui perdent. C'est pour ça qu'ils sont fauchés, non ?

Paul et son père continuaient leur train-train. Ce qui a cassé net et ça s'est fait un samedi soir, c'est la romance entre José et Anne. À Mersac et à Pilhan, on n'a parlé que de cette histoire pendant un mois. Tout le monde l'a su puisque c'est arrivé au café. Évidemment, il y a eu plusieurs versions, mais la mienne est la bonne. Tu dois commencer à le savoir, le café c'était ma seconde maison donc j'y étais quand ça s'est passé.

On était en train de boire l'apéritif, c'était un samedi soir. Il y avait des jeunes de Mersac, Paul qui avait dû amener Anne, des vieux qui jouaient à la belote, Serge et moi. L'ambiance était bonne parce que Jambert arrosait son anniversaire.

Je ne t'ai jamais parlé de Jean Jambert ? Oui, ça fait bizarre Jean Jambert. Le prénom, c'est son père qui le lui a choisi, un sale type, un militaire de carrière qui ne supportait pas l'alcool et qui buvait du matin au soir. Après, il devenait comme fou : il s'engueulait avec tout le monde. Il tabassait sa femme et son fils.

Même, de temps en temps, il tirait au pistolet sur les chiens ou les chats dans la rue. Il avait à moitié assommé Garde-à-vous qui voulait monter avec lui une association d'anciens combattants. Le Jambert crois-moi, ce n'était pas un ancien pour tout ! Pour la bagarre il était toujours prêt.

Heureusement, il est mort jeune... En nettoyant son pistolet... Tout le monde était content qu'il soit crevé. De toute façon, comme tous les salauds, il ne méritait pas de vivre. Pense ! Il emmerdait tout le village. Crois-moi l'enquête des gendarmes a été vite bouclée. Même s'il avait eu vingt balles dans la tête, ils auraient marqué suicide alors ! Hé oui, dans les familles, tu ne choisis pas.

Jean, le fils, c'était un brave type. Pas trop dégourdi, toujours près du poêle à l'école et pas méchant pour deux sous. Il devait faire dans les cent kilos et pas plus d'un mètre soixante-dix. Tu vois, le vent pouvait souffler, il tenait le coup.

Il avait joué un peu pilier à Mersac, mais il n'était pas assez dur, il a vite arrêté. C'était quand même l'époque où les piliers se bouffaient les oreilles et enfonçaient les portes à coup de tête alors forcément, tout le monde ne pouvait pas le faire. Il fallait vraiment avoir la vocation.

Le brave Jean, tout le monde pensait qu'il irait à la vigne et qu'il ne pouvait aller que là. Son chemin semblait tout tracé. Eh bien non, après la mort de son père, lui qui ne parlait jamais et qui ne sortait jamais, il se met à parler et à sortir. Le voilà qui passe le concours pour rentrer dans la gendarmerie et le plus fort, c'est qu'il est reçu. Bon, ils devaient avoir besoin de gendarmes à cette époque, mais enfin il a été pris.

Il part à Paris et quand il revient en permission, quatre ou cinq mois plus tard, ce n'est plus le même. Il parle fort, il donne son avis sur tout et il ne se laisse plus marcher sur les pieds. D'ailleurs, plus personne n'a envie de se moquer de lui. Bon, il n'est pas plus intelligent qu'avant et il dit beaucoup de conneries, mais comme il les dit fort, qu'il est sûr d'avoir raison et qu'il est costaud, les gens ne l'envoient pas promener...

Tu vois, ça aussi c'est quelque chose que tu as dû remarquer. Avec les gens, souvent, il vaut mieux affirmer fort une bêtise que dire une vérité à voix basse. Tu as plus de chances d'être cru.

Bon, je continue. Pour Jambert ça devait être ses vingt-quatre ou vingt-cinq ans qu'il fêtait. On était là à boire et à déconner, quand José arrive.

Le problème, c'est qu'il n'est pas seul. Il tient par

la main une fille blonde avec une queue de cheval et des lunettes, un air coincé, un peu maigre, mais pas mal foutue. Il nous dit : *« Je vous présente Francine et il ajoute sans regarder vers Anne ou peut-être qu'il ne l'a pas vue : On se fiance dans deux mois, le premier samedi d'août, vous viendrez boire un coup ! »*

Anne, la pauvrette, elle a laissé tomber son verre qui a éclaté comme une bombe. Tout le monde s'est retourné vers elle. José a fait le sûr de lui. Il lui a dit qu'il lui avait écrit tout ça, qu'avec elle c'était fini et qu'elle le savait.

Pendant qu'il parlait, Anne faisait non avec sa tête. Elle s'est mise à crier. Même les vieux se sont arrêtés de jouer. Elle gueulait : *« Salaud ! Tu es un salaud ! Un Espagnol de merde ! Fous le camp et emmène ta pute ! »*

José essayait de la raisonner, mais plus il lui parlait, plus elle criait et plus elle pleurait.

Personne ne savait quoi faire. La fille tirait José par le bras pour qu'ils partent, mais lui, peut-être parce qu'il se sentait merdeux, continuait à parler, parler, à expliquer, à raconter sa vie devant tous les gens du café. Anne ne l'écoutait pas, elle faisait non avec la tête et elle pleurait. Il y avait les larmes qui coulaient sur ses joues et qui tombaient sur le comptoir.

Au bout d'un moment, Jambert s'est placé entre José et Anne. Il l'a pris par le bras et lui a dit : *« Arrête ! Tu nous saoules ! Fous-lui la paix ! Tu as assez fait de mal comme ça ! Si tu ne sors pas, c'est moi qui te sors ! »*

José s'est arrêté net. Il a regardé le gros Jean. Il a ouvert la bouche. Il l'a fermée. Il est sorti. Il n'est plus revenu au bistrot ni même à Pilhan je crois. Quand il s'est marié un an après, il n'a invité aucun copain à part Paul.

Cette Francine, on l'a su plus tard, elle était à Carcassonne avec lui. C'était une normalienne. À l'époque il y avait beaucoup de couples d'instituteurs. Mêmes vacances, mêmes salaires, la belle vie quoi ! Enfin, c'est ce que tout le monde pensait et d'ailleurs beaucoup de vieilles donnaient raison à José. Les plus méchantes ajoutaient avec un petit sourire en coin : *« Faut pas mélanger les torchons avec les serviettes ! »*

Pourquoi les gens sont contents quand quelqu'un prend une tuile sur la tête ? Peut-être parce qu'ils se disent que ça aurait pu tomber sur eux ? Peut-être parce que ça leur permet de penser qu'ils ne sont pas trop malheureux ? Peut-être parce que l'autre était heureux et c'est agaçant de voir quelqu'un d'heureux ?

Ou alors c'est qu'ils doivent s'imaginer qu'au-dessus de la terre il y a deux grands sacs : un plein de bonheurs et l'autre de malheurs. Quand une calamité tombe sur le voisin, ils se disent que ça fait une de moins au-dessus de leur tête. Quand c'est une aubaine, ils râlent, c'est comme si on leur avait pris une chance. Je ne sais pas… Peut-être qu'il n'y a pas d'explication, qu'on est méchant et puis voilà.

Le patron a donné un autre verre à Anne. Ça l'avait vraiment touché cette histoire parce que lui d'habitude, il n'était pas donneur. C'était comme une malformation de naissance, il n'avait des mains que pour prendre…

Cette fois-là, il le lui a même rempli. Elle l'a bu cul sec. On se regardait, on ne savait pas quoi dire. Paul on aurait dit qu'il était à des milliers de kilomètres. Il fixait son verre. Il ne bougeait pas.

Jambert a sorti son mouchoir. Il s'est approché d'Anne et a commencé à lui essuyer le visage. Elle s'est laissé faire. Elle a reniflé encore un peu puis elle a demandé à Paul de la ramener à Pilhan. Elle a pris son blouson et elle est sortie. Il l'a suivie sans rien dire, comme d'habitude.

Pas la peine de te dire que l'ambiance n'y était plus. Tu comprends, les jeunes ils aimaient bien Anne et José. Ils ne voulaient pas se fâcher avec l'un ou avec l'autre. Finalement, il n'y avait que Jambert qui disait que José était un salaud, que ce qu'il avait fait était dégueulasse et qu'il ne méritait pas Anne.

Je m'étais dit ce soir-là que le Jean, il devait être un peu amoureux d'Anne ou qu'en tout cas, il devait y penser.

Elle n'est pas revenue au café pendant une bonne paire de mois. On ne la voyait pas non plus dans le hameau. On se disait qu'elle allait faire comme sa mère, qu'elle n'allait plus sortir du tout et puis un samedi elle est arrivée à Mersac avec Paul. Elle était un peu pâlotte, mais elle a fait comme si rien ne s'était passé. Elle avait tourné la page ou en tout cas elle tentait de le faire croire.

Petit à petit les gens prenaient l'habitude d'aller passer les dimanches à la mer parce qu'en été il y avait de plus en plus de touristes qui venaient. On allait à Saint-Pierre, au rocher. Tu ne connais pas ? C'est simple c'est le seul rocher qui existe entre Sète et La Franqui.

Bien sûr, ils n'y avaient pas mis encore cette saleté de bulle qui bouffe toute la place pour rien. Oui, c'est là qu'il y a la fameuse bulle de Fleury. Même que Mitterrand est venu pour l'inaugurer. Ce n'est pas ce qu'il a fait de mieux parce que leur truc n'a jamais marché.

Enfin… Les dimanches, les jeunes allaient à la mer. Les filles s'installaient au rocher. Les garçons restaient un moment avec elles puis ils allaient jouer au rugby sur la plage. Il y avait quelques vieux qui venaient pour pêcher. Avec Serge, on suivait le mouvement. On commençait par se balader sur le rocher.

On faisait comme si on regardait les pêcheurs, mais tu penses bien qu'on était plus souvent tournés vers la terre que vers la mer. Il y avait des abris qu'on connaissait. Les filles s'y changeaient, c'était là aussi que les couples se formaient. Avec Serge on n'en perdait pas une miette.

Quand on avait fait le tour du rocher, on partait visiter la plage. Les femmes ne se mettaient pas à poil comme maintenant, mais en maillot ce n'était déjà pas mal.

Moi, je ne me baignais jamais. Pas question d'enlever le haut. Je ne voulais pas faire peur aux gens. Serge non plus. Ce n'était pas par solidarité, je crois qu'il avait autant honte que moi. C'est pour ça que je l'aimais bien. Lui, le pauvret il ne m'a jamais donné des complexes comme on dit maintenant.

Après la tournée sur la plage, on revenait au rocher. Chacun prenait à peu près toujours la même place. Je me suis aperçu que Paul se retrouvait chaque fois à côté d'Anne. La pauvrette n'était pas très joyeuse. Ça se voyait qu'elle se forçait pour rire avec les autres.

Tous les deux avec Paul, ils discutaient beaucoup, ils rentraient et ils sortaient de l'eau ensemble. Un jour je l'ai vu lui passer du truc pour bronzer sur le dos. Elle devait le lui avoir demandé et crois moi, il s'appliquait le garçon !

Quand Jambert venait en permission, Anne se tournait davantage vers les autres, comme si elle ne voulait pas lui montrer que d'habitude elle était plutôt avec Paul. Elle ne changeait pas de place non, elle mettait sa serviette un peu plus vers le groupe. Personne ne s'en apercevait et surtout pas Paul, mais moi qui passais mon temps à les regarder je voyais des détails comme ça.

Elle continuait à parler avec lui, mais elle discutait aussi avec les autres. Je ne dis pas qu'elle était amoureuse de Jambert. Elle le traitait comme les autres pas plus, mais elle tenait à lui montrer qu'elle était libre.

Bien sûr, c'est peut-être moi qui me faisais des idées, mais je ne devais pas trop me tromper. Elle devait avoir quelque chose comme ça dans la tête.

Un dimanche on était tous à la mer comme d'habitude. Anne s'est tordu la cheville ou elle a fait semblant je ne sais pas. Paul l'a aidée à se relever en la tirant par la main. Ils sont partis vers la voiture, mais il n'avait pas lâché la main et elle ne l'avait pas retirée. Le samedi après, ils sont arrivés au café encore main dans la main.

Je me souviens, j'avais dit à Serge : *« Ils se sont pas lâchés de toute la semaine ! »* et on avait bien rigolé.

Il était amoureux Paul, ça se voyait comme le nez au milieu de la figure. Elle, c'était difficile à dire. Bien sûr qu'elle lui souriait, bien sûr qu'elle lui tenait la main, mais souvent elle regardait ailleurs. Souvent elle faisait son visage sérieux comme si elle pensait à autre chose. La seule fois où je l'ai vue vraiment amoureuse, c'était à la fête de Mersac. Ils dansaient ensemble pas trop loin de José et de sa copine.

Elle a sorti le grand jeu : et je te passe la main dans les cheveux, et je ferme les yeux, et je me colle tellement que tu n'aurais pas passé un papier à cigarette entre les deux.

Bien sûr, tout ça c'était pour rendre José jaloux, pas pour faire plaisir à Paul. Bien sûr, lui, il était aux anges. Moi le premier j'aurais bien aimé être à sa place... On dira que j'étais trop vieux...

José et sa normalienne faisaient semblant de pas les voir. Ils dansaient comme des gens bien, comme des vieux si tu préfères. Ils n'étaient pas encore mariés pourtant il n'y avait pas l'air d'avoir trop d'amour entre eux ou alors ils le cachaient bien. Peut-être qu'ils pensaient que de futurs instituteurs ne devaient pas se serrer, se câliner, s'embrasser devant les gens ? Ils devaient bien s'aimer quand même parce que, ma foi, ils sont toujours ensemble encore aujourd'hui alors…

Tu me diras que ça ne veut rien dire. Même si je n'y connais pas grand-chose en couple, d'après ce que j'ai vu, il me semble que ce n'est pas toujours l'amour qui les fait durer. C'est aussi les enfants, la situation, la maison, même les chats ou les chiens parfois !

Ne fais pas cette tête je suis sérieux. Tu es amoureux ? Oui ? Tant mieux ! On en reparlera dans dix ans si je suis toujours vivant…

Moi j'aimais Joséphine, je ne pouvais pas réfléchir je l'aimais trop tu comprends. Je ne sais pas si je l'aurais aimée comme ça toute ma vie. Je ne pensais pas à l'avenir…

Je ne la voulais pas pour faire des petits ou avoir une maison, une voiture, des bêtes et tout ça. Je la voulais parce que c'était la seule qui pouvait me sortir la tête de l'eau, parce que j'étais sûr et certain que je ne pourrais pas vivre sans elle…

Je ne me trompais pas trop si tu réfléchis bien. Regarde moi et sois honnête, tu ne penses pas que j'ai eu une vie plutôt tristounette ?

*

Finalement, je me suis passé de Joséphine et même de toutes les femmes parce que je te le dis, mais tu effaceras tout ça chez toi, je suis plus vertueux qu'un curé. Je n'en ai jamais touché une, jamais, même pas une pute. C'est comme ça et je n'en suis pas mort même si ça m'a toujours manqué, même maintenant de temps en temps.

Une fois, ça a failli se faire dans un bordel de Béziers, mais non, même pas. Quoi ? Tu veux que je te raconte ça parce que maintenant c'est interdit les bordels ?

Il y en avait quatre ou cinq dans la même rue à Béziers, je ne me souviens plus du nom. Ils ne ressemblaient pas à des palaces, juste des petites boutiques avec un rideau. Ou il était ouvert et tu voyais la femme ou il était tiré et elle travaillait.

Là quand même tu m'embrouilles parce que cette histoire de bordel, c'est bien après ma fugue puisque j'habitais déjà à Pilhan. Je devais avoir dans les trente-deux, trente-trois ans. Je vais t'en parler, mais ça n'a rien à voir avec Paul, Anne ou les autres.

Un samedi soir on avait fait un repas je ne sais plus pourquoi. Je crois que c'était le repas de Noël du rugby. On devait être une bonne cinquantaine. On disait repas, mais il y en a beaucoup, surtout les jeunes, qui ne mangeaient rien du tout. Ils étaient soûls avant d'avoir avalé le plus petit morceau.

Il y a eu l'apéritif, le président qui a essayé de dire trois mots et que personne n'a entendu, puis le repas. C'était à peu près toujours les mêmes choses, pas très raffinées, mais dans l'ambiance, on trouvait tout bon.

Grillades de saucisse et de ventrèche, la ventrèche hé bé, c'est de la poitrine de cochon, cassoulet, paella, daube, civet de sanglier, bourride… Avec des anguilles, bien sûr, pas avec des nouilles. Ça commençait à chanter bien avant le dessert et ça continuait bien après.

Je crois que c'est ce que je préférais, quand on chantait ensemble. On se tenait par les épaules, on se balançait. C'était comme s'il y avait un seul corps avec cinquante têtes. Je n'étais plus mal foutu, je n'étais plus bossu, j'étais une tête comme les autres. On riait, on tapait des mains. On aurait dit que ça ne pourrait jamais finir.

Dès qu'une chanson s'achevait, il y en avait une autre qui repartait. D'abord, c'était un air timide, on l'entendait à peine puis il grossissait, il prenait toute la salle et on n'entendait que lui. C'était mieux que le vin ou le pastis. Lorsqu'on chantait, tout de suite, j'oubliais ce que j'étais.

Ce soir-là, ça a duré longtemps. Quand tout a été fini, c'était tard pour aller au bal alors on est parti boire un coup chez Serge, mais là beaucoup avaient abandonné. On n'était plus que six ou sept et on ne voulait pas que la fête se termine si vite. Le père de Serge c'était un spécialiste des liqueurs.

Dans le placard de la cuisine, il devait y avoir une vingtaine de bouteilles : de la prune, de la verveine, de la poire, de la fine, du quaranta y tres, de la mirabelle, et *caetera*, et *caetera*… Il te fabriquait quelque chose de bon avec n'importe quoi. Comme il était propriétaire, il touchait encore de l'alcool gratuitement et crois moi il ne le plaignait pas. Quelques-unes de ces mixtures te mettaient vite fait les larmes aux yeux et la gorge en feu, mais on les buvait quand même.

Il se méfiait de nous. Il fermait bien le placard, mais comme il était très ordonné il cachait toujours la clé au même endroit : dans une boîte sur le buffet. On a dû vider deux ou trois bouteilles en discutant et ajouté au pastis de l'apéro et au vin du repas, on commençait à être chauds et même cuits. Il y en a deux qui dormaient sur leur chaise.

On en est venu à parler des femmes, de cul puis je ne sais pas qui a lancé : *« Et si on allait à Béziers ! »*. Tout le monde a été emballé même Serge qui n'osait pas regarder une fille en face quand il était clair… Là, il y a un moment qu'il ne l'était plus.

Moi, je ne voulais pas y aller, mais j'étais le seul, je ne pouvais pas me dégonfler. Si en plus je faisais le péteux, ce n'était plus la peine que je sorte avec eux. Je n'ai rien dit et pendant qu'on attendait Serge qui était allé sortir sa voiture, je me suis bu une paire de grands verres de fine, celle qui faisait pleurer. Il me fallait bien ça pour me donner du courage.

Malgré la fine, je me souviens à peu près de tout.

Déjà, pendant le trajet, on a dû s'arrêter trois ou quatre fois pour que l'un ou l'autre puisse vomir sans tacher la voiture.

À Béziers, on s'est garé dans une avenue. On a remonté à pied une rue longue, pas très large, pas très éclairée non plus. On est arrivé aux vitrines comme je te l'ai dit. Il y en avait trois d'éclairées avec une femme derrière. Dans la bande, deux ont dit qu'ils n'avaient pas le sou. J'aurai bien fait comme eux, mais pour moi ce n'était pas possible. Ils ne m'auraient pas cru. Un Pech sans le sou ! Pas possible et puis quand même, quelle honte.

J'étais mort de peur. Serge qui était déchaîné m'a poussé contre une porte en frappant. Elle s'est ouverte tout de suite. La femme m'a pris par la main, m'a fait entrer. Derrière moi j'ai entendu rire. Elle a tiré les rideaux. Je ne bougeais pas. Je ne parlais pas.

Elle était vieille, un peu ronde, elle ressemblait à ma mère. Elle portait un truc rose, léger, transparent. Je voyais ses gros seins qui pendaient et la touffe noire en bas. Elle me faisait penser à une grosse crevette, voilà une grosse crevette…

Tu penses bien que côté sexe j'étais aux abonnés absents. J'avais plus envie de prononcer mes vœux de prêtrise que de lui sauter dessus. Pourtant, je me disais aussi que c'était l'occasion où jamais, qu'il fallait que je bande, que j'y monte dessus… Mais ça, ça ne se commande pas.

Elle m'a baissé le pantalon et a commencé par me laver. L'eau était froide. Georgia – elle s'appelait

Georgia tu vois ça m'a marqué ! – m'a fait mal pour me sortir le gland. Moi, j'avais de plus en plus envie de foutre le camp. Elle m'a séché avec une serviette tellement rêche que j'ai pensé qu'elle m'arrachait la peau. J'ai jeté un coup d'œil en bas. Minable, c'était minable. On aurait dit qu'elle tenait une nouille au creux de sa grosse main.

Elle a compris que ça allait être dur et comme elle avait une bonne conscience professionnelle, elle a bien essayé quelques trucs. Elle m'a parlé gentiment. Elle m'a caressé doucement. Elle m'a plaqué la tête entre ses gros nichons. Rien. C'était comme si l'animal, il savait qu'on parlait de lui. Plus on essayait, plus il rentrait dans sa coquille. À la fin elle le tenait d'un air dégoûté entre deux doigts.

J'avais trop peur. J'avais trop honte pour faire quelque chose. J'étais glacé, paralysé de la tête aux pieds.

Au bout d'un moment, elle a commencé à s'énerver, à me dire que je lui faisais perdre son temps, que je n'avais qu'à parler de Georgia dans Béziers pour que tout le monde dise que c'était la meilleure, qu'il fallait savoir ce que je voulais, que je devrais essayer avec un homme, que laid comme j'étais, il y aurait que le bordel pour me soulager et plein d'autres saloperies du même genre. Elle était vexée, tu comprends…

Vite, vite, j'ai remonté mon pantalon et je lui ai donné tout ce qu'elle m'a demandé. Je voulais partir, partir le plus vite possible. Elle tenait mes sous et elle continuait à m'insulter cette salope ! Je n'arrivais pas à m'attacher la ceinture.

Je ne voulais plus l'entendre. J'avais envie de pleurer. Je me répétais que j'étais impuissant, que je n'étais pas un homme, que jamais je n'aurais une femme... Je me suis tellement pressé que je suis sorti braguette ouverte, chemise dehors et pieds nus. J'avais oublié mes sandales chez la pute.

Les copains m'attendaient. Bien sûr, je n'ai pas raconté ce qui s'était passé. Ils se sont foutus de moi à cause des sandales, mais personne ne s'est douté de quelque chose. J'avais réussi mon examen. J'étais allé aux putes. Pour eux, à partir de ce jour, j'étais un homme et finalement pour moi, c'était le plus important. Le reste, ça ne regardait personne.

Ces sandales oubliées à Béziers c'est devenue une histoire qui ressortait de temps à autre au comptoir, mais, ça va peut-être t'étonner, ça me faisait plaisir de l'entendre. Je n'avais pas un rôle fabuleux, mais ce n'était pas mal et ça rappelait à tous ces jeunots accrochés à leur pastis que moi j'étais allé au bordel ! En plus, j'étais le personnage principal, non ?

Inutile de te dire que je ne suis jamais plus allé à Béziers ou ailleurs. J'ai tiré une croix là-dessus. Pour moi c'était plus facile que de tirer un coup.

Les femmes quand même j'en ai eu un paquet, peut-être pas une centaine, mais pas loin. Je les ai prises avec mes yeux parce qu'elles ne faisaient jamais attention à moi. Je les ai respirées quand elles venaient tout près. Je me suis contenté de ça, mais c'est bizarre, je te jure, je les ai toujours aimées.

Pour le reste, je me suis débrouillé en solitaire... comme les marins. Quand j'avais trop envie, quand elles me pesaient ou quand j'avais peur qu'elles éclatent, je pensais à une femme qui me plaisait et puis ma foi, ça se faisait tout seul.

Il y en a une, une touriste qui passait deux semaines en juillet. Celle-là ne saura jamais tous les services qu'elle m'a rendus. Elle avait un beau cul et elle le savait. Petit short ou blue-jean bien serré, si tu la regardais trop longtemps quand elle marchait, tu attrapais le mal de mer.

Finalement, tu vois, moi qui croyais qu'on ne pouvait pas vivre sans ça, et bien j'ai vécu et même longtemps. Petit à petit il s'est calmé, popaul, il s'est fait oublier. On dit que l'alcool, ça aide bien. Tu vois, de boire ça n'a pas que du mauvais. J'ai même lu que le vin protégeait du cancer. Avec ce que j'ai siroté, je peux même aller camper à Chermobnile…

Oui, Tchernobyl si tu veux !

Tu me promets d'effacer tout ça ! Même si maintenant je n'en ai rien à foutre, je ne veux quand même pas que tout le pays sache que je suis encore puceau !

Tu te rends compte à mon âge ?

12

Où j'en étais ? Ah oui, à Paul et à Anne qui étaient ensemble. Tu me fais faire une drôle de gymnastique dans la tête ! Allez hop, je saute une vingtaine d'années…

Paul comme tous les vignerons, en été, il faisait journée matin. Il commençait à travailler à cinq heures et il finissait autour de midi et demi.

Il allait chercher Anne à Narbonne. Ils passaient un moment à la terrasse du café à Mersac ou bien ils allaient à la mer et puis il la ramenait. Chaque fois que je les ai vus à cette époque là, j'ai toujours eu la même impression qu'au début.

Anne n'était pas amoureuse. Il n'y avait que le pauvre Paul qui s'en apercevait pas ou bien il se contentait de l'avoir à côté de lui, il l'aimait pour deux.

C'est à peu près à cette époque que ça a recommencé à mal tourner pour la vigne. Enfin pas pour la vigne, pour le vin. Il y a eu une paire de grosses récoltes et d'un seul coup le vin s'est mal vendu. Ou bien personne n'en voulait, ou bien on en offrait un prix ridicule : souvent, presque moitié moins que l'année d'avant.

Il faut dire que tout le monde faisait du vin et le faisait n'importe comment. Il en arrivait d'Algérie par bateaux entiers qui déchargeaient à Sète. Oui, ça faisait un moment que la guerre était finie, mais il y avait des accords, enfin je ne sais pas trop. Ce qui est sûr, c'est que les pinardiers défilaient plusieurs fois par semaine.

Mais ça n'arrivait pas que d'Algérie. Il venait du vin d'Italie, de Bulgarie, de Grèce et d'ailleurs. Dans la plaine, du côté de Coursan, de Cuxac ou dans l'Hérault, ça pissait comme jamais. Ils te produisaient des hectolitres et des hectolitres de vin à sept ou huit degrés qui servaient à faire ce que les négociants appelaient des coupages.

En vrai, ils fabriquaient de la piquette en mélangeant tout : de l'eau, du sucre, des moûts de n'importe où et des produits chimiques à la pelle.

Nous on appelait ça de la farlabique. Et je peux te dire que c'était vraiment de la saloperie. Les liqueurs du père de Serge, elles te faisaient pleurer. Ce vin, il te trouait l'estomac pire que de l'acide. Si tu en tombais une goutte sur la nappe, elle était fichue !

Si ! Si ! Je te jure. Écoute, même moi je crois que j'aurais préféré boire de l'eau. Les gens qui achetaient ça, tu pouvais être sûr qu'au bout d'un an ou ils étaient morts ou ils buvaient de l'eau d'Alet.

Le problème c'était que cette farlabique, elle revenait à moitié prix aux négociants et c'était ce qu'ils achetaient et ce qu'ils vendaient. Les importateurs, les grands distributeurs, les courtiers, tout ce beau monde s'en mettait plein les poches pendant que les gens d'ici, avec leurs cuves pleines de vin, ils serraient la ceinture et continuaient à s'endetter. La pile de factures grossissait sur le buffet, sous la photo du mariage ou celle des enfants.

Remarque, c'est toujours comme ça. Le gâteau ne peut pas toujours grossir. S'il y en a qui prennent des morceaux de plus en plus gros, les autres les ont de plus en plus petits. Et comme les gens, plus ils sont puissants, plus on les entend, il ne reste plus aux faiblards qu'à crever la bouche ouverte.

La révolution ? Ça n'a fait que remplacer les gros par d'autres qui ont fait pareil... Les révolutions, il faudrait en faire une dans la tête de chacun et ça, ce n'est pas demain la veille...

Attends, j'oubliais de te dire... En plus de toutes ces saloperies fabriquées qui dégoûtaient les gens, le gouvernement faisait de la publicité contre le vin. Ils disaient contre l'alcool, mais ils ne te montraient ni de la bière, ni du whisky ni du cognac sur les affiches et à la télé. L'ennemi, c'était toujours le vin, le vin et encore le vin.

Comme ça commençait à gueuler et qu'il fallait bien quand même que les gens d'ici puissent manger, on leur achetait du vin juste pour le distiller, mais c'était à un prix minable.

Tu imagines ces gens qui sont dans leurs vignes toute l'année, qui les travaillent, qui les soignent plus que leur femme, qui s'appliquent à faire le meilleur produit possible, qui le font goûter à tout le monde, qui en sont fiers, ce vin jamais personne ne le dégusterait ou ne le boirait. Il serait directement transformé en alcool et encore il faudrait presque dire merci !

Les Azaïs chaque année faisaient une cuve avec le raisin de la vigne des Ginestes. C'était une vieille pièce de carignan en pleine garrigue, en plein soleil. Ça te faisait un vin à douze ou treize degrés avec un goût et un parfum à te couper le souffle.

Hé bé ce vin, ils ont été obligés de le vendre pour la distillation. Quand le camion est venu pour le soutirer, il a fallu retenir le vieux qui est sorti avec son fusil de chasse. Il voulait tirer sur le chauffeur.

Déjà que le coin avait commencé à se vider, là c'était le sauve qui peut. Chacun essayait de s'en tirer tout seul. Tu en as qui vendaient pour une bouchée de pain, d'autres qui partaient, d'autres qui transformaient leur écurie ou leur ancienne bergerie en gîte pour les vacances, d'autres encore qui aménageaient des chambres pour les louer en été.

Ils préféraient se transformer en larbins des touristes plutôt que de partir. Ceux-là n'avaient personne chez qui aller ou alors ils savaient qu'ils ne pourraient pas vivre ailleurs.

Chez moi ça a dû être comme chez Paul. On a dû faire un tour du côté du Crédit Agricole. Je ne sais pas trop comment ça s'est passé parce que j'habitais déjà à Pilhan, j'avais été exilé… Oui, je te raconterai, je te dis tout non ?

Ces départs, on n'en parlait pas trop. Au café, on te disait : *« Il y a un camion qui est venu chercher les meubles d'Albiol… Les Mas ont vendu… Les Puel ont déménagé… »*

On entendait, on ne répondait pas, il n'y avait rien à dire. C'était comme quand, en lisant le journal, tu apprends que quelqu'un est mort, c'est triste, mais tu ne peux rien y faire, tu es obligé d'y mettre le mouchoir dessus.

Ici, les gens étaient résignés en surface, mais au fond, tu sentais que les types étaient fous de rage. De temps en temps, quand ils avaient bu un coup de trop, ils gueulaient contre tous les salauds qui les escanaient. Escaner, tu as compris ça veut dire étrangler.

Ils savaient bien que tout ce qui arrivait c'était injuste c'était dégueulasse, mais qu'est-ce qu'ils pouvaient faire ? Les négociants disaient qu'ils n'y pouvaient rien, que c'était la concurrence. Les politiciens expliquaient que c'était à cause du Marché Commun.

Tous ces gens aux mains fines et blanches parlaient, parlaient. Ils avaient tous l'air très gentil, très intelligent. Sûrs qu'ils l'étaient bien plus que les gars du coin parce qu'eux, ils n'avaient pas du tout l'air de souffrir de la crise.

Les viticulteurs, bien sûr qu'ils rêvaient de leur faire bouffer la cravate à tous ces guignols, mais ils n'osaient pas. Ils se demandaient s'il y avait encore de la place pour eux. Il leur suffisait d'allumer la télé pour voir que les choses tournaient sans eux. Tout se passait à Paris et dans les grandes villes. On ne parlait pas de crise là-bas.

Les paysans, ça ne servait plus à rien, ils avaient passé leur temps. Le progrès ce n'était pas ici qu'il avançait. Il y a longtemps qu'il avait déménagé. Ici, ça sentait le cimetière.

Ça devenait un cimetière. Il n'y avait qu'à regarder les maisons fermées, les bergeries en train de s'écrouler, les rues sans gosses, les vignes qui n'étaient plus taillées pour se rendre compte que tout crevait.

Cette année-là, la fête de Pilhan a été la dernière. Il y avait un tout petit orchestre qui n'avait pas dû coûter cher. Aucun manège n'était monté et même si les couples de danseurs étaient nombreux sur la place, beaucoup étaient venus juste pour la fête. Ils n'habitaient plus à Pilhan. Bien sûr, il y avait toujours les vieux assis sur leurs chaises, mais ils ne regardaient pas trop le bal. Ils oubliaient même de cancaner sur Pierre ou Paul. Ils parlaient de la fermeture.

Juste avant la fin de juin, l'inspection académique avait averti la mairie de Mersac que l'école du hameau serait fermée à la rentrée. On mettrait en place un système de ramassage scolaire et une cantine au village pour les petits Pilhanais.

C'est une histoire qui traînait depuis deux ou trois ans. L'institutrice, chaque année, avait ajouté un ou deux noms à la liste des élèves. On les appelait les fantômes. Là c'était plus possible, il en manquait trop.

L'inspecteur avait été patient, il savait qu'il finirait par gagner. Même en comptant deux petits de cinq ans, il n'y avait pas une dizaine d'enfants. Les parents ont gueulé. Ils ont fait une pétition et ils l'ont portée à Narbonne. L'inspecteur les a reçus et les a roulés vite fait bien fait dans la farine.

Ils ont écrit à l'académie et ils n'ont pas eu de réponse. Ils sont allés demander de l'aide au maire, mais lui c'était un malin, il calculait vite. Il savait que les petits de Pilhan ça allait lui maintenir une classe à Mersac deux ou trois ans de plus. Il a promis de remuer ciel et terre, mais il a rien fait.

À la rentrée, il y a eu un petit car bleu sur la place et voilà. Tu as déjà vu une école vide, une cour où il n'y a pas de gosses ? Déjà en été, ça fait drôle alors, imagine pendant l'année...

Tu le sais, je ne manquais jamais une rentrée. En septembre sans se donner le mot, on s'est retrouvé une bonne dizaine devant le portail fermé. C'était comme à un enterrement : quand le cercueil est dans le trou et que tout le monde passe devant. Nous, on passait devant l'école. On s'est arrêté et on s'est mis à se raconter des souvenirs, surtout des conneries parce que finalement c'est ce qui te reste dans la tête.

Moi, bien sûr, je revoyais l'école de Mersac. Je me souviens d'un que j'ai jamais revu, il s'appelait

Pouret, Maxime Pouret. Un jour pendant une dictée au moment où on aurait entendu les mouches voler il a lâché un pet, mais alors un pet, monumental ! Le maître s'est arrêté, on s'est tous tourné vers lui. Je le revois encore : la coupe au bol avec des oreilles qui dépassaient comme les anses d'une tasse et rouge, rouge... Jamais je n'ai vu quelqu'un rouge comme ça...

Un autre, c'était Logotin, lui je l'ai rencontré une paire de fois. Il avait voulu faire tomber une mouche dans son encrier en lui soufflant dessus. L'encrier était plein, il a soufflé de toutes ses forces. Il a crié.

Quand il a relevé la tête, on ne voyait plus que ses yeux parce qu'ils brillaient. Il a gardé des traces d'encre pendant quinze jours. Sa mère avait écrit à l'institutrice en disant qu'elle avait peur de lui arracher la peau à force de frotter...

Je me souviens aussi d'un matin où il neigeait. C'était une vraie neige comme à la montagne avec de gros flocons qui ne savent pas où aller, un ciel bien gris et pas un souffle d'air. Moi, j'avais un voisin qui s'appelait Fonège. Je ne faisais que lui dire : *« Fonège il neige ! Fonège il neige ! »*

On était comme fous dans la classe. Personne n'écoutait, personne ne regardait le tableau. L'instituteur a fermé les volets. Finalement, comme on continuait à regarder à travers les fentes, il nous a laissés sortir dans la cour puis dans le village...

Tu vois, ce sont des petites choses comme ça

qu'on se racontait et on était heureux de les dire et de les entendre même si on les connaissait déjà. Ce n'étaient sûrement pas les plus importantes, pourtant c'était celles qui nous avaient marqués, va savoir pourquoi... C'est comme des lumières, dès qu'on regarde en arrière, c'est elles qu'on voit briller.

Quoi ? Qu'est-ce que tu dis ? Que je suis poète ? Oui, tu parles... Pouêt-pouêt !

Contre le portail, chacun y est allé de ses histoires d'écolier. On est resté plus d'une heure à discuter, à rigoler. Oui... On a beaucoup rigolé ce jour-là, mais, comment te dire, c'était la surface qui riait.

Dès qu'on arrêtait de parler, l'école qui ne faisait plus de bruit, l'école qui se taisait, nous disait à sa façon que toute cette époque était vraiment finie.

Au fond de nous on était plus que tristes, on était désespérés.

Il n'y a même pas eu de protestation l'été suivant quand la fête a été supprimée. Un conseiller municipal de Mersac a déclaré qu'on n'allait pas payer un orchestre et dépenser des sous pour faire danser quatre vieux, un pelé et trois tondus.

À une autre époque, ça aurait été la révolution dans le hameau. Là, personne n'a rien dit. On aurait pu lui répondre que c'était l'occasion pour tout le monde de se revoir, de se souvenir du passé, mais non, ce n'était pas la peine. Puisqu'il n'y avait que l'argent qui comptait, il avait raison cet imbécile. D'ailleurs, tout le monde le disait : *« C'est de la folie… Il vaut mieux garder les sous pour faire quelque chose de* RENTABLE *! »*

*

À Pilhan, à part Paul et Anne, il ne restait plus de jeunes et encore Anne ne rentrait qu'à la fin de la semaine ou quand elle avait du repos, je te l'ai dit. Les vieux, surtout les vieilles, étaient contents de les voir discuter ensemble sous le figuier. Ils se disaient qu'avec un peu de chance, il y aurait encore des petits à naître.

Dans les vieux villages, ça fait du bien de voir un landau. Vous, en ville, vous n'y faites pas attention parce que des gosses il y en a partout. Ici c'était important, ça voulait dire que la vie allait continuer quand même.

Les gens ne sont pas plus bêtes que moi. Sûrement qu'eux aussi, ils voyaient que c'était un couple un peu boiteux, mais bon, Anne n'avait pas trop le choix et puis Paul, quand même, c'était un brave garçon et surtout l'héritier de la plus grosse propriété de Pilhan.

Même si les Molinier aussi avaient perdu des plumes, il leur restait assez de biens au soleil pour leur permettre d'être à l'aise toute leur vie, à condition de travailler, bien sûr. Toutes les mères du canton auraient aimé que leur fille se marie avec quelqu'un comme lui.

La seule ombre au tableau venait du côté de la mère d'Anne. Que s'était-il passé à Toulouse ? C'était un soleil quand elle était partie à la ville et une morte-vivante à son retour…

Les jeunes, eux, faisaient leur train. Ils n'avaient pas l'air de s'occuper de tout ça. Dès qu'elle était à Pilhan, Anne se retrouvait avec Paul. On les rencontrait partout ensemble. Au café, au cinéma, dans la pinède, toujours main dans la main, toujours sages. Le samedi soir, avant de manger, je les voyais sous le figuier en train de discuter et de rire. Il lui tenait la main, ils étaient assis l'un contre l'autre, mais je ne les ai jamais vus s'embrasser.

Jamais ! Ni petit ni gros baiser. Je me disais qu'ils ne voulaient pas se donner en spectacle. Pourtant, ils étaient presque fiancés, ils auraient pu en profiter un peu, même en public. Moi, à la place de Paul…

J'avais pris l'habitude de passer par là à cause du figuier. Tu vois, c'est bête, ce n'est pas moi qui l'ai planté, mais comme j'ai vu sa naissance je m'y suis attaché à cet arbre. Paul n'avait pas le temps de s'en occuper, moi oui. Il avait drôlement grandi, je parle du figuier, pas de Paul. Il devait bien avoir une trentaine d'années. Non, ce n'est pas vieux pour un figuier. Il y en a qui ont plus de soixante ans et qui se portent bien.

Des fourmis rouges traçaient comme une route sur le tronc, bien alignées, bien serrées, puis elles passaient sur les branches. Je coupais leur ligne avec la main, mais il en arrivait tout le temps. Il aurait fallu le traiter...

Comme il avait les pieds dans l'eau de la fontaine, il poussait vite. Sous ses feuilles en été, tu avais de la place à l'ombre pour deux voitures. Le tronc avait tellement de force que par endroits, l'écorce se déchirait comme si elle le serrait trop.

Les bonnes années, il faisait des kilos et des kilos de grosses figues violettes comme des robes de curé et sucrées comme du miel. Il n'y avait pas de disputes autour de lui. Les vieux cueillaient les fruits du bas, les gosses ceux du milieu, les étourneaux et les becfigues ceux qui voyaient le ciel.

Comme il n'y avait presque plus d'enfants, beaucoup de figues s'écrasaient par terre. Dire qu'à une autre époque les gens se seraient battus pour les ramasser... Je l'aimais bien cet arbre. Il était comme moi, il voyait passer les gens et les choses sans bouger sans servir à quelque chose dans leur vie. Simplement, lui il buvait de l'eau et moi du vin.

Qu'est-ce que tu as ? Je commence à te connaître. Tu fais une drôle de tête. J'ai dit des conneries ? Qu'est-ce que c'est que tu ne comprends pas ? Je vais trop vite ? Tu es perdu ?

C'est tant pis pour toi tu me fais aller dans tous les sens. Moi aussi des fois je m'embrouille, surtout dans les années.

Ah ! C'est ça ! Tu ne sais plus si je vivais à Mersac ou à Pilhan. Ben j'ai vécu dans les deux. J'ai commencé à Mersac jusqu'à mon exil à Pilhan. Oui, je l'appelle exil parce que mes parents ils m'ont fait le même coup que les Anglais à Napoléon. Je devais avoir trente et un ou trente-deux ans, peut-être plus. Tout ça s'est passé après mon histoire avec Joséphine – c'est drôle ça Joséphine et Napoléon, non ? – la bagarre avec ma mère et mon départ.

Fais attention, mets-toi bien dans la tête que le Paul, à ce moment-là, il était encore dans les jupes de sa maman.

13

Ça va mieux ? Tu y vois un peu plus clair ? Bon je continue : histoire de la vie pas très joyeuse de monsieur Ernest Pech.

Je reprends au moment où j'ai failli étrangler la Martha, oui, ma chère maman, et que le papé m'a arrêté. Je te l'ai dit, quand j'ai foutu le camp, j'ai pris le portefeuille de mon père, la moto et j'ai filé. Je ne sais pas pourquoi j'ai pris l'argent puisque je voulais me foutre contre un camion ou contre un arbre. C'était mon idée. Je ne voyais rien d'autre à faire pour m'en sortir.

Juste avant d'arriver à Sigean, il y a un mauvais tournant à gauche avec des platanes sur le bord. J'ai foncé, mais au dernier moment je me suis dégonflé. J'ai freiné sec. Ça a chassé un peu derrière, mais je ne suis pas tombé. J'ai eu tellement peur que je n'ai plus pensé à me tuer.

J'ai roulé sans savoir où j'allais, je me suis retrouvé à Leucate. C'était la première fois que j'y allais. Tu connais ?

Je ne peux pas te raconter par où je suis passé, je n'en ai aucune idée. Je me souviens que même si c'était dimanche, il n'y avait presque personne. Je te l'ai dit, à cette époque, la mer, ce n'était pas encore à la mode. J'ai tourné un moment. Je n'osais pas m'arrêter parce qu'il y avait des gitans qui s'étaient installés sur la plage et leurs gosses rôdaient dans le village. J'avais peur pour ma moto.

Finalement, je suis entré dans un café-restaurant. Les gens me regardaient comme si j'étais un chien mouillé. C'était toujours comme ça quand on me voyait pour la première fois.

Les regards je les sentais directement sur ma bosse, ils y appuyaient dessus. Presque dans ces moments-là, je la sentais pousser. Ça devenait comme le nez de Pinocchio, mais moi je n'avais même pas besoin de mentir. Tu parles d'une chance !

Pour me donner du courage, j'ai avalé trois ou quatre pastis. Après, ça commençait à aller mieux. Je me suis installé à une table pour manger. Avant que je commande, le patron est venu me demander si je pouvais payer. Ça aussi j'y étais habitué. Tu comprends avec mon allure, on ne risquait pas de me confondre avec le Marquis de Couillelongue. J'ai sorti le portefeuille, je l'ai ouvert. Il a vu les billets et il s'est aplati.

Un type est arrivé et il s'est assis en face de moi. Je ne le connaissais pas, je me demandais ce qu'il voulait. Il parlait, il me racontait sa vie, plein de conneries. Je ne savais pas comment m'en débarrasser. Le patron m'a apporté un plateau de fruits de mer tout frais ramassés du matin, à ce qu'il m'a dit. Putain, je m'en souviens, je le vois encore ce maudit plateau.

Il a mis aussi une bouteille de Listel sur la table, oui c'est ça, un blanc du tonnerre de dieu. J'étais encore bien élevé. Je n'osais pas manger devant l'autre avec sa mine triste et ses yeux de chien battu. Il me bavait presque dans l'assiette tout en continuant à me raconter ses malheurs et Dieu sait s'il en avait.

Finalement, je lui ai demandé s'il avait faim. Faim non ! Mais soif, oui ! Et même très soif, encore plus que moi, tu vois un peu. À tous les deux on a dû tomber quatre ou cinq bouteilles de blanc. En même temps, moi je mangeais. Je leur trouvais un drôle de goût à ces coquillages, surtout aux moules, mais je pensais que c'était le vin qui faisait ça.

Plus on buvait, plus je le trouvais sympathique ce type. Je me suis mis moi aussi à lui raconter mes emmerdements. Je ne me souviens plus de la fin. Je me suis réveillé sur la plage, couché dans le sable à côté de la moto.

Dès que j'ai commencé à bouger, j'ai eu mal au ventre, des coliques à me tordre. Après, ça n'a pas arrêté de toute la journée. Je me suis vidé, complètement vidé. Je ne pouvais pas marcher. Presque je me faisais dessus. Heureusement, j'étais un peu caché par une espèce de digue et il n'y avait personne.

Cette diarrhée, elle s'est finie le soir. Forcément, je n'avais plus rien dans le ventre. J'étais entouré de merde, ça puait et je n'avais pas la force de bouger. J'ai passé toute la nuit à me geler au même endroit, à trembler de froid, mais aussi de peur dès que j'entendais du bruit. Je crois que ça a été la pire nuit de ma vie avec celle du cimetière, mais ça, c'est une autre histoire. Je crevais de soif, mais là crois-moi c'était de l'eau que je voulais.

Le lendemain, ça allait un petit peu mieux, je pouvais réfléchir. Je me suis aperçu que je n'avais plus le portefeuille. Je m'en foutais. Je n'avais qu'une idée dans la tête : rentrer vite à Mersac, jeter mes habits, me laver, me débarrasser de cette odeur de merde, boire, boire et me coucher.

Il a quand même fallu que j'attende l'après-midi pour arriver à relever la moto. Heureusement qu'à cette époque, il n'y avait pas trop de circulation parce que dans mon état, je ne serais pas rentré vivant.

J'ai coupé le moteur bien avant la maison. J'ai mis la Terrot dans la cave en la poussant. Je ne voulais voir personne. J'avais honte. J'avais peur aussi à cause du portefeuille et de l'argent. Je ne suis pas passé dans la cuisine. Il y avait la télé qui marchait. Je suis allé directement en haut. J'ai jeté mes habits par la fenêtre dans le jardin. Je me suis douché. Mon père a entendu l'eau, il a ouvert la porte et il m'a dit : *« Ah c'est toi ! On se verra demain ! »*

Je n'ai pas répondu. J'avais toujours dans la tête cette envie de mourir, mais aussi la certitude que je ne ferai rien. J'ai vomi sous la douche. Ce n'était plus à cause des moules, c'était juste parce que je me dégoûtais...

Je t'ai dit que depuis l'histoire avec le cheval, quand j'étais gosse, mon père ne me parlait presque plus. C'était plus que ça, je crois qu'il ne me considérait plus comme son fils. J'étais là chez lui, un parasite, un estropié.

J'étais sûrement une erreur de la nature… Ce n'était pas possible que je sois sorti de ses belles et nobles couilles. Lui un Pech ne pouvait pas faire un mal foutu comme moi. Il me supportait bien sûr – on supporte bien les animaux – parce que sinon les gens auraient jasé, mais pour lui c'était comme si je n'existais plus. Il ne me voyait pas, il ne m'entendait pas.

Tu me diras, je le comprends un peu maintenant. Il y avait eu tromperie sur la marchandise. Il avait été obligé de se marier avec la Martha qui n'avait jamais gagné de prix de beauté et son rejeton qui lui coûtait cher. Le résultat ben c'était moi, la honte de la famille, ivrogne, moche et incapable de travailler.

Il avait quand même des raisons de m'en vouloir. Je ne l'excuse pas, je n'avais pas demandé à naître. J'essaie juste de comprendre. Quand il t'arrive une vie comme la mienne, ça soulage un peu de trouver des motifs à peu près valables parce que sinon il y a de quoi devenir fou !

Bon, je crois que j'ai dormi toute la journée. Mon père m'a appelé quand je suis descendu pour manger, c'était le soir. Tu sais le paternel, ce n'était pas un type à faire des longs discours. Il m'a d'abord demandé le portefeuille, pour lui c'était le plus important. J'ai répondu que je l'avais perdu, c'était peut-être vrai... Il a fait la gueule, mais il n'a rien dit.

Il m'a aussi posé des questions sur mes habits pleins de merde qu'on avait trouvés dans le jardin. On était dans son bureau, lui d'un côté de la pièce, moi de l'autre. On ne se regardait pas. Rien que d'avoir à me parler, ça l'embêtait et il ne s'en cachait pas.

Moi, qu'est-ce que tu veux que je te dise, c'était mon père, j'attendais toujours une espèce de miracle. Quoi ? Et bé je ne sais pas, par exemple qu'il me mette la main sur l'épaule en me disant qu'il comprenait, que ce n'était pas grave...

Ne te pose pas de questions, de miracle, il n'y en a pas eu !

Il n'a pas demandé pourquoi j'étais parti, où j'étais allé, où j'avais dormi, qu'est-ce que j'avais fait pendant ces deux jours. Non, il s'en foutait de tout ça. Il avait pourtant encore un truc à me dire et je le voyais bien, il ne savait pas trop comment s'y prendre.

Finalement, il a attaqué de face. Il a commencé à me demander qu'est-ce qui m'était passé dans la tête le dimanche. Ce n'était pas une question, plutôt un reproche. Il a continué en disant que j'avais failli étrangler ma mère et qu'il fallait plus que ça se reproduise. Il a ajouté mot pour mot : *« Si en plus tu deviens fou, on sera obligé de te faire enfermer ! »*

Moi, je n'ai entendu que le en plus. Ce salaud, c'était mon père et il me foutait le pied dessus pour que je me noie plus vite. Il voulait se débarrasser de moi. Martha devait lui avoir raconté l'histoire à sa façon. Elle lui avait monté la tête. Peut-être qu'elle espérait me faire remplacer par son fils. Si on m'enfermait, la place était libre et qui sait... maintenant que les vieux commençaient à décliner, son petit pourrait enfin rentrer chez les Pech.

Comme mon père devait en avoir marre de me voir - peut-être que finalement je lui donnais un peu de remords ? -, pour une fois, il croyait ma mère. Le papé n'était arrivé qu'à la fin de la bagarre. Il ne savait rien de ce qui s'était passé avant… Dommage, lui, il aurait peut-être dit la vérité…

Je n'écoutais plus mon père, non, ce n'était pas ça, je ne l'entendais plus. Je n'avais que de la haine et de la rage dans la tête. Je regrettais, qu'est-ce que je regrettais de ne pas avoir eu le temps de l'étrangler pour de vrai, cette salope. Je devais recommencer, et cette fois ne pas la manquer. Pendant que mon père finissait de parler, moi je cherchais une idée pour me venger.

Plus je réfléchissais et plus je me disais que c'était Martha la cause de tous mes malheurs, à commencer par la bosse, bien sûr. La mamée avait raison, elle avait fait des saloperies pour me faire passer et voilà, j'étais le résultat.

Je la revoyais le soir du cinéma avec Joséphine. Comme elle était contente ! Peut-être qu'elle lui avait dit du mal sur moi. C'était ça, Joséphine, avant, elle m'aimait. Qu'est-ce qu'elle avait pu lui raconter cette pute ? Les mêmes choses sûrement qu'elle disait à mon père.

Papa, c'était sûr qu'il m'aimait un peu quand même et maintenant il voulait me faire enfermer. C'était elle, elle, toujours elle qui pourrissait ma vie. Je n'allais pas me laisser faire. J'allais me venger et ça serait saignant.

Tu vois, c'était des choses comme ça que j'avais dans la tête et je n'arrivais pas à les oublier. Je ne pensais qu'à ça : comment j'allais faire pour me venger d'elle, pour qu'elle souffre autant que moi ? Ce n'était pas de la méchanceté, c'était de la justice. Il fallait la punir.

Au début, je n'avais pas de plan. Dans ma tête, c'était simple. Il fallait que j'attende qu'elle soit seule dans la maison. Après, je lui sauterai dessus et je lui serrerai le kiki jusqu'à ce qu'elle ne bouge plus. Rien que d'y penser, j'avais les mains qui se fermaient. J'avais envie de revoir la peur dans ses yeux comme la première fois.

Le hic, c'est que la première fois, j'étais tellement en colère que je n'avais pas eu le temps de réfléchir. Pas de pensées, pas de courage, juste la rage et la haine. Là, il faudrait que je boive un bon coup avant de l'attaquer.

C'est arrivé presque tout de suite, le lendemain, je crois. Le père était à la vigne, les vieux à un enterrement. Elle faisait la cuisine, penchée vers l'évier.

Je ne sais pas comment elle a fait, elle a dû me sentir. Elle s'est retournée. Elle m'a regardé. Elle a lu dans mes yeux. Elle a pris le grand couteau pour la viande. Elle m'a dit : *« Approche crapaud ! Tu m'as eu une fois, tu ne m'auras pas deux ! »*.

Elle était prête à m'ouvrir le ventre. Je n'ai pas répondu, je suis sorti. Il fallait que je réfléchisse, tu comprends ? Je me voyais l'étrangler, l'assommer. Je n'avais jamais pensé qu'elle pouvait se défendre. J'étais persuadé qu'elle ne ferait que crier ou bien qu'elle essaierait de partir. Je ne pouvais pas la sentir et elle non plus, je le savais, mais là je l'ai vu dans ses yeux.

En plus, la Martha elle était costaud – oui je sais, costaude, me casse pas les pieds avec ça ! – et moi tu vois comment je suis. Il fallait que je l'attaque par surprise ou alors que j'aie une arme. Je pensais à un bâton ou un couteau. Moi qui ne supportais pas de voir du sang, je devais tuer cette salope.

Une fois j'avais vu mon père tirer sur un chat à moitié sauvage qui venait manger les petits pigeons. Il l'avait touché en pleine tête et la sale bête continuait à bouger, à gigoter… Je ne voulais pas voir ça et pourtant je regardais, je ne pouvais pas m'en empêcher.

Je voyais la queue qui battait, qui se gonflait, les griffes ouvertes, les coups de reins. C'était comme si le chat se battait contre quelque chose d'invisible. Ça avait duré longtemps, longtemps. J'en avais été malade.

Moi après tu vois, j'étais bête. Je ruminais ma vengeance, mais je ne pensais plus à l'accrochage du matin dans la cuisine. Remarque, c'est normal, il s'était rien passé.

Le soir, quand mon père m'a sauté dessus, j'avais tout oublié. Il m'a attrapé par le bras en serrant fort. Il m'a secoué. Il était rouge comme un coq. Il m'a dit que Martha lui avait tout raconté, qu'il fallait que je lui foute la paix, que si ça continuait, ils me feraient examiner par un… chypriate, enfin un docteur. Quoi comment tu dis ? Putain, je ne suis jamais arrivé à le dire ce mot : P-S-Y-C-H-I-A-T-R-E. C'est sûrement parce qu'il m'est resté en travers du gosier.

Je me suis débattu pour partir. Il m'a lâché et quand je m'éloignais, il a ajouté : *« Tu sais Ernest, ce n'est pas tout de sa faute, il faut la comprendre ! »*

Je te jure, j'aurais préféré qu'il me gifle plutôt qu'il me dise cette connerie. J'en suis resté sur le cul. Voilà que maintenant il défendait cette pute. Il n'avait rien vu, rien compris. J'avais tellement voulu qu'elle m'aime quand j'étais gosse ! J'avais tellement eu besoin de son amour ! Il n'avait pas vu que j'avais tout fait pour qu'elle me regarde un peu ! Il n'avait pas remarqué les dessins, les fleurs, les petits cadeaux…

Oui, je te l'ai dit ça, je m'en fous ! Il ne s'était pas aperçu qu'elle mettait la main sur ma bouche quand j'essayais de l'embrasser, qu'elle me repoussait quand je voulais un câlin !

Bordel, non, il avait rien vu ! Il fallait que je la comprenne ! Il fallait que je l'excuse de m'avoir fait bossu, de ne m'avoir jamais aimé. Il fallait que je la comprenne tu te rends compte ?

Qui me comprenait à moi ? Qui m'a compris une fois, putain, une seule fois ?

Attends, laisse-moi un peu… Encore maintenant tu vois, ça me fait trop mal. Ça va passer, attends… Non, je ne veux pas arrêter. On a fait croire que j'étais fou, on a dit que j'étais dangereux. À toi, je te raconterai tout. Au moins, il y en a un qui saura ce qu'a été ma vie… Attends je vais continuer, faut juste que je souffle un peu.

Tu n'as pas soif toi ? Moi si ! Beaucoup ! Quand je suis comme ça, je pourrais boire la mer… et je ne sais pas si ça suffirait pour m'empêcher de ruminer tout ça… Tu comprends ? Ça me fait plaisir, même si tu le dis par politesse, je me sens moins seul.

Où j'en étais… Oui, mon père…

À partir de là, j'ai compris que ça ne serait pas facile de la crever. Elle se méfiait de moi. À cette époque, je crois qu'elle avait toujours un couteau dans la poche. Moi, je ne pouvais pas me permettre de trop faire le con parce que je pensais au… hé bé, à ce type qui regarde les fous… Oui, c'est ça !

Je n'avais pas envie de me retrouver enfermé toute ma vie à l'asile. Et puis moi qu'est-ce que tu veux, on est comme on est, je n'ai jamais été un courageux, mais ça, je te l'ai déjà dit, non ?

Tous les matins, elle portait du grain aux pigeons. Ils vivaient dans une grande volière toute grillagée. J'ai pris le fusil de chasse de mon père et deux cartouches. Je suis descendu dans la cave et doucement j'ai entrouvert le portail. Martha était à quinze mètres en train de jeter le grain. Elle me tournait le dos.

Immanquable !

J'ai mis une chevrotine. J'étais calme, décidé. J'ai visé. J'ai retenu la respiration. Elle a bougé un peu. Il a fallu que je change de position. Elle s'est mise à balayer. Ce fusil, on aurait dit qu'il pesait une tonne. J'ai visé à nouveau. Je commençais à trembler un peu. Je pensais au chat en train de mourir, à sa façon de se débattre comme s'il voulait griffer la mort. Martha a encore changé de place.

Je ne sais pas depuis combien de temps je l'avais au bout du fusil. La sueur me piquait les yeux. Il fallait que je tire vite. Il fallait que j'appuie.

Je n'ai pas pu, putain je n'ai pas pu. Il mettait trop longtemps à mourir ce chat. J'avais trop peur de l'entendre crier, trop peur de la voir sauter partout, toute pleine de sang, trop peur qu'elle rampe vers moi, qu'elle me touche, putain, j'avais trop peur.

Aujourd'hui je ne regrette pas, ça ne sert à rien les regrets. Si je l'avais fait, je serais sûrement enfermé et là je serais vraiment devenu fou. Peut-être qu'on m'aurait tué à moi aussi, peut-être que ça aurait mieux valu, je ne sais pas.

Je n'ai rien pardonné non, jamais, mais la vie a passé… Maintenant je m'en fous de tout. Je me dis que ce n'est pas la peine de garder tout ça dans la tête, que je ne referai rien du tout.

Tu vois, je croyais avoir oublié plein de choses, mais à cause de toi, ça me revient comme si c'était hier. Il me faudra prendre une bonne cuite ce soir pour pouvoir m'endormir.

Il a bien fallu que je me rende à l'évidence, je ne pourrai pas la tuer comme ça. Je n'aurai jamais le courage. J'étais un dégonflé de naissance, mon père avait raison.

Pourtant, plus je voyais que j'étais incapable de la supprimer, plus je voulais me venger. Je devais faire quelque chose. Rien que de l'entendre ou de la voir, ça me foutait en rogne. En plus, il me semblait qu'elle était contente. En tout cas, elle faisait moins la gueule que d'habitude. Je ne savais pas pourquoi et ça me faisait enrager encore plus. Je sentais qu'il y avait quelque chose qui se préparait et ça ne pouvait pas être bon pour moi puisqu'on ne me disait rien et qu'elle était contente.

Ils n'allaient quand même pas me faire enfermer ? Je n'avais rien fait ! J'avais entendu parler d'une histoire qui s'était passée à Perpignan. Une femme avait fait mettre son mari chez les fous… Je ne sais plus pourquoi… Je te jure, je me rongeais les sangs. Pour dormir, il me fallait être soûl comme un Polonais.

On change de sujet ? Quand je parle de ma vie, ça me file le cafard. Je te dirai tout, mais pas aujourd'hui, j'en ai assez.

*

Parler de Paul, oui, pour changer un peu… Remarque il n'y a pas grand-chose à dire.

Toute la semaine, il travaillait comme une bête avec son père. Le samedi soir, il sortait avec Anne. Le dimanche, il jouait au rugby.

Tiens le rugby ! Encore une chose que je n'ai pas pu faire et pourtant je suis sûr que je me serais régalé et que j'aurais été bon. J'aurais été un petit dégourdi qui se faufile partout. À l'époque ce n'était pas la peine de peser cent kilos et de mesurer deux mètres pour jouer. Tous ceux qui voulaient, ils venaient.

Si je les retrouve, je te montrerai des photos de l'équipe de Mersac. Tu verras, il y avait de tout : des grands, des petits, des maigres, des gros, c'était comme un défilé de Laurel et Hardy. N'empêche, tout le monde se régalait.

Maintenant, on dirait des robots. Les types, ils te coincent le ballon sous le bras et boum ils foncent comme dans un mur. On me dit que je n'y comprends rien, que c'est la stratégie ! Moi, ce que je vois, c'est que tous les types bons, les petits dégourdis, on les laisse sur le bord.

La stratégie, c'est bien pour les cons, les militaires ou pour les robots. Les bons inventent leur tactique au fur et mesure. Le sport, c'est devenu comme à l'armée, ceux qui réfléchissent trop ou qui sortent la tête du rang, ils ne sont jamais bien vus.

Comme je ne pouvais pas jouer, j'ai essayé d'être dirigeant. Ils m'ont mis soigneur parce que c'était le pauvre Jacou qui le faisait et il ne pouvait plus courir tellement il était gros. S'il y en a un qui saignait, il avait le temps de se vider avant que Jacou soit là. Ça encore, ce n'était pas grave.

L'embêtant, et c'est pour cette raison que les joueurs ne le voulaient plus, c'est qu'il était myope. Il se trompait souvent avec les tubes de pommade. Tous en avaient une peur bleue depuis l'histoire de Migna, un type qui jouait pilier et qui avait pris un coup mal placé… hé bé, oui, dans les parties.

Tu ne vois pas que Jacou se trompe et t'y met du Dolpic dessus. Le pauvre Migna, il sautait partout. À la fin du match, il était encore dans les vestiaires avec ses choses qui trempaient dans une bassine d'eau froide. Ça ressemblait à des tomates cerise, tu sais les petites. Il n'a pas pu aller travailler pendant deux jours et crois-moi sa femme à dû être tranquille une bonne semaine…

Moi, je n'y connaissais rien pour soigner les gens, mais je courais assez vite et j'y voyais bien. De toute façon, ce n'était pas la peine d'être docteur pour passer un coup d'éponge sur une bosse, un doigt ou un genou. Les joueurs étaient contents de moi et moi avec eux j'étais heureux.

Ce que j'aimais c'était avant le match dans les vestiaires. Je leur mettais de la pommade, je les massais… Non, j'ai jamais appris, je faisais ça…

naturellement. Je sentais que je faisais partie de l'équipe. J'avais aussi peur qu'eux avant d'entrer sur le terrain. Ce n'est pas de la peur, je ne sais pas comment dire…

L'appréhension, oui, tu es un véritable dictionnaire toi !

Quand même, je me méfiais des troisièmes mi-temps parce que de temps en temps, quand ils étaient soûls, tous ces jeunes disaient des conneries que je ne voulais pas entendre. Si j'y allais, je me foutais dans un coin et je ne bougeais pas ou alors je me soûlais tout de suite. Après ils pouvaient raconter ce qu'ils voulaient.

J'ai arrêté au bout de deux ou trois mois… Pourquoi je n'ai pas continué puisque ça me plaisait ? Tu ne t'en doutes pas un peu ? C'est simple : quand on jouait à Mersac tout se passait bien, mais dès qu'on se déplaçait, les gens se foutaient de moi pendant tout le match.

C'est toujours comme ça, un bonhomme tout seul, il la ferme, mais dès qu'ils sont plusieurs, c'est à celui qui sort la plus grosse bêtise.

Je faisais celui qui n'entendait pas, mais j'en aurais chialé. Ils m'appelaient le nain, le bossu. J'y étais habitué, mais ça me faisait quand même mal, surtout dit par des étrangers.

Un dimanche juste derrière la barrière il y en avait un qui ne faisait que déconner. Il me disait que je devais toujours gagner au tiercé, que j'étais comme les tortues, que si on me mettait sur le dos je ne pouvais pas me retourner, que j'avais de la chance parce que je pouvais porter deux chapeaux… Il avait une grosse voix, tout le monde rigolait, il faisait le spectacle.

Ça a duré presque toute la partie. Je n'ai pas entendu une seule personne pour me défendre, même pour dire qu'il y en avait assez. Je serrais les dents, je serrais les poings, et puis à un moment j'en ai eu marre. J'ai pris le seau, je me suis retourné et je le lui ai balancé sur la tronche à ce pauvre type. Il n'a pas sauté la barrière parce que je tenais aussi le couteau pour couper les citrons dans la main. À la tête que je devais avoir, il a compris que je n'hésiterais pas.

Tu ne vois pas que le président de Mersac, le nôtre, arrive et qu'il fait le grand sportif. Vas-y de la leçon de morale, du respect de l'adversaire, de la loyauté du combat, de la beauté du sport, et caetera, et caetera…

Il voulait être maire cette grande gueule. Il commençait sa campagne pour les élections. Il montrait qu'il savait parler, qu'il était quelqu'un de responsable et de sage. Il faisait le type qui met toujours son nez au-dessus de la boue, là où en principe, ça sent bon.

Moi, j'étais une merde. Qui respecte les merdes ?

Il restait encore de l'eau dans le seau, je la lui ai balancée sur la figure et je n'ai pas attendu la fin, je suis parti...

Je n'ai pas eu besoin d'envoyer ma lettre de démission. Après, j'ai continué à aller voir les matches parce que j'aimais ça et aussi parce que plein de joueurs et même des dirigeants m'avaient dit que j'avais bien fait. Crois-moi, j'ai toujours payé ma place et je suis toujours allé au stade la tête haute.

Regarde comme c'est bête, je voulais te parler de Paul et finalement je continue à te raconter mes histoires. C'est vrai que maintenant je n'ai pas trop l'occasion de discuter. Quand je vois quelqu'un ici, à part Paul, bien sûr, c'est bonjour bonsoir puis on discute du temps ou de nos maladies. C'est vite fait, ça ne dure pas des heures. Peut-être que je suis égoïste aussi, mais tu sais, si je ne pense pas à moi, qui va le faire ?

Bon je reviens sur Paul. Je te l'ai déjà dit, c'était un bon joueur. Il a même failli aller au Racing. Hé bé au Racing Club Narbonnais bien sûr ! Je ne sais pas comment ils l'appellent maintenant et je m'en fous, pour moi Narbonne ça sera toujours le Racing... Je crois qu'il était aussi bon que son père. Lui il jouait talonneur, c'est celui qui est chargé de récupérer le ballon dans les mêlées... Avec les pieds, quelle question !

À l'époque pour être talonneur il fallait être courageux, simple d'esprit ou aimer les coups. Pourquoi ? Ça se voit que tu n'y connais rien au rugby, toi ! Le talonneur passe un bras par-dessus les épaules de chaque pilier alors il ne peut ni se protéger ni se défendre.

Il est suspendu comme Jésus sur la croix et à cet endroit, s'il tend l'autre joue chaque fois qu'il en prend un, il ne finit pas le match ! Sa seule protection c'est ses copains, les piliers et les secondes lignes, oui, les deux grands costauds. S'ils ne sont pas vaillants, s'ils ne répondent pas du tac au tac, le pauvre type passe tout le match à en prendre plein la figure.

Paul avait de la chance parce qu'il jouait avec des bons. Oui, ils étaient méchants comme la gale. Ils le défendaient bien.

Je me souviens d'une finale du Languedoc contre Salles, oui, à côté de Coursan. Je m'en souviens bien parce que c'est le seul titre que Mersac a gagné dans toute son existence. Non ! Il n'y a plus de club ! Ça fait longtemps que le terrain a été vendu en lotissement et les vestiaires, c'est devenu un dépôt de la mairie.

Avec qui tu veux qu'ils jouent ? Il n'y a presque pas de jeunes et ils préfèrent fumer leur saloperie ou bien faire du tennis. Tu comprends les parents ont peur qu'ils se fassent mal les pauvres. Ils te les mettent dans du coton. Ils leur font croire que la vie, c'est se lever quand tu veux, choisir ton menu et attendre que tout te tombe du ciel.

Le rugby… C'est le contraire de ça. Celui qui ne veut pas serrer les dents, celui qui a peur de souffrir, il n'a pas sa place sur un terrain. Il pourra faire presque n'importe quel sport, mais pas du rugby parce que même en petite série, il faut s'entraîner, s'accrocher, se battre.

Regarde ces manchots à la télé, dès qu'on les

touche, ils roulent par terre pendant dix mètres et quand ils se disputent, ils ressemblent à des poissonnières !

Donc dans cette finale, il restait une paire de minutes à jouer et on menait de deux points. Il y avait une mêlée pour Salles à cinq mètres de notre ligne d'essai. Eh bien Paul, il s'est sacrifié. Il s'est étendu sous la mêlée et il a réussi à prendre la balle. Ben oui, je dis qu'il s'est sacrifié parce qu'à l'époque, si tu prenais la balle aux autres quand la mêlée était pour eux, tu te faisais massacrer…

Il y a eu une bagarre générale qui a bien duré dix minutes. Quand ça s'est calmé, comme ça se passait du côté des vestiaires, l'arbitre en a profité pour siffler la fin du match et aller s'enfermer en courant. C'est comme ça qu'on a eu la coupe du Languedoc grâce à Paul. Les copains l'ont ramené, il était à moitié KO. Il avait un œil fermé, les lèvres enflées et une belle bosse sur le front.

Le soir, comme il ne pouvait pas manger parce qu'il avait aussi mal à la mâchoire, il n'a fait que boire avec une paille dans la coupe.

Oh, c'était une belle et grande coupe ! On devait y avoir mis dedans un litre de pastis et un litre d'eau. Avant la fin de l'apéritif, il était déjà soûl comme un cochon et il s'accrochait à Anne comme à une bouée de sauvetage. Elle, elle riait et elle essayait de le faire tenir debout. Remarque, si ça peut te rassurer, il n'était pas le seul.

Même le maire qui avait la parole facile et qui

t'aurait endormi un chat sur une caisse de sardines, même le maire donc s'est embrouillé une paire de fois dans son discours.

Il a voulu faire un compliment au vieux Cabrier qui était le plus vieil abonné du club et il a dit : *« J'en profite pour saluer Charles le plus vieil embaumé du club ! »*

Du coup, jusqu'à la fin de sa vie, le pauvre Cabrier a été surnommé la momie.

Ça a été une soirée mémorable, il devait y avoir tout le village à boire, à chanter, à rire. Ni bagarre, ni dispute, rien que de la joie et de l'amitié. Tu ne peux pas savoir comme on était heureux d'avoir gagné surtout contre ces faiseurs de piquette de la plaine qui bradaient leur vin et qui nous foutaient en l'air.

14

À propos de Paul et d'Anne, tout le monde pensait qu'ils allaient se marier ou au moins se fiancer pendant l'été, au moment où il n'y a pas trop de travail dans les vignes. Eh bien non, il ne s'est rien passé ! Ils continuaient à arriver au café ensemble le samedi, à danser ensemble, à discuter ensemble… Le dimanche ils partaient à la mer tous les deux, mais toujours pareil, pas de baisers ni de câlins entre eux.

Quand ils arrivaient, les mauvaises langues lançaient : *« Té ! Madame et son chauffeur ! »*. C'est pour te dire que je n'étais pas le seul à trouver leur liaison un peu bizarre. Si leurs copains les taquinaient sur leur amour ou le mariage, ils ne répondaient pas, ils étaient gênés. J'écoutais, bien sûr, et je me disais que cette affaire ne se finirait pas comme prévu.

Je m'en doutais et puis j'en ai été certain après une scène au café qui s'est passée un samedi vers la fin du mois de juillet.

Les filles avaient fait un repas toutes seules. Elles avaient fêté un anniversaire. Quand elles sont arrivées au café vers minuit, elles étaient toutes à moitié soûles et Anne complètement.

Dès qu'il l'a vue, Paul est venu s'asseoir à côté d'elle et il l'a serrée un peu comme d'habitude. Alors là, Anne a démarré. Elle s'est foutue à gueuler. Elle a commencé à l'insulter, à lui dire qu'il commençait à l'emmerder, qu'elle en avait marre qu'il la colle, qu'elle avait besoin de respirer, qu'elle n'en pouvait plus de l'avoir toujours accroché à elle…

Ensuite elle a continué sur les gens d'ici, sur nous. Personne ne pouvait l'arrêter, je te jure. Je la vois encore, debout, le visage fermé, les cheveux en bataille, les yeux brillants, toute pâle, tournée vers Paul, mais sans le voir, en train de gueuler et de jeter toute sa colère.

Elle a dit qu'on était tous des cons et des salauds, qu'on faisait les gentils avec les nouveaux, mais qu'en vrai on ne pouvait pas les sentir, qu'elle savait qu'on l'appelait la petite Jésus et que toutes nos méchancetés et nos racontars, ça avait rendu sa mère folle, que jamais elle ne pourrait vivre dans un trou comme ici…

Paul était un peu pâle lui aussi. De temps en temps, il se tournait vers ses copains et avec sa main sur son nez, il faisait signe qu'elle était soûle. Il essayait aussi de la faire asseoir. Il la tirait par la manche, mais elle se débattait, le repoussait et continuait son discours.

À un moment, comme si elle n'avait plus de piles, elle s'est arrêtée. Elle a regardé tout le monde. Elle est retombée sur la banquette. Deux minutes après, elle était endormie.

Ça a recommencé à discuter dans le café et tous disaient, Paul en premier, bien sûr, que ce n'était rien, qu'elle était soûle et qu'elle ne savait pas ce qu'elle racontait. Il y a quand même quelqu'un qui lui a demandé s'ils allaient se marier bientôt.

Il a répondu, les yeux baissés et avec un petit sourire qu'ils se fianceraient sûrement après les vendanges. Je l'ai regardé, j'ai bien vu que c'était bien plus un espoir qu'une certitude. Je me demande même s'il y croyait.

Moi j'écoutais, mais je ne parlais pas. Je suis bien placé en matière de soûlerie et je peux te dire que la petite, ce soir-là, elle avait vraiment craché tout ce qu'elle avait sur le cœur. Peut-être qu'elle-même ne savait pas qu'elle en avait autant marre de Paul, de nous, du village, mais à la façon dont c'était sorti, à coup sûr, c'était vrai.

J'en ai vu plein de timides, de coincés qui n'osaient pas parler et puis, dès qu'ils avaient bu, tu ne les arrêtais plus. Tout ce qu'ils tenaient enfermé dans la tête, ils le laissaient sortir. L'alcool c'est comme un ouvre-boîte, ça libère l'esprit. Si tu veux connaître vraiment quelqu'un, il te faut le regarder quand il est soûl.

Tu vois, moi par exemple si gentil, si doux, je ne râlais jamais même quand on me disait des conneries. Je riais même avec les autres. Remarque, je n'avais pas trop le choix : ou bien je me mettais en colère, je partais et je me retrouvais seul comme un imbécile ou bien je restais, j'avalais tout et je me taisais quitte à en prendre plein la gueule.

Ça, c'était en temps normal, mais quand j'avais bu, changement de ton. Plus de calculs, plus de sourires, je voulais me battre avec tout le monde. J'allais même provoquer des types qui ne m'avaient rien fait et que je ne connaissais pas. Tout ce que j'avais encaissé sans broncher, il fallait que je le ressorte. J'étais bien plus sincère quand j'étais soûl, c'est sûr !

Pour en revenir aux deux tourtereaux, cette fois-là j'ai pensé que c'était sûr, ces deux-là ne feraient pas leur vie ensemble.

Est-ce qu'il fallait ouvrir les yeux à Paul ? Lui montrer qu'il passait pour un imbécile ? Bah, pour quoi faire ? Il avait bien le temps d'être malheureux. C'est méchant de réveiller quelqu'un qui fait un joli rêve. La bulle finit toujours par se crever toute seule contre le dur de la vie. Tu vois, je commençais à être un peu intelligent, je ne lui ai pas parlé. De toute façon, il ne m'aurait pas entendu alors !

Tu as remarqué comme quand il arrive une catastrophe, les gens sont pressés de t'avertir ? Ils te disent que c'est pour ne pas que tu te sentes oublié ou pour ne pas que tu sois le dernier au courant. Tu parles… Ils veulent que toi aussi tu aies le nez dans la boue. Les gens aiment bien partager, surtout les malheurs…

Après cette histoire au café tout a continué entre eux comme avant, même s'il me semblait qu'ils étaient moins serrés…

Au mois d'août, Jambert est revenu en permission.

Il avait continué à changer. Bien sûr, il avait gardé son cou de taureau et ses épaules de pilier, mais son ventre avait fondu. Il se tenait droit comme un I. Je te jure, je n'ai jamais vu quelqu'un se transformer aussi vite et aussi complètement que Jambert. Le gros débile peureux s'était évaporé.

Le type bien habillé, les cheveux courts, bien propre, bien net qui m'avait presque cassé les doigts en me serrant la main, qui me disait que je buvais trop, c'était un autre, ce n'était pas possible que ce soit le même qu'avant...

On était les premiers au café, on a parlé un peu de tout. Je sentais qu'il voulait savoir des choses précises. Il tournait autour du pot comme une abeille autour du miel. Moi, j'attendais, je le laissais venir. Il m'a demandé des nouvelles des uns et des autres puis on a reparlé du temps, des vendanges qui approchaient...

Enfin, il est arrivé là où il voulait aller depuis le début. Il me demande : *« Paul et Anne, ils sont toujours ensemble ? »*

Je lui réponds oui sans rentrer dans les détails. Il a l'air étonné. Il m'explique qu'il me pose la question parce que dans sa dernière lettre, Anne lui a dit que ça n'allait pas trop bien. Tu vois, ils s'écrivaient. J'ai pensé qu'elle était prête à partir avec lui, mais je ne lui ai rien dit. Après tout s'il la voulait vraiment, il s'en apercevrait.

Déjà, j'aimais bien plus Paul que lui. Il ne m'avait rien fait Jean, mais il y avait quelque chose en lui qui ne me plaisait pas. Peut-être, c'était l'impression qu'il était toujours prêt à exploser, comme s'il faisait plein d'efforts pour se retenir de tout casser ou de t'assommer.

Il se prenait trop au sérieux. On le connaissait, on savait d'où il venait. Ce cinéma de parler lentement, de vouloir donner des leçons à tout le monde, il n'avait pas à nous le faire à nous.

C'était mieux que Anne aille avec Paul parce qu'il y a longtemps qu'on les voyait ensemble. On y était habitué. Et puis Paul vivait tout le temps ici. Il jouait au rugby à Mersac. L'autre n'avait jamais rien fait pour le coin.

C'est drôle tu vois, on imagine les avenirs : on marie un tel avec une telle, on trouve le métier, la vigne, la maison de l'un ou de l'autre. On se construit un petit monde comme on a envie et on essaie de le faire marcher. Le problème, c'est que dès qu'il y a une chose qui ne se passe pas comme prévu, on est déçu.

La seule chose triste c'était que si Anne partait avec Jean – et elle allait le faire – ça ferait une jeune de moins dans la commune et surtout des gosses qui ne naîtraient pas ici.

Déjà qu'il n'y en avait plus beaucoup...

Je ne sais pas si Jean et Paul s'étaient parlé ou si Anne avait dit quelque chose à Paul, mais les deux jeunes ne se fréquentaient presque plus. Ils ne se mettaient jamais à côté. Ils ne discutaient jamais ensemble. Quand j'y pense maintenant, il me semble même qu'ils se faisaient un peu la tête. Peut-être que Paul était jaloux ?

Un soir, je me suis retrouvé tout seul avec lui à la fermeture du café. On n'était pas soûl, mais on avait un peu bu. Il avait envie de parler et moi je n'étais jamais trop pressé de me retrouver à la maison.

Quand on est arrivé à Pilhan, il s'est arrêté et on est allé s'asseoir sur le banc à côté du figuier. Tu vois des moments comme ça, je m'en souviens parfaitement. Peut-être parce que j'aimais bien Paul, peut-être parce que j'étais heureux qu'il se confie à moi.

Ça prouvait qu'il me considérait. Je servais à quelque chose. C'est vrai qu'il me connaissait depuis tout petit, mais n'empêche, ça me faisait plaisir.

Il avait fait chaud toute la journée, on avait passé le quinze août. Il y avait des étoiles partout et même des filantes comme des étincelles de temps en temps. Ce n'était pas une nuit à s'enfermer, ni dans un lit, ni entre quatre murs.

On a regardé un bon moment le ciel sans parler. Je sentais que Paul avait des choses à dire, mais je ne voulais pas lui demander. Il a commencé à parler de trucs sans importance. On a rigolé des uns et des autres. On en est venu, bien sûr, aux vendanges qui arrivaient et je lui ai demandé s'il avait toute sa colhe (son équipe). Il m'a répondu : *« Oui, tout va bien, il y en a qu'une dont je ne suis pas sûr ! »*

Celle-là, bien sûr, c'était Anne. Tout est venu… Il m'a tout dit : ses espoirs, ses doutes, ses déceptions…

Le pauvret ne comprenait pas ce qui se passait. Enfin, je crois qu'il ne voulait pas comprendre alors il me posait des questions dans le genre : pourquoi elle voulait qu'ils ne soient que copains-copains ? Pourquoi elle refusait de se marier avec lui ?

Je ne pouvais pas répondre. Je ne pouvais pas lui dire que c'était parce qu'elle ne l'aimait pas. Lui me jurait qu'il l'aimait, que si elle partait, il n'en chercherait pas une autre, qu'il avait prévu de passer toute sa vie avec elle.

Il me disait tout ce que je savais déjà, tout ce que j'avais deviné en regardant Anne. J'ai essayé de le raisonner. Qu'est-ce que tu veux dire ? Je lui ai ressorti les choses qu'on répète tout le temps dans ces cas là : que l'amour, ça ne se commande pas, qu'il vaut mieux qu'elle lui dise non maintenant plutôt qu'elle le laisse plus tard avec des enfants…

C'est bizarre, il n'était pas désespéré. Simplement triste et déçu, pas désespéré. Je me suis demandé s'il l'aimait vraiment.

Moi dans mes rêves de bossu, l'amour arrivait comme une vague qui emportait tout, qui aveuglait même au point de cacher les bosses, tu comprends ? Et lui il était là, tristounet. Il regardait s'en aller la femme de sa vie et il n'avait pas envie de se foutre une balle dans la tête…

J'ai compris qu'Anne n'était pas une mauvaise fille, elle l'avait préparé. Ça devait faire un moment qu'elle lui avait dit tout ça. Elle ne lui avait rien donné, rien promis. Peut-être elle n'aurait pas dû se laisser promener comme elle l'avait fait. Oui, elle en avait quand même profité. Lui, tu parles, il avait marché. Il avait toujours espéré qu'elle changerait d'avis.

On est resté un moment sans rien dire. Il y a deux chats qui sont passés comme des flèches en se poursuivant dans la rue. Il s'est remis à parler, à dire que peut-être elle avait raison de vouloir partir puisqu'elle n'était pas bien ici. Il m'expliquait à moi, mais il essayait surtout de se convaincre lui-même que ce n'était pas de sa faute si elle s'en allait.

Il m'a raconté qu'elle ne supportait plus de retrouver sa mère à moitié folle chaque semaine, que ça la foutait en l'air. Aussi, elle lui disait qu'ici, c'était un village de vieux, qu'à part les vignes il n'y avait rien de vivant. Elle n'aimait pas les vignes, elle n'aimait pas le rugby, elle détestait la chasse. Elle venait voir les matches juste pour passer le temps.

Il est arrivé ensuite à l'important : Anne lui avait annoncé que Jambert lui avait proposé de le rejoindre à Nîmes et elle allait sûrement le faire. Pour Paul, c'était une preuve qu'elle voulait juste partir.

« Tu comprends bien qu'elle ne l'aime pas. Elle ne le connaît même pas. Jean n'est jamais ici. Elle va faire un tour, sûr qu'elle reviendra vite. Moi je la connais bien. Je l'attendrais le temps qu'il faudra ».

Tu penses bien que je n'ai pas parlé des lettres qu'ils s'écrivaient. Non, elle n'aimait pas Jambert… enfin… pas plus qu'elle ne l'aimait lui. La seule chose, c'était que les C.R.S changeaient souvent de région. Ils étaient toujours dans les grandes villes. Anne, elle était comme sa mère, elle ne supportait plus de vivre ici. Elle aimait voyager…

J'écoutais Paul, je ne disais rien. Ce n'était pas la peine. À quoi ça servait de le faire souffrir un peu plus ? Sûr que si elle l'avait aimé comme on m'aimait moi dans mes rêves, elle serait restée à Pilhan avec lui. Même, elle aurait été heureuse de rester.

C'était une brave fille quand même. Elle lui laissait croire que c'était le village qui la dégoûtait. Pour lui, c'était tout à fait possible et tellement plus facile. Ça, il pouvait le comprendre : c'était vrai que Pilhan et même Mersac crevaient doucement, c'était vrai qu'il n'y avait presque plus de jeunes. C'était vrai qu'à part la vigne et encore, il n'y avait pas grand-chose à faire ici, surtout pour une femme qui aimait la ville…

Voilà pourquoi Paul n'était pas désespéré. Il se disait que sa belle n'avait pas choisi Jambert plutôt que lui non ! Elle avait préféré la ville riche et vivante à la campagne pouilleuse et morte.

On est resté longtemps sur le banc. De temps en temps il y avait un moineau qui bougeait dans les feuilles comme s'il faisait un mauvais rêve. C'est bête ce que je dis, je ne sais pas si ça rêve un moineau… Frisquet mon chat oui, mais un chat c'est comme une personne, non ?

On était chacun dans nos pensées. Lui, il devait encore tenir Anne par la main. Il avait prévu tant de choses avec elle, peut-être même le prénom de ses enfants…

Il fallait qu'il efface tout, qu'il cherche autre chose même s'il répétait qu'il n'en ferait rien. Moi je le plaignais, je savais ce que c'était d'être repoussé. Il me faisait pitié, mais je ne pouvais rien faire pour lui. Même pas poser ma main sur son épaule, j'y arrivais à peine et puis je n'aurais pas osé. C'est un geste qu'on fait entre amis et je ne savais pas s'il me considérait comme son ami…

Je n'avais pas le moral. Je me disais que je n'avais pas assez bu et que je n'avais aucune bonne raison de m'arrêter de boire. Ça ne me dérangeait pas trop que Pilhan devienne un village de vieux. Moi aussi je commençais à avoir des cheveux blancs, mais ce n'était pas grave. Pour ce que j'avais fait de ma jeunesse, toujours à souffrir et à être malheureux ! Ce qui me rendait triste finalement c'était juste de voir toutes ces vies qui se manquaient, qui se croisaient sans jamais se rencontrer.

C'est déjà difficile de réussir sa propre vie alors quand il faut la mélanger avec une autre ça devient les coulisses de l'exploit. On sourit, on répond toujours *« ça va ! »* mais en vrai ça ne va jamais tout à fait bien. Moi, je m'en sortais avec du vin ou des pastis. Comme ça, j'oubliais que j'étais un nain mal foutu. Je parlais et je riais fort. Je m'oubliais jusqu'à ce qu'un imbécile me refoute cette saleté de bosse sur le dos.

J'étais comme un chien qui ne pense plus qu'il est attaché. Il voit passer une chienne ou un chat, il se lance et clac, il se fait étrangler par la corde.

C'était ce que je faisais à l'époque. Là, maintenant, je n'ai pas fait la paix avec ma bosse, ce n'est pas possible, mais je me suis habitué à vivre avec. Je sais que je suis, Ernest le bossu. Je ne l'oublie jamais et ça m'évite bien des malheurs et des tracas.

Jambert est reparti tout seul et, comme ils devaient l'avoir prévu, Anne l'a rejoint avec armes et bagages une semaine plus tard.

Paul a dû chercher une autre vendangeuse.

*

Les vendanges se sont bien passées cette année là, enfin il me semble. De bonnes vendanges, c'est quand le vent du nord-ouest, le cers, souffle tout le temps. Tu es sûr d'avoir du grand ciel bleu toute la journée même si le soir tu as l'impression qu'il continue à te traverser le cerveau d'une oreille à l'autre. Je ne m'en souviens pas donc ça a dû aller.

Ce que je sais aussi, c'est que la récolte était bonne : il y avait du degré, oui, du sucre dans les raisins, les grappes étaient saines, les grains bien mûrs. Le vin serait bon, tout le monde était content.

Et puis à partir de janvier, c'était en 67 je crois, en parlant avec l'un ou l'autre, en lisant les journaux, tous les vignerons ont vu qu'il n'y avait aucune offre d'achat. Personne en France ne voulait de leur vin… à part moi, bien sûr !

Si quand il y avait eu des problèmes, il y a de ça quatre ou cinq ans, les propriétaires n'avaient pas dit grand-chose, c'était parce qu'ils avaient un peu de réserves et que ce qui se passait leur paraissait exceptionnel. Cette fois, ils étaient désespérés et fous de rage. Des réserves il n'y en avait plus, ils étaient fauchés.

Depuis que les gens voyaient comment on vivait en ville, tout le monde voulait faire pareil. Il fallait la télé, bien sûr, mais aussi le frigo, le congélateur, la machine à laver et celle à sécher le linge, de beaux habits pour tous, des permanentes, du maquillage, une voiture et même parfois deux.

Tout ça, ça coûtait des sous. On achetait à crédit. Tous les petits propriétaires devaient de l'argent partout. Ils se débattaient comme des poissons dans le filet, mais ils étaient pris et bien pris. Je les écoutais brailler sur la place. Il y en a qui étaient vraiment prêts à tout, c'est vrai qu'ils n'avaient plus rien à perdre.

Toute la région buvait la tasse…

Un dimanche matin, il y avait un groupe qui parlait d'un type, un certain Castéra qui faisait des réunions dans tout le département, qui parlait bien et que peut-être avec lui on pourrait essayer de faire quelque chose… Il serait à Olonzac le mercredi suivant et ça valait le coup d'aller le voir.

La semaine après, on est parti à trois voitures avec des hommes de Pilhan et de Mersac. Bien sûr que j'y étais, tu ne voulais pas que je rate ça, non ? Pour une fois qu'il se passait quelque chose d'intéressant dans le coin…

Quand on est arrivé à Olonzac, on a commencé à mettre une demi-heure pour trouver une place pour se garer. En plus, il pleuvait avec le vent du nord. On aurait dit qu'il te tombait directement des glaçons dans le cou. Il y avait des gens qui sortaient de partout. Toutes les rues étaient pleines. C'était comme des rivières qui allaient vers la mer. Il n'y avait pas besoin de demander où était la réunion, il n'y avait qu'à suivre le courant.

Le cinéma était plein, oui, ça se passait dans un cinéma. Le Vox il s'appelait, j'ai eu le temps de voir le nom pendant tout le discours. On ne pouvait pas entrer, les gens se serraient dehors sur la place. Il y avait longtemps que je n'avais pas vu autant de monde. Des casquettes et des canadiennes partout. Je te jure, on se serait cru au stade Cassayet quand Narbonne jouait contre Béziers.

Bon, ce n'était pas la même ambiance quand même. Là on voyait que les gens n'avaient pas envie de déconner. Ils étaient sérieux, tendus, ils attendaient quelque chose. Moi tu penses avec ma taille, il a fallu que je me trouve un perchoir. Je suis monté sur le toit d'une camionnette. J'étais un peu loin, mais au moins je voyais à peu près tout.

Tout à coup, il y a eu une rafale de « Chut ! ». André Castéra a commencé à parler. Heureusement, ils avaient installé un haut-parleur à la porte du cinéma. Je n'ai pas tout entendu surtout au début.

Le vent m'amenait des mots comme « travail quotidien, taxes, dettes, emprunts, prix dérisoires, attentes, trafiquants, espoirs déçus, magouilles ». Je regardais les gens. Ils étaient comme des statues, bouche ouverte, la cigarette éteinte collée aux lèvres, les yeux vers le haut-parleur.

Après, Castéra s'est mis à parler plus fort. Rien qu'en entendant sa voix, tu sentais qu'il était sincère, que lui aussi était en train de plonger. Il parlait des cuves pleines, des vies misérables des petits exploitants, des pinardiers d'Algérie qui arrivaient à Sète, de tous ceux qui s'engraissaient sur le dos des viticulteurs d'ici, de ceux de Paris qui en avaient rien à faire du Midi, des politiciens qui trahissaient les gens et le pays…

Finalement, il n'y avait rien de neuf. Tout ça, tous ceux qui étaient ici le savaient. Ils le répétaient et le répétaient tous les jours sur la place. Ils le savaient, mais ça leur faisait du bien de l'entendre devant tant de monde.

Tu sais un vigneron, c'est quelqu'un de seul avec ses vignes et ses problèmes. Il discute un peu avec Pierre ou Paul, mais après, dans sa vigne ou dans sa cave il est seul. Là, tous ces solitaires, ils s'apercevaient qu'ils n'étaient pas isolés à Pilhan, à Mersac ou ailleurs. Ils étaient des milliers et ça commençait à leur donner des idées. Ils n'étaient plus calmes comme au début du discours. Ils commençaient à s'énerver eux aussi. Il y avait des grognements, des raclements de pieds, des sifflets, des applaudissements, et même des poings qui se levaient.

Moi sur ma camionnette, j'étais gelé comme un

coing. Je n'avais pas un poil de sec, mais je ne perdais pas une miette du spectacle. J'étais avec eux, mais je n'arrivais pas à me sentir concerné, en tout cas pas directement. Ma saloperie de bosse m'a même séparé de ça.

Par moments je n'écoutais plus. Je regardais tous ces types. Je m'amusais à reconnaître ceux qui avaient joué au rugby. C'est facile, tu n'as qu'à regarder les épaules. Si elles sont larges et tombantes, c'est un ancien joueur…

Je voyais les piliers sans cou, les secondes lignes et leurs oreilles tirebouchonnées, les troisièmes lignes avec leur air de pirates, les trois-quarts vifs et nerveux. Je sentais que ça allait faire une sacrée équipe et Castéra serait un bon capitaine. Moi ? Je ne me voyais pas soigneur, même pas coupeur de citrons !

Les gens se sont mis à gueuler de plus en plus. Castéra hurlait lui aussi. Il disait qu'il fallait se faire entendre du gouvernement, que c'était une question de vie ou de mort et que si les gens de Paris faisaient la sourde oreille, il faudrait faire assez de bruit pour qu'ils finissent par écouter.

Il y avait tellement de cris, tellement de « chut » que je n'ai plus rien compris. Tout le monde a applaudi, c'était fini. Castéra est sorti pour voir les gens qui étaient restés dehors à se geler et à se tremper pour l'entendre.

Il avait le visage maigre, un nez pointu et des yeux brillants, il m'a fait penser à un falquet (un faucon)…

Le père de Paul m'a appelé : *« Allez, Ernest on y*

va ! C'est bien joli tout ça, mais demain, faudra quand même se lever ! »

Dans la voiture il faisait chaud. Pujol a dit que tout ça ne lui plaisait pas trop, que dans ces réunions il n'y avait que des crèves-misère et des fainéants qui n'avaient rien à perdre. Il a ajouté qu'il fallait faire confiance à Edgar Faure le ministre parce qu'il était du coin, qu'il connaissait la situation et qu'il ne nous laisserait pas tomber.

Molinier a répondu que ce Castéra parlait bien et qu'il disait beaucoup de vérités. Plus personne n'a ouvert la bouche jusqu'au village. Moi, je n'avais rien à dire, bien sûr, mais je n'espérais qu'une chose : que ça pète, que l'on foute la région à feu et à sang…

Moi non plus je n'avais rien à perdre. Je ne travaillais pas, je n'avais pas de propriété – attends, je t'expliquerais – et je n'avais pas de fils pour prendre ma relève.

C'est à ce moment qu'on a commencé à entendre parler des Comités d'Action viticole, les CAV. C'était comme des commandos pour que les journaux parlent des viticulteurs, pour ne pas qu'on les oublie.

Je suis sorti trois ou quatre fois avec eux. On bloquait les voies ferrées, on fermait un passage à niveau, on écrivait des conneries sur les murs des impôts ou de La Poste, on faisait brûler des pneus sur les routes.

La consigne c'était de ne pas rencontrer les gendarmes. On faisait ce qu'on avait à faire et on filait. C'était comme jouer au chat et à la souris !

15

Après, il y a eu une manifestation à Narbonne, mais je n'y suis pas allé parce que j'étais malade… Ceux des CAV m'ont raconté que ça avait failli mal tourner devant la sous-préfecture. Les gens étaient de plus en plus remontés. Le vin ne se vendait toujours pas. Il y avait de moins en moins d'argent. Il y en a qui achetaient même le pain à crédit.

À partir de là, chaque soir, ils se réunissaient pour préparer la manifestation de Carcassonne. Ils fabriquaient des petites bombes avec de l'essence, des frondes pour lancer des boulons, plein de trucs comme ça.

Jamais, tu m'entends ? Jamais je n'ai vu autant de monde qu'à Carcassonne. Je ne sais pas combien on était : vingt, trente, quarante mille je ne sais pas.

Il y avait plein de gens sur une tribune et chacun parlait à son tour. Personne n'écoutait ce qui se disait. Du bla-bla, les gens qui étaient venus en avaient ras le bol. Même quand Castéra a parlé, ça n'a pas trop réagi. Tu comprends, ça faisait un mois qu'il y avait des réunions presque chaque jour et rien n'avait bougé alors du baratin plus personne n'en voulait.

Sur la tribune, ils lisent un papier, oui, ils appellent ça une motion. Ils vont la porter au préfet. Ensuite un bonhomme annonce que c'est fini, qu'on a été très fort, qu'on a fait du bon boulot, qu'on a montré notre calme, notre dignité, plein de conneries du même genre. Il achève son discours en nous demandant de rentrer chez nous.

Tu aurais entendu ces gueulements ! Tu avais des types qui étaient venus de Nîmes, de Perpignan, ils n'étaient pas prêts de partir ! Comme par enchantement il sortait des frondes et des pétards de partout. Il poussait des bâtons et des manches de pioche dans toute l'avenue.

Tout le monde s'est retrouvé en train de marcher puis de courir vers la préfecture. Tu connais Carcassonne ? Au centre, c'est plein de petites rues qui se coupent et se recoupent. J'avais du mal à suivre avec mes pattes et j'avais peur de perdre Paul. J'étais venu avec lui.

Tout à coup on s'est retrouvé derrière un mur de dos. En face à une vingtaine de mètres il y avait les CRS. Il y en a un qui a dit : *« Putain, regarde on dirait les All-Blacks ! »*

Tu sais qui c'est quand même les Blacks. Oui, les joueurs de rugby de la Nouvelle-Zélande.

Ceux qui arrivaient derrière nous poussaient. Petit à petit, on se rapprochait des gardes et ça commençait à gueuler, à s'insulter.

Je me suis dit que ça allait péter, j'étais excité et en même temps, j'avais peur. Enfin, tu commences à me connaître, je crois que j'avais surtout la trouille. C'est quand même difficile à dire parce que tu ne peux pas savoir ce qui te passe dans la tête quand c'est comme ça ! Tu ne peux pas réfléchir, tu n'as pas le temps. On t'écrase, on te pousse, on te bouscule, on te crie dans les oreilles, tu deviens comme fou !

Des pierres et des boulons ont commencé à voler. J'ai vu des CRS tomber. Après, ça a été les grenades lacrymogènes. Putain, que c'est mauvais ces trucs ! Je n'y voyais plus rien. J'avais les yeux et la gorge qui me brûlaient. Je m'étouffais. Autour de moi, ça gueulait, ça courait, ça tapait, ça tombait.

J'ai perdu Paul.

Je ne sais pas comment j'ai fait, sûrement l'instinct de survie. Je me suis retrouvé derrière. Je n'avais qu'une idée : partir, partir. Je savais que la DS du père Molinier était garée au-dessus de la gare, j'ai filé.

Je te l'ai dit, toutes les rues étaient pleines de gens qui allaient dans tous les sens. Tu en avais qui portaient des pierres, des bancs ou des barrières, même des poubelles. D'autres qui saignaient comme des cochons. Il y avait partout cette odeur de gaz.

Les types étaient comme des sauvages. Ils cassaient tout ce qu'ils pouvaient. Les vitres des magasins explosaient. Les sirènes des pompiers, les grenades, les cris, un hélicoptère qui tournait au-dessus de la ville, c'était la guerre, je te jure, la guerre !

Moi, je n'en pouvais plus. Je me suis foutu la figure dans une fontaine, je n'arrêtais pas de pleurer.

De temps en temps je rencontrais quelqu'un que je connaissais, mais je continuais. Je te l'ai dit, tout le monde courait.

Il y avait des bandes de jeunes et des CRS qui se battaient partout. Je suis arrivé vers le canal juste au moment où des gens foutaient une voiture des Renseignements généraux dans l'eau. J'ai demandé s'il y avait quelqu'un dedans et on m'a répondu que le type était parti en slip. Tout le monde a rigolé.

Des CRS sont arrivés et ils ont de nouveau balancé des grenades. J'ai continué à courir. Dans les vitrines brisées, je voyais des gens se servir. Ils ne ressemblaient pas à des paysans, c'était plutôt des pels louncs, c'est comme ça qu'on appelait les hippies à cause de leurs cheveux longs. Ils sortaient des magasins avec des habits, des rideaux, des radios, des aspirateurs, mais il y avait une telle pagaille que tout le monde s'en foutait.

Je me souviens d'une vieille plantée au milieu du trottoir. Elle portait une grosse robe de chambre bleue et elle avait des bigoudis sur ses quatre poils. Elle appelait son chien. Les gens la frôlaient ou la poussaient, il y avait du gaz partout, des pierres qui volaient et elle, elle appelait son chien.

Quand je suis arrivé à la gare, des dizaines de gens en sortaient. Dedans tout était cassé. Il y avait deux types qui essayaient de mettre le feu aux banquettes. Je suis passé devant eux. J'en ai reconnu un, c'était Jean-Lou Garcia, un jeune qui avait repris les vignes de son oncle depuis une paire d'années. Il était brave comme un sou, tranquille, gentil, jamais un mot plus haut que l'autre et là tu aurais dit un fauve. Il avait une tête à faire peur.

Enfin, j'ai trouvé la DS. Même dans la voiture ça sentait le gaz. Dedans il y avait déjà Paul, son père et un autre de Salses. Dehors ça continuait à courir, à crier, à exploser, à se battre. Personne ne parlait. Moi, j'étais tellement essoufflé, je ne pouvais pas. On se frottait les yeux tout le temps.

Au bout d'un moment, Marcel Molinier a dit que c'était la dernière fois qu'il allait à une manifestation, qu'il avait passé l'âge de courir comme un lapin. Le Catalan a râlé parce qu'il y avait la racaille, des gauchistes, des anarchistes, tous ceux qui viennent juste pour foutre la pagaille.

Paul aussi a dit qu'il n'y avait pas que des viticulteurs et que ça ne lui plaisait pas. Moi, j'ai parlé des voleurs et de la vieille avec son chien. Ça les a fait rire et puis on a recommencé à regarder dehors chacun par sa vitre.

Je pensais à la vieille. J'avais plein d'images dans la tête, mais c'était la vieille qui revenait toujours. Il n'y avait que son chien qui comptait, c'était son monde… Elle ne voyait pas plus loin que son caniche – ça devait être un caniche – à tous les coups.

Elle s'était enfermée dans la vie avec lui. Moi, je traînais ma bosse, j'étais aussi enfermé avec elle… Je ne pourrai jamais m'en délivrer un peu ?

C'était presque huit heures du soir tu te rends compte, quand ça s'est à peu près calmé. On a pu sortir de Carcassonne. Marcel avait peur qu'il y ait des barrages de flics sur la route, mais non, on a rien vu. Tout le monde en avait eu pour son compte, même eux. Quand on est arrivé à Mersac, les vieux, les femmes, les gosses, tout le village était sur la place.

Les gens ont couru vers nous pour savoir si on n'était pas blessés et pour avoir des nouvelles d'un qui n'était pas encore arrivé. On venait à peine de descendre qu'on apprenait qu'un tel avait été brûlé à la main par une grenade ou une bombe, qu'un autre avait une bosse comme un œuf, que le maire de Narbonne avait été touché. Les gens avaient écouté la radio tout l'après-midi et ils avaient eu peur. À la télé, ils avaient parlé de scènes d'émeutes avec des centaines de blessés.

Tous ceux comme nous qui étaient à Carcassonne, on nous reconnaissait facilement. On avait les yeux enflés et rouges comme les lapins qui ont attrapé la myxomatose.

On était un peu comme des héros. On a passé au moins deux heures sur la place à attendre que tout le monde soit revenu. Pendant tout ce temps, on a raconté, raconté, raconté ce qu'on avait fait et ce qu'on avait vu là-bas. Pour ne pas répéter toujours la même chose, on était bien obligé d'inventer un peu. On ne pouvait pas faire autrement, ça nous arrangeait et puis il ne fallait pas décevoir les gens.

Après Carcassonne ça a bougé un peu. Il y a eu plein de discours, de promesses. Beaucoup de vin a été distillé. Pendant un ou deux mois, il est moins rentré de saloperie de l'étranger. Les gens d'ici ont pu vendre un peu même si le prix était minable.

« Juste pour ne pas crever de faim ! » ils disaient. Ça c'est calmé quoi.

Il faut dire que ceux qui étaient allés à Carcassonne comme nous, les mains dans les poches, avaient été drôlement secoués. Il n'y avait que les jeunes, les enragés et les gauchistes, on les appelait la racaille, qui ne voulaient pas s'arrêter, qui parlaient de sortir les fusils. Les CAV ont continué un bon moment à faire des expéditions la nuit.

Tu vois, je t'ai raconté comme ça m'est venu, mais quand tu es au milieu, je te jure, tu n'as pas le temps de penser. Tu fais des trucs sans réfléchir. Tu es comme une bête. Tu sens les choses, mais tu ne les comprends pas. Pour te dire, pendant la bagarre, j'ai même oublié que j'étais bossu. Même quand je suis allé chasser le sanglier, je n'ai jamais autant eu peur et je n'ai jamais été autant excité qu'à Carcassonne...

*

Bon, je me sens bien, tu veux que je te parle de moi ? Il te tarde de savoir ce qui m'est arrivé ? Tu vois comme c'est la vie des gens... Pas la peine de voyager pour avoir des choses à raconter... Moi, je n'ai pas bougé d'ici pourtant tu es pressé de savoir la suite... C'est vrai que je n'ai pas eu une vie ordinaire, déjà à la naissance j'étais spécial alors...

Oui, je te disais que je ne pouvais plus supporter Martha et que je ne savais pas comment faire pour me venger d'elle. En plus, je sentais qu'il se préparait quelque chose de pas catholique dans mon dos.

Depuis la fois que je l'avais visée avec le fusil, j'avais réfléchi quand même. La tuer c'était peut-être trop. Ce que je voulais c'était qu'elle en bave comme moi j'en bavais. Le rêve c'était de l'estropier pour qu'elle comprenne ce que j'endurais chaque jour...

Enfin, l'estropier, ça aussi c'était difficile. Au moins, la marquer... Oui, c'est ça ! La marquer à un endroit que tout le monde voie. À la figure ça serait bien, pour que les gens la regardent comme une bête curieuse, pour qu'elle ait honte de sortir, qu'elle n'ose même pas aller faire les commissions.

J'ai pensé à l'eau de Javel, je n'ai rien trouvé de mieux... J'avais entendu raconter des histoires de gosses défigurés parce qu'ils s'en étaient tombé dessus. En plus, de l'eau de Javel, il y en avait plein sous l'évier... C'était ce qu'il me fallait, je devais combiner quelque chose pour l'arroser...

Je pouvais l'attendre dans un coin et lui balancer ça par la figure, mais il y avait quelque chose qui m'embêtait un peu... J'aurais préféré ne pas être là quand ça lui arrive ou peut-être, encore mieux, que ça ait l'air d'un accident...

C'est ça, un accident ! Je ne serais pas accusé et j'aurais ma vengeance. C'était tout bénéfice même si je voulais quand même qu'elle sache que c'était moi qui lui avais fait mal. Je serais toujours à temps, après, de lui envoyer des lettres anonymes, pour qu'elle devine sans en être jamais tout à fait sûre... Des lettres anonymes c'était une bonne idée, non ?

Maintenant, en te racontant tout ça, je me rends compte que quand tu veux te frotter à des salauds, tu deviens salaud toi-même. Voilà à quoi j'en arrivais, moi qui n'avais jamais fait de mal à une mouche.

J'ai même pensé au coup du seau mis en équilibre en haut de la porte entrouverte. Je l'avais vu dans une bande dessinée. Elle entre et elle reçoit tout sur la tête. C'était quand même risqué, il fallait être sûr que ce soit elle qui arrive et puis comme accident, ça se posait là. En plus, ce n'était pas assez... sérieux, pas assez méchant ! C'était quelque chose pour faire rire pas pour faire mal.

J'ai cherché longtemps, je n'ai rien trouvé. Elle, on aurait dit qu'elle lisait dans moi, qu'elle savait ce que je pensais. Elle me regardait avec un petit sourire. Elle me provoquait. Quand on n'était pas seuls, elle se débrouillait pour me faire râler sans que les autres s'en aperçoivent. Elle me poussait. Elle me donnait un coup de coude en passant à côté de moi. Elle me murmurait des méchancetés que j'étais le seul à entendre.

Ma soupe était trop salée. Il n'y avait que du gras à mon morceau de viande. Mon pull-over préféré avait déteint. Il manquait un bouton à ma veste pour sortir... Plein de petits trucs comme ça. C'était comme un jeu pour elle et en même temps ça voulait dire : *« Je sais que t'as rien dans le pantalon !*

Tu ne bougeras pas, tu ne feras rien, rien du tout ! ».

Moi, qu'est-ce que tu voulais que je fasse ? J'étais coincé et ça me crevait. Je me cachais pour aller à la cave deux ou trois fois par jour et je me descendais une bouteille. Le soir, j'étais à moitié dans les vapeurs. Souvent, je piquais du nez dans l'assiette. Comme ça, il n'y a que le matin que j'étais malheureux.

Un jour à table elle a raconté que l'entreprise de son fils Michel avait fermé et qu'il se retrouvait au chômage. Je n'ai pas pu m'empêcher de dire que c'était bien fait, je jubilais. Mon père m'a regardé d'un sale œil, j'ai arrêté. Elle a continué en disant que vu la situation dans le coin, ça allait être dur pour retrouver du travail et patati et patata.

Elle se faisait beaucoup de soucis parce qu'ils avaient l'emprunt de la maison sur le dos et que ce n'était pas avec ce que gagnait sa femme qu'ils pourraient vivre. Tout le repas, elle nous a cassé les oreilles avec son Michel.

Moi, j'étais bien content que son fils soit dans le pétrin, mais c'était la première fois qu'elle en parlait à table. Elle n'avait pas le droit et pourtant personne n'avait bronché. Bon, les vieux étaient ramollis, mais mon père aurait pu la faire taire, non ? Au contraire, il l'avait écoutée. Il avait même promis qu'il essaierait de voir si les gens qu'il connaissait n'avaient pas besoin de quelqu'un.

Tu vois ce manège, je te le raconte en quatre mots, mais ça a duré longtemps : un ou deux mois, exactement je ne m'en souviens plus. Et toujours des saloperies contre moi et toujours des nouvelles de son pauvre fils et de sa famille.

C'était la petite qui était toujours première en classe, l'aîné qui se tenait droit comme un I et qui poussait comme un arbre. Bien sûr, en disant cela, elle me regardait en souriant. Combien de fois je me suis retenu pour ne pas lui balancer l'assiette sur la tête !

Un matin, j'étais dans la cuisine en train de me faire chauffer du café et la voilà qui arrive. Elle me regarde, s'appuie contre le tiroir du buffet là où on mettait les couteaux. *« Alors crapaud, tu n'es pas encore descendu à la cave ? Toujours en colère contre ta maman chérie ? »*

Je n'ai pas pu me retenir, j'ai pris la casserole et je lui ai jeté le café sur la figure. Elle s'est mise à hurler, elle est partie en courant, elle a ameuté toute la maison.

Elle est revenue avec mon père. Cette pute n'avait même pas de trace sur la figure. Lui, il était fou de rage. Il m'a attrapé par le col, je me suis débattu, mais il m'a coincé contre l'évier. *« Écoute Ernest, si tu recommences une fois de plus avec ta mère, tu te retrouves enfermé ! Tu as compris ? »*

Il m'a lâché, je suis parti. Je suis allé dans la remise. Il y avait des fagots de sarments bien alignés contre le mur. J'ai cherché du papier. Je voulais foutre le feu, pour que tout brûle et qu'on n'en parle plus. Au moment où je prenais les allumettes, j'ai entendu le papé. Il était derrière moi, je ne l'avais pas vu : *« Ne fais pas de bêtise Ernest, tu ne pourras pas lui faire plus plaisir ! Tu ne comprends pas qu'elle n'attend que ça ? Ce n'est pas un loup qu'on a fait entrer chez nous, c'est un serpent ! »*

Je suis resté tout bête avec les allumettes à la main. D'abord, c'était la première fois qu'il me parlait aussi longtemps depuis au moins deux ans et puis surtout, j'ai compris tout de suite ce qu'il voulait dire. J'étais comme un taureau qui fonce dans la cape. Je n'avais rien vu, rien compris, j'étais vraiment idiot…

Toutes ces saloperies qu'elle me faisait c'était pour me pousser à bout, pour que je fasse la bêtise de trop. Elle me provoquait exprès. Voilà pourquoi elle avait gueulé comme si je l'avais ébouillantée alors que le café n'était même pas chaud. Elle voulait que je l'attaque pour que mon père m'envoie chez les fous, pour que la place soit libre pour son fils… C'était son plan et si je ne faisais pas attention, elle le réussirait.

Dans la cave, j'ai pris une bouteille. Au moment de l'ouvrir, je l'ai reposée. Ça aussi, elle le voulait. Ça l'arrangeait bien que je me soûle, que je me foute en l'air. Je te jure, je suis resté une heure avec la bouteille devant moi. Après j'ai craqué, je n'en pouvais plus, je l'ai bue. Qu'est-ce que tu veux ? Je ne pouvais rien faire d'autre et j'avais tellement envie de boire.

D'ailleurs, tu vois ça me donne soif, même maintenant, et pourtant il n'y a plus personne qui m'embête. Tu n'en veux pas, bien sûr ? Tant pis pour toi.

Allez, un petit coup à ta santé !

Le vieux avait raison. J'étais content qu'il m'ait dit ça. Il y avait au moins quelqu'un qui comprenait ce qui se passait. Il m'avait ouvert les yeux. Je n'étais quand même pas complètement idiot. Je savais qu'il n'avait pas fait ça parce qu'il se mettait à m'aimer, non. C'était qu'il voyait Martha en train de placer son Michel et ça, il ne pouvait pas le supporter. Moi, même si je ne valais pas grand-chose, malgré tout j'étais un Pech…

16

Elle a recommencé avec ses petits sourires énervants et ses insultes à voix basse, mais je n'ai pas bougé : rien dit, rien fait. Enfin si... pour me défouler je me contentais de lui crever le vélo une ou deux fois par semaine et de pisser dans sa tisane – un petit peu pour ne pas qu'elle s'en aperçoive – dès que j'en avais l'occasion.

Petit à petit ça s'est calmé.

Non ! Non ! On n'a pas fait la paix ! Tu es fou ou quoi ?

La différence c'était que maintenant elle parlait tout le temps de Michel et de sa petite famille comme elle disait, et tout à coup je voyais de l'amour dans ses yeux. C'était comme si les Maric, oui, ils s'appelaient Maric, vivaient avec nous.

Les vieux n'écoutaient pas ou en tout cas ils ne demandaient rien. Moi je faisais semblant de ne pas entendre. Ce qui changeait aussi, c'était que j'allais toujours dans la cave, mais ça me faisait moins mal. Le matin, je n'avais même plus la gueule de bois.

Un jour, mon père m'a rejoint en bas. Je n'ai pas eu le temps de cacher la bouteille. Il l'a vue, mais il n'a rien dit. Il s'en foutait de ça. Je pouvais me tuer en buvant. Il ne venait pas pour me faire la leçon. Peut-être même ça l'aurait soulagé à lui aussi que je crève.

Il était là pour me dire que c'était l'anniversaire de Martha et que, pour marquer le coup, son fils Michel et sa famille viendraient manger avec nous dimanche. Il a ajouté bien sûr que je devais me comporter comme un homme, que j'avais intérêt à me tenir à carreau. Il en a même remis une couche avec l'asile.

C'était ça qu'elle manigançait. Cette salope était en train de réussir. Elle amenait son fils à la maison. Les Maric débarquaient et je ne pouvais rien faire, rien.

Le repas je ne m'en souviens presque pas. J'avais bu tout le matin. Au début encore ça allait à peu près. À la fin…

Je sais que je m'étais fait tout un cinéma : le Michel allait venir vers moi en souriant pour me toucher la main et moi je le laisserais comme un con avec sa main tendue. Pareil pour la femme et les gosses : pas de baisers, pas un geste, pas de sourires rien !

Je n'ai même pas eu ce plaisir. Martha avait dû leur faire la leçon. Enfin, je ne sais pas ce qu'elle leur avait raconté sur mon dos… Il y a des choses à dire sur mon dos, non ? Pas un ne s'est approché. Les parents ont fait un signe de tête vers moi et les petits me regardaient comme une bête. Ils avaient peur de moi.

Chaque fois que je bougeais, ils couraient se serrer contre leur mère. Peut-être qu'on leur disait : *« Si tu n'es pas sage, Ernest le monstre viendra te manger ! »*

Tu vois malgré ça, il faut que je te dise que c'était une jolie famille, celle que tous les parents et les grands-parents rêvent d'avoir. De les trouver si bien comme il faut, si gentils, si beaux, ça me les faisait détester encore plus, c'est comme ce que je te racontais sur le bonheur tout à l'heure.

Et ma mère ! Jamais je n'avais vu ses sourires aussi sincères. Jamais je n'avais vu son visage s'ouvrir autant. Jamais je n'avais vu ses yeux se faire aussi doux quand elle se tournait vers les petits. On aurait dit qu'elle avait rajeuni.

Elle allait de la salle à manger à la cuisine. Elle revenait. Elle repartait. Elle flottait, elle ne touchait pas le carrelage. Elle était tellement pleine de bonheur qu'elle en devenait presque belle… J'en aurais pleuré !

Pour ne plus voir ça, j'ai continué à boire. Je ne te raconterai pas ce qui s'est dit. Je n'ai pas écouté. Il me reste des images comme, par exemple, la petite qui porte des tresses donne un dessin à mon père et lui reste tout bête avec la feuille à la main.

Vite un verre !

La femme qui recule la chaise de ma grand-mère, qui l'aide à s'asseoir, qui lui ramasse la serviette qu'elle a fait tomber.

Encore un !

Mon père et Michel en grande conversation,

tournés l'un vers l'autre, isolés…

Allez hop, un de plus !

Laisser mon corps sur la chaise, mais ne plus rien voir, ne plus rien entendre.

Le garçon qui est en face de moi, de l'autre côté de la table, et qui me regarde tout le temps, ça m'énerve. Il me fait honte ce petit merdeux. J'ai toujours honte quand on me regarde. Je lui fais une grimace, il baisse les yeux.

Le papé muet, fermé comme une caisse d'avoine, qui mange le nez au ras de son assiette et qui répond à peine quand papa lui demande un truc.

Martha qui vient me servir – c'était du rôti, je crois –, elle vient me servir ! Elle ne l'avait jamais fait ou alors j'étais tellement petit que je ne m'en souviens pas…

La fille qui joue avec les bagues de la mamée, qui les fait tourner autour des doigts et la vieille qui sourit un peu, presque en se cachant, en tout cas bien embêtée. C'était la plus dangereuse, la fille…

Mon père qui va chercher une bouteille de Fitou, une de celles qu'il sort que pour les grandes occasions.

Boire ! Boire !

Je ne me souviens pas si on a bu du champagne, s'ils ont chanté Bon anniversaire pour Martha. J'ai piqué du nez dans l'assiette. Quand je me suis réveillé, j'étais seul dans la salle à manger. Tout était rangé sauf ma place. Ils n'avaient pas voulu me réveiller. Il faisait beau, ils étaient allés se balader.

De nouveau envie de mourir, toujours cette putain d'envie... Je suis resté à table tout l'après-midi. Je n'avais pas la force de bouger. Je les ai entendus discuter devant la porte. J'ai aussi entendu mon père dire : *« À bientôt ! »*

Je ne le savais pas encore, mais c'est pendant ce repas, tu vois, que l'exil a commencé pour moi. Le premier repas parce que, tu penses, il y en a eu d'autres.

D'abord, c'est mon père qui est allé manger chez eux pour l'anniversaire du garçon. Il y est allé seul, les vieux n'ont pas voulu... Enfin le papé, parce je suis sûr que ça n'aurait pas dérangé la mamète de revoir la petite.

Ce que j'ai su, mais bien plus tard, c'est que quand ils sont allés se promener, papa leur a fait faire le tour de presque toute la propriété. Je ne sais pas si c'était par fierté ou s'il avait déjà une idée derrière la tête...

*

Ça a été la plus mauvaise époque de ma vie, je crois. Je n'avais plus envie de rien. Je ne faisais rien. Depuis nos histoires, Martha ne venait jamais dans ma chambre. C'était à peine si on pouvait y entrer tellement il y avait du désordre. Je laissais traîner mes affaires partout. Je m'en foutais de tout.

Je me réveillais le matin, j'avais déjà envie de boire. Tu as des gens qui allument une cigarette dès qu'ils se lèvent. Moi, je pensais à boire un coup pour me donner du courage, pour ne pas voir les autres. Non, je n'ai jamais fumé. Pour attraper le cancer, ce n'est pas la peine.

De temps en temps, je craquais.

Tu as déjà été soûl ? Non, bien sûr ! Toi, tu es du genre petit garçon sage et homme parfait. Enfin, il faut de tout pour faire un monde…

C'est bizarre, quand tu as bu, tu es sur une autre planète. Enfin, ce n'est pas tout à fait ça. Tu vois les autres, tu comprends tout ce qui se passe autour de toi, mais ça ne te touche pas, tu t'en fous. Les choses qui normalement te font mal deviennent sans importance. Même parfois elles te font rire. Il n'y a rien qui puisse te blesser, tu es au-dessus de tout.

Moi par exemple, je voyais ma bosse. Je voyais que j'étais mal foutu, mais ça ne me dérangeait plus, j'étais quand même bien dans ma peau. C'était comme si je flottais. Ça doit être ça, être sur un nuage.

Tu ne te préoccupes pas de ce qu'on te fait. Tu ne penses pas à ce qu'on te fera demain ou après-demain. Tu ne fais plus partie de ce qui t'entoure. Tu es comme un fantôme. Je ne sais pas comment t'expliquer ça. Il faudrait que tu prennes une bonne cuite ! Peut-être que tu comprendrais.

Ce qu'il y a de bien c'est que personne ne s'aperçoit que tu planes. C'est vrai qu'ils ne s'occupaient pas trop de moi à la maison, mais là, je te jure, je pouvais parler un peu avec eux, ils ne voyaient rien.

Bien sûr, au bout d'un moment, tu atterris et c'est dur. Ça se fait doucement, mais quand même ça fait mal. Moi je commençais toujours à avoir honte de ce que j'avais fait, à me dire que ce n'était pas normal de boire dans la semaine, que j'étais comme l'Asie…

L'Asie ? C'était un clochard de Narbonne. Il était connu comme le loup blanc. Toujours soûl, toujours en train de raconter des histoires de l'Indochine, du Cambodge, de là-bas quoi.

Tu ne pouvais pas aller en ville sans le rencontrer et tout le temps avec une bouteille à la main. Du rouge, rien que du rouge, comme moi… Il déconnait. Il poursuivait les femmes. Il chantait en marchant au milieu de la rue et tout le monde se foutait de lui.

J'avais peur de devenir comme lui. C'est vrai qu'à cette époque, je ne me lavais pas trop et je ne me changeais pas souvent. Au café, je le sentais, le patron me regardait arriver d'un sale œil. Il n'y avait pas que lui d'ailleurs. Je me rendais bien compte que souvent les gens faisaient semblant de regarder ailleurs ou d'être pressés pour ne pas avoir à me parler.

J'étais presque au fond du trou et bien sûr – peut-être il ne l'a pas fait exprès – mon père est venu m'enfoncer un peu plus. Il est resté à table un soir et quand j'ai voulu me lever, il m'a retenu par la manche.

Là, il a commencé par me dire qu'il avait de plus en plus souvent mal aux reins, qu'il en avait marre de se crever à la vigne tout seul, qu'après lui tout serait vendu, tout foutrait le camp à droite et à gauche. Moi, je l'écoutais, je ne savais pas trop où il voulait en venir.

À un moment j'ai cru qu'il allait me demander de venir à la vigne avec lui… Même là que j'étais mal, que j'étais défoncé, j'aurais dit oui, putain j'aurais dit oui !

Mais non, il ne m'a rien demandé. Au contraire, il en a remis une couche en me disant que c'était idiot de ne pas se faire aider et de se tuer au travail pour économiser quatre sous surtout pour moi. Parce que moi, bien sûr, si je ne changeais pas vite, j'étais capable de tout boire ou de tout jeter par les fenêtres en un rien de temps.

C'est difficile de rester calme quand on te balance des trucs comme ça par les oreilles, mais je ne bronchais pas. Il avait quand même un peu raison ! J'attendais. Je sentais qu'il n'avait pas fini. Il avait commencé à me parler doucement, mais plus ça allait, plus il gueulait comme pour se donner du courage.

Ça a duré encore un moment et puis il m'a annoncé : *« Je vais prendre Michel avec moi ! Il est au chômage et c'est un vaillant, je me suis renseigné ! En même temps, ça fera plaisir à sa mère… C'est vrai qu'elle n'est pas tendre avec toi, mais il faut reconnaître qu'elle n'a pas beaucoup de bonheur dans sa vie ! »*

Putain je me suis levé comme un ressort. Il m'a rattrapé par le bras. Il était en colère, je ne sais pas pourquoi, mais il était presque autant en colère que moi. Ça devait être parce que ça l'emmerdait de me dire ça. Il me tenait toujours et il a continué : *« Ils vont déménager pour être plus près et pour économiser le loyer. Ils vont habiter dans la maison du bas ! »*

Là, c'est moi qui me suis mis à gueuler. À gueuler que ce n'était pas possible, que ces gens n'étaient rien pour nous, qu'il se faisait mener par le bout du nez par la Martha.

Il m'a balancé contre la porte en me disant que pour ce que je faisais, je n'avais pas droit à la parole, qu'ils viendraient habiter dessous que ça me plaise ou non, que je n'avais pas intérêt à aller leur casser les pieds ou leur dire des méchancetés et que si je n'étais pas content, j'avais qu'à aller vivre à Pilhan dans la maison de l'oncle.

Oui, c'est ici la maison de l'oncle…

Je suis descendu direct à la cave. J'allais ouvrir une bouteille quand je me suis dit que j'allais là aussi donner raison à ce salaud, lui faire plaisir. Je n'ai pas bu. Je suis sorti.

Je me souviens de tout comme si c'était hier. Il y avait du vent et ça m'a fait du bien. Je suis parti dans les vignes. C'était comme si le cers me lavait la tête. Il enlevait mes idées noires.

J'ai réfléchi. C'est vrai que je n'étais pas le fils idéal. On pouvait le dire comme ça, mais je n'avais pas demandé à naître moi ! Toute ma vie, j'avais attendu un peu d'amour de ce type et il me foutait dehors pour me remplacer par le bâtard de Martha.

Il n'avait pas de cœur, il était sec comme un sarment. Peut-être qu'il n'avait pas toujours été comme ça, mais là il n'y avait plus de sentiment dans lui. Il avait ses vignes, son vin et pour le reste, il s'en foutait.

Il ne prenait pas Michel pour faire plaisir à Martha ou parce qu'il le trouvait bien, non... Il le faisait venir pour être sûr que les vignes continueraient à être soignées s'il avait un problème, c'est tout.

Il voulait me faire taire, il me faisait du chantage. Il me croyait incapable de vivre seul ? Qu'est-ce qu'il pouvait m'arriver de pire qu'ici à Pilhan ? Je ne pouvais pas être plus malheureux, ce n'était pas possible. Oui, j'irai habiter dans la maison de l'oncle. Je ne verrai plus leurs têtes d'enterrement. Ça puait la mort dans cette maison et ça, depuis longtemps, depuis que la Martha s'y était installée.

Le lendemain, c'est moi qui ai retenu mon père par la manche quand on s'est croisé dans la cuisine. Je lui ai dit que c'était d'accord, que j'allais habiter à Pilhan à condition, bien sûr, qu'il me donne assez d'argent pour vivre normalement.

Putain, comme il était content ce fumier. Je te jure, il était tout excité. Il n'essayait même pas de cacher sa joie. Il n'a pas discuté. Il m'a même proposé une somme plus forte que ce que j'attendais.

Jamais je n'avais pensé que je lui pesais autant. Je crois que s'il ne s'était pas retenu, il m'aurait embrassé.

Il m'a dit qu'il voulait faire les papiers en règle devant notaire et tout et tout, soi-disant pour ne pas qu'il y ait des problèmes s'il lui arrivait quelque chose. Moi, je ne l'écoutais plus. Il me tardait qu'une chose : partir, foutre le camp le plus vite possible, ne plus le voir. J'avais vingt-quatre ans, je démarrais ma vie.

17

J'ai mis une bonne quinzaine de jours à nettoyer la maison de l'oncle qui était fermée depuis quatre ou cinq ans. C'était bien, j'avais quelque chose à faire. Je n'avais pas le temps de boire. Plus je pensais à ma vie, plus je me demandais comment j'avais pu rester si longtemps là-bas. Je me dépêchais de remettre tout en ordre et un peu en état. Il me tardait de me retrouver seul dans ma maison, chez moi.

Bien sûr que je la connaissais cette maison. J'y allais chaque Premier de l'an, du temps de l'oncle, parce qu'il y avait toujours un gros billet posé pour moi sur le buffet.

Ça me dégoûtait quand même parce qu'avant de prendre l'argent il fallait que je lui laisse toucher ma bosse. Le tonton disait que ça lui porterait chance pour toute l'année. Ce pauvre imbécile il croyait à ces trucs et il est mort un huit janvier… Tu parles d'un porte-bonheur !

Dès que j'ai ouvert la porte et les volets, j'ai senti que je serais bien ici, en tout cas mieux qu'à Mersac. Ce que j'ai aimé tout de suite, tu le vois, c'est que c'est petit.

De toute façon, comme je suis, à part la fée Carabosse, qui veux-tu qui vienne me voir ? Deux pièces en bas, une chambre et un débarras en haut, ça me suffisait largement d'autant plus que je n'avais pas grand-chose à moi.

Pour les meubles, ça a été facile. À chaque héritage, on entassait dans les greniers ce qu'on appelait des vieilleries : des commodes, des buffets, des armoires, des tables, des lits, des chaises et même de la vaisselle. Parfois les services n'avaient jamais servi. Ils dormaient encore dans les cartons. Je n'ai eu qu'à choisir tout ce qui me plaisait ou ce qui me semblait en bon état.

Mon père était toujours aussi content que je foute le camp. Il a fait trois voyages avec la camionnette pour tout transporter. Le dernier, c'était les souches pour la cheminée. Il m'a même payé un gaz, un frigo et une petite télé, c'est pour te dire…

Quand tout a été rentré et casé, on s'est retrouvé tous les deux face à face comme des imbéciles. Il y avait plein de colère entre nous pourtant, comme on était civilisés, qu'on sentait qu'on ne se reverrait pas de quelque temps et que peut-être, au fond de nous, il y avait aussi un peu d'amour et beaucoup de remords, on ne savait pas si on devait se toucher la main ou s'embrasser.

Il a hésité un peu, moi aussi. Finalement, il a reculé puis il m'a juste dit que si j'avais un problème, je n'avais qu'à l'appeler. Il est monté dans sa camionnette et il est parti. Je n'ai même pas eu droit à un petit signe de la main…

Oui, oui ! Bien sûr que je m'en foutais, bien sûr que moi non plus je n'ai pas bougé, mais, qu'est-ce que tu veux, je crois que ça m'aurait fait plaisir !

Le premier jour chez toi, tu t'en souviens encore. J'étais heureux, mais aussi je me faisais beaucoup de soucis. J'avais même oublié le vin. J'ai fait mon premier repas à l'eau tu te rends compte ?

Moi qui n'avais jamais rien touché dans la cuisine à part pour me faire des sandwiches, il fallait que je m'y mette vite. En plus à Pilhan, en dehors du boulanger qui passait trois fois par semaine et qui faisait aussi un peu épicerie, il n'y avait rien. Je n'avais que ma Terrot pour aller à Mersac et elle commençait à se faire vieille.

Les premiers temps, il me manquait toujours quelque chose : des casseroles, une louche, des serviettes, une poêle, du café… plein de trucs comme ça. Tout le petit matériel de cuisine, les plats, la soupière, les cuillères et même l'entonnoir, je suis allé le prendre à la maison de Mersac en passant par le jardin quand il n'y avait personne. Je faisais le voleur chez moi, c'est triste, non ? Le reste, je l'ai acheté au fur et à mesure.

Pendant une paire de mois je n'ai pas touché par terre. J'oubliais toujours un truc, je perdais tout. Petit à petit, ça a commencé à tourner rond. Bien sûr, il m'arrivait souvent de manger trop salé, de ne pas avoir d'allumettes ou de pain, mais bon, je me débrouillais.

Ce qui a été le plus difficile, c'est que là, je me suis retrouvé seul et bien plus qu'à Mersac. À la maison, même si je ne parlais presque pas, il y avait toujours quelqu'un. Au village, quand j'en avais envie, je pouvais aller voir les trois ou quatre vieux au café en hiver et la dizaine de boulistes en été...

En plus, là-bas, je fréquentais tout le monde et ça m'était facile de discuter avec l'un ou l'autre. À Pilhan, il y avait déjà beaucoup moins d'habitants et je ne connaissais presque personne, alors tu imagines.

Ici, les gens tu crois qu'ils sont gentils, accueillants, qu'ils ont le cœur sur la main, ce n'est pas vrai. Tu te mets le doigt dans l'œil. S'ils te donnent vite fait bien fait tous les renseignements que tu demandes, c'est qu'ils veulent que tu t'en ailles. S'ils te font un beau sourire en te regardant, c'est qu'ils te prennent pour un idiot ou pour une poire.

J'ai entendu quelque part qu'on a souvent été envahi. C'est peut-être la façon qu'on a trouvée de rester entre nous sans s'attirer des ennuis. On fait oui avec la tête, mais ça ne va pas plus loin. C'est comme un réflexe, ça se fait automatiquement.

C'est dur pour un type normal alors, pense pour quelqu'un comme moi : bossu, ivrogne, fainéant et étranger. Oui, oui, étranger. De cinq ou six kilomètres, mais étranger quand même ! Tu vois, ça doit faire une soixantaine d'années que je vis ici. Eh bien, tu n'as qu'à demander aux vieux du hameau si je suis Pilhanais : tous te répondront que je viens de

Mersac. J'y mets la main à couper, c'est comme ça.

Celui qui m'a fait beaucoup de bien au début, c'est Frisquet, mon chat. Il a vite fallu que j'en récupère un parce que je n'étais pas tout à fait seul à la maison. On était même nombreux. J'avais toute une colonie de souris.

Ce chat, quand je l'ai trouvé, tremblant contre ma porte, il n'était pas loin de mourir de faim. Comme ce matin là, il faisait froid, je l'ai appelé Frisquet. Je n'ai jamais su comment il était arrivé là : ou c'était un cadeau, ou c'était sa mère qui l'avait laissé.

Frisquet ça veut dire frais, c'est du patois. Quoi ? De l'occitan ? Je ne sais pas parler l'occitan, moi je connais que le patois. C'est pareil ? Ah bon, et bé tu vois comme c'est bête ça. J'ai parlé une langue toute ma vie et il me faut arriver maintenant pour savoir comment elle s'appelle.

Frisquet n'aurait pas gagné des concours de beauté le pauvret. Noir, sauf derrière les oreilles où il avait un peu de gris, haut sur pattes, maigre comme un clou et une queue fine et longue qui ressemblait à une ficelle. En plus, il était muet ou presque. De temps en temps, il ouvrait sa bouche et il n'y avait rien qui sortait. Peut-être qu'il avait trop miaulé sa misère quand il vivait dans la rue…

Et sauvage ! Pour l'attraper, il a fallu que je prenne un sac. Il tenait tout juste debout, il était à moitié mort et il essayait encore de me griffer. Dans son état pourtant, je te jure qu'il n'avait plus rien à craindre.

Tu sais, ça me fait penser à ces vieux qui sont à l'article de la mort et qui comptent deux fois leurs médicaments pour ne pas en oublier un seul ou qui ferment leur porte à clé de peur qu'on les assassine. Et plus ils sont vieux, plus ils ont peur ! S'ils réfléchissaient un peu, ils verraient qu'ils n'ont plus rien à perdre, non ?

C'est vrai, on dit ça, on se fout d'eux et puis quand on sent que notre tour approche, on s'accroche partout. Oui, c'est normal, sûrement. Moi, j'espère que je ne m'accrocherai pas trop parce que je te l'ai dit… Ça m'est venu tellement souvent l'idée de mourir que ça serait comme, comme… une trahison, tu comprends ?

En tout cas le Frisquet, maigre, moche, muet, sauvage oui, mais pour les souris, c'était le champion ! Au bout d'un mois, il n'y en avait plus dans la maison. Remarque au bout d'un mois, il avait changé lui aussi. Il commençait à avoir le poil luisant, une petite bedaine ronde et même j'arrivais à le caresser quand il mangeait.

Ça a été long pour qu'on soit copain et même après on avait souvent des disputes parce qu'il prenait tout ce qui traînait et j'étais obligé de manger ce qu'il me laissait. N'empêche, tu vois ce chat, tu ne peux pas savoir comme il m'a aidé. Je t'ai dit à un moment que je n'ai pas eu beaucoup d'amis. J'en ai eu deux : Paul, bien sûr, et lui.

*

À Mersac, je ne faisais rien et j'allais au café. À Pilhan je ne faisais rien et je regardais la télé. Je te l'ai dit que mon père m'en avait acheté une ? Je passais des après-midi entiers devant. J'avalais tout ce qu'il y avait. Ça me faisait comme quand j'étais soûl, je pouvais rester des heures à la regarder sans penser, sans sentir quelque chose...

Il ne fallait pas me demander de quoi ça parlait, je n'aurais pas été capable de te le dire. Tout entrait dans ma tête comme dans une maison ouverte un jour de vent. Ça tournait dedans un moment, ça se mélangeait puis ça ressortait. Oui, il restait quelques images : un peu de cul, un peu de sang, c'est normal, non ?

Pour te dire si j'étais ensorcelé, un jour, en la regardant, je mangeais des châtaignes que j'avais fait cuire à la poêle. Quand le soir j'ai voulu finir celles qu'il restait, je me suis rendu compte qu'elles étaient toutes véreuses. J'ai avalé des vers pendant trois heures sans m'en apercevoir, tu te rends compte !

Je ne sortais presque pas : pour où aller ? Pour quoi faire ? Je fermais même les volets pour mieux voir parce que c'était une télé en blanc et noir. S'il y avait trop de lumière, tout devenait gris. Si tu laissais rentrer le soleil, tu n'y voyais rien du tout. Le poste, je l'allumais quand je me levais et je l'éteignais au moment de me coucher.

Peut-être que je serais toujours en train de la regarder aujourd'hui encore, mais voilà qu'un jour je suis tombé sur un film ou un reportage, je ne sais plus. Je n'ai rien compris parce que je revenais de Mersac. J'ai pris le truc en route. Je n'ai rien compris, mais j'ai vu. Il y avait des gens en train de taper sur un petit bossu.

Encore maintenant quand j'y pense, ça me fait mal. Je te jure, je sentais sur mon dos chaque coup qu'il recevait. Les gens riaient, le petit criait. Je ne pouvais pas supporter. Je n'ai même pas pensé à éteindre le poste.

J'ai pris la bouteille de vin qui était restée sur la table et je l'ai balancée dans l'écran. Il y a eu un drôle de bruit, un peu de fumée, quelques étincelles et une odeur de plastique brûlé qui m'a obligé à ouvrir la fenêtre.

Je suis sorti. Il faisait beau. Je m'en souviens, je m'en souviens même très bien. Il y avait un oiseau qui chantait sur l'amandier devant la maison. Il y avait des fleurs partout sur l'arbre. Elles se défaisaient une par une des branches. Ça faisait comme un tapis de neige rose. C'était la sortie de l'hiver.

Il m'a semblé tout à coup que moi je faisais comme les ours, je sortais aussi de l'hiver. J'avais envie de voir des gens, de parler, de rire. La télé, c'était comme si elle me retenait prisonnier. Je l'avais cassée, je ne la remplacerais pas.

Je me sentais des ailes. Je regardais le hameau. J'avais des yeux neufs. Je me disais que c'était sûrement un bon endroit pour une vie de bossu.

Frisquet aussi est sorti. Il a commencé à se frotter contre mon pantalon puis contre le tronc de l'amandier. Après, il s'est roulé sur l'herbe au soleil. C'est ce que font les chats quand ils sont tranquilles et heureux.

L'oiseau s'est envolé. Il y a eu le silence. Je me suis aperçu que c'était un silence… comment te dire… vivant… Un silence avec plein de bruits minuscules dedans. Bon ! Tu vas dire que je fais le poète… Je te jure pourtant que c'est à peu près ce que j'ai ressenti en sortant à cause de cette saloperie d'odeur de plastique brûlé qui me piquait les yeux.

Souvent il y a des choses qui changent dans ta tête ou dans ta vie et tu ne t'en rends pas compte. Cette fois, je peux te dire que j'ai tout de suite compris. J'étais vraiment en train de poser mes valises à Pilhan.

Jusque-là, je m'étais enfermé dans la maison, dans la télé. Si je ne voyais personne, si je ne parlais à personne, c'était que je ne voulais pas. Oui, j'étais prisonnier. J'avais quitté la maison sur un coup de colère. Au fond remarque, j'étais presque forcé de partir et je ne l'avais pas accepté. Je ne pouvais pas m'installer, tu comprends. D'abord, il fallait que je me calme. J'avais trop de haine dans moi.

Et là, quelque chose qui me mangeait la tête depuis que j'étais parti de Mersac venait de s'en aller. J'allais vivre ici, dans ce trou où la moitié des gens avait au moins cent ans. J'allais essayer d'y être heureux même si je savais que ça allait être difficile, presque impossible...

Je suis revenu dans la maison, l'odeur commençait à partir. J'étais content. Il me fallait fêter ça. Je me suis servi un bon verre de vin et là, je me suis aperçu que je n'en avais presque plus. Jusque-là, pour le pinard, je faisais comme pour la vaisselle, j'allais le prendre en cachette chez mon père. Cette fois, je me suis décidé à aller en acheter chez les Molinier.

Ce n'est pas loin, leur cave, c'est la bâtisse là, en bas de la rue. Tu vois, ce n'est pas loin, mais je n'y étais jamais allé. Des jours, j'avais même bu de l'eau. Pourquoi ? Je ne sais pas... Sûrement parce que je n'étais pas prêt à voir des gens. Peut-être j'avais honte aussi. Honte de moi... d'être petit, bossu, chassé de ma maison, tout ça quoi...

J'ai nettoyé ma bonbonne – je ne voulais pas passer pour un porc – et j'y suis allé. Le portail de la cave était ouvert. J'ai passé la tête, je n'y voyais rien parce que dedans c'était sombre. J'ai entendu une voix qui disait : *« Té ! Voici Ernest Pech ! Entre ! Qu'est-ce que tu veux ? »*

C'était Jacques, le vieux Molinier, qui justement tirait du vin. Paul qui devait avoir dans les dix ans était là aussi. Je te l'ai dit : quand tu voyais le papé, tu voyais le petit.

On a discuté un bon moment. Le vieux, c'était un dur. On parlait. Je sentais qu'il me regardait, qu'il me jugeait. Il ne m'aimait pas, mais lui, ça n'avait rien à voir avec ma bosse, il s'en foutait.

Ce qui le mettait en rogne et qu'il n'arrivait pas

à comprendre, c'était que je puisse vivre sans travailler. Il m'a demandé au moins dix fois si je ne m'ennuyais pas toute la journée. Non, je ne m'ennuyais pas, j'étais habitué.

Il ne m'a pas fait payer le vin. Il m'a dit que c'était pour que je le goûte, que si je revenais la prochaine fois, je le paierais. Bien sûr, c'était un prétexte… On était presque voisins, c'était son cadeau de bienvenue. Pour son vin, il n'y avait pas de soucis à se faire, il était bon. Ça, je le savais avant de le goûter.

Paul m'a tiré par la main pour me montrer un petit chat noir qui se cachait derrière un tonneau. Il avait une bonne tête Paul quand il était gosse. Rien qu'en le regardant, tu savais qu'il allait filer droit…

Au début, je suis venu chaque semaine chercher mes dix litres. Souvent, j'avais fini la bonbonne bien avant, mais je n'osais pas y revenir plus tôt. Je n'avais pas envie de passer pour un ivrogne. Tu comprends je me sentais comme neuf. Je ne voulais pas trop mal commencer. Je savais très bien que tout le monde savait qui j'étais, que je ne travaillais pas, que je me soûlais… Ça ne fait rien, même si on me connaissait, je voulais me montrer sous mon meilleur jour.

Au début, je buvais ma bonbonne puis j'allais acheter en cachette des bouteilles à l'épicerie de Mersac. Le problème c'est que la saloperie qu'il y avait dedans, ça me trouait l'estomac et surtout j'avais peur que quelqu'un finisse par le dire aux Molinier. Finalement, je me suis contenté de leur vin.

Ne fais pas cette tête ! Ce n'est pas beaucoup dix

litres par semaine. Ça ne fait même pas un litre par repas. Si tu m'avais connu à Mersac alors qu'est-ce que tu aurais dit ?

C'est vers cette époque, ou à peine un peu plus tard que le papé et Paul sont allés planter le figuier à la fontaine. Même si je commençais à parler avec les autres personnes de Pilhan, les Molinier, c'était un peu ma deuxième – ma seule ? – famille. C'était eux que je voyais le plus. C'était avec eux, surtout le papé et Paul que je me régalais le plus.

Après, après, tu sais à peu près tout sur Paul. Je t'ai quand même raconté un paquet de choses. Finalement, c'est quand il a fini d'être jeune qu'on a vraiment commencé à bien se connaître. Bien sûr, je t'ai dit qu'on s'entendait bien.

Depuis qu'il me voyait, je devais être pour lui comme un oncle ou un cousin. Lui, il était habitué à ma bosse. Il n'y faisait pas attention. Je ne sais pas si le papé lui avait fait la leçon quand il était petit, en tout cas, il ne m'en a jamais parlé.

C'est sûrement parce qu'il me considérait presque comme quelqu'un de sa famille que bien plus tard, il s'est confié à moi pour l'histoire d'Anne. C'est aussi pour ça qu'il me prenait partout avec lui. Quand il y avait une grosse fête, il venait même me chercher à la maison.

Petit à petit, on a fait davantage de choses ensemble d'abord parce que, comme célibataire, il se retrouvait seul et puis aussi parce que dès qu'il a arrêté le rugby, il n'est plus sorti avec les jeunes.

18

Je te l'ai raconté, non ?

Au rugby, tu avais les jeunes d'un côté et les mariés de l'autre. Pendant les troisièmes mi-temps, les jeunes passaient leur temps à boire et à chanter, les mariés à manger et à discuter. Après le repas les jeunes sortaient, les femmes tiraient leurs maris à la maison.

Si tu étais plus tout à fait jeune, mais pas marié, tu suivais les jeunes de temps en temps, mais c'était à tes risques et périls. Pourquoi ? Parce que pour boire c'est comme pour courir, il faut un bon entraînement.

Le plus souvent, les vieux célibataires veillaient un peu puis rentraient tout seuls. Paul presque toujours allait se coucher tôt parce qu'il savait ce qui l'attendait le lendemain : une bonne douzaine d'heures sur le tracteur. En plus comme il se donnait à fond pendant le match, il était crevé.

Je t'explique, je t'explique… et je n'ai pas le temps de boire un peu. Il faut que je me méfie de toi parce qu'à force de me faire parler, tu vas me rendre plus sec qu'un artichaut en été !

Je te l'ai déjà sortie celle-là ? C'est qu'elle me plaît. Si tu voyais un plant d'artichaut en été, tu comprendrais exactement ce que je veux dire.

Tu sais dans le coin, peut-être c'est partout pareil, la vie des gens bouge tant qu'ils sont jeunes, tant qu'ils ne sont pas dans leurs rails. Après ça, file tout droit. Je ne sais plus si la vie va tout droit parce que tu es vieux ou si c'est parce que tu es vieux que ta vie va tout droit. Ces conneries vont me donner mal à la tête. Ça aussi, tu vois, ça fait partie de la vieillesse.

Plein de gens croient que les vieux sont malins, qu'ils réfléchissent beaucoup, ce n'est pas vrai !

Ils ne réfléchissent pas beaucoup parce qu'ils ne pensent qu'à eux. Moi, je pense à moi, c'est normal, non ? Je suis seul, je n'ai personne pour qui me faire du souci. Remarque, moi ce n'est pas pareil parce qu'avec cette habitude de regarder vivre les autres, je ne suis pas devenu un vieux salaud égoïste et mort de peur. Tu le vois, ici, la porte est toujours ouverte.

Ne souffle pas, j'ai fini ! C'était pour te montrer que de temps en temps, je pense. Je ne fais pas que boire et raconter des conneries. Va-t-en voir, peut-être que les conneries, c'est ce que je viens de te dire maintenant parce que chaque fois qu'on parle des autres, on est sûr de se tromper. Il n'y a pas deux types pareils, il y a pas deux histoires pareilles. On a chacun notre route et elle n'est faite que pour nous.

Pour Paul comme pour moi, ça a été tout à fait ça. Pour Paul, le changement, ça a été quand Anne est partie avec Jambert. Pour moi, c'est le moment où je me suis retrouvé tout seul à Pilhan. Là, j'ai commencé à voir ce que ma vie allait être. Je me suis calmé, même pour le vin.

Té ! Bien sûr que je bois encore, mais par rapport à ce que je descendais dans la cave de mon père, ce n'est rien. Je te l'ai déjà dit ? Tu verras quand tu auras mon âge, toi aussi tu répéteras dix fois les mêmes choses.

En tout cas, tu vois je ne suis pas malade. Je crois que c'est un grand docteur qui a dit : *« L'alcool, ou ça te tue tout de suite ou ça te conserve longtemps ! »*

Moi je suis dans la catégorie conserves, avec les haricots verts, les pois chiches, la choucroute et le cassoulet.

Quand Paul a arrêté le rugby, il était encore jeune. Je m'en souviens parce que l'année d'après, le club a disparu. Il n'y avait plus assez de joueurs pour la relève. C'est triste, mais c'est la vie.

Avant tous les jeunes jouaient au rugby dans le village. Les gros, les maigres, les peureux, les pas dégourdis, tout le monde vraiment. Ils n'avaient pas le choix, c'était obligé !

Quand je dis tout le monde, c'est sans me compter, bien sûr. J'aurais bien aimé essayer. On ne me l'a jamais proposé et je n'ai pas osé demander. On allait chercher tous les jeunes. J'ai même vu jouer un manchot. On prenait tout le monde, mais pas moi. Un nain bossu sur le terrain, il ne faut pas exagérer quand même ! Tous les autres villages se seraient foutus de nous.

Ce temps était passé petit à petit. Des jeunes, il en restait peut-être assez dans Mersac pour faire une équipe, mais ils n'en avaient plus envie. Beaucoup n'étaient pas du tout sportifs et ne faisaient rien, à part du lard. D'autres se mettaient à jouer au basket ou même au foot, rien que des sports comme à la télé quoi.

Les types ne voulaient plus se défoncer pour le maillot. La fierté ils se la mettaient où je pense, d'ailleurs ils ne savaient même pas ce que c'était. Pour jouer, ils n'avaient pas assez de couilles…

Ce n'est pas bien ? Tu mettras testicules, mais je ne sais pas si c'est pareil !

Paul s'est blessé à un genou. Oh, tu sais au rugby les blessures arrivent toujours quand tu ne t'y attends pas. Souvent tu vois des plaquages à démolir un mur, une vingtaine de joueurs empilés, une bonne bagarre générale d'une dizaine de minutes, tu te fais du souci, tu crois qu'il va y avoir des morts, eh bien non ! Tout le monde se relève et va boire un coup ensemble à la fin du match.

Là, il n'y a rien eu de tout ça. Je crois qu'il s'est fait plaquer sur le côté et comme son pied était bloqué, il s'est tordu le genou.

Il faut dire que cette année-là, on avait une équipe de bras cassés. Chaque dimanche, il fallait faire le tour du village pour trouver des joueurs. Moi, j'aurais presque pu jouer seconde ligne c'est pour dire… Oui, le seconde ligne c'est le grand qui saute en touche et qui pousse en mêlée. Nos piliers ressemblaient à des Biafrais. À chaque mêlée on partait sur le cul.

Les types en face avaient vite fait de voir que Paul était le meilleur joueur de Mersac. Alors dès qu'ils pouvaient le coincer dans un regroupement ou dans une bagarre, ils ne se privaient pas. Le pauvre Paul qui jouait talonneur, je te l'ai déjà dit, était souvent blessé.

Bien sûr, comme il était vaillant, il finissait les matches, mais dans quel état ? Il traînait la jambe, il avait un œil fermé, une lèvre fendue, il ne pouvait pas plier un doigt. Son père faisait la gueule, il avait peur qu'il se blesse. Non ! Pas pour le petit, ça, ce n'était pas grave. Il était inquiet pour le travail à la vigne.

La fois du genou, Paul n'a pas pu terminer la partie et le lendemain il n'est pas allé travailler. Le vieux Farou disait qu'il avait le genou comme une bonbonne de cinq litres. Il devait exagérer, mais quand même, ça devait être drôlement enflé... Même une bonbonnette de trois litres, ça fait beaucoup. C'est sûr, à boire tu ne la descends pas d'un coup !

Les docteurs à Narbonne lui ont dit qu'il avait les ligaments touchés. Je ne sais plus si c'était ceux qui se doublent ou qui se croisent, je ne m'en souviens pas. Enfin, c'était assez grave.

Comme il ne pouvait pas trop marcher, il a conduit le tracteur, mais c'était en pleine époque de la taille et son père avait vraiment besoin de lui. Ils se sont engueulés, Paul me l'a raconté plus tard. Comme en plus pour rejouer, il fallait qu'il se fasse opérer, il a arrêté.

Paul parti, les quelques anciens joueurs qui restaient ont commencé à manquer des matches, à ne plus aller à l'entraînement le jeudi. La saison a été catastrophique, je crois qu'on a fini largement dernier.

Les jeunes se sont découragés, les vieux ont raccroché les crampons. Il n'y avait qu'une quinzaine de licences en comptant les vraiment nuls et les débiles. Ce n'était pas possible de faire une équipe pour toute la saison. Il y a eu une réunion, l'assemblée générale oui, et ils ont dit que le club se mettait en sommeil. En sommeil, tu parles, c'était au cimetière.

Le club qui disparaît, au début tu ne t'en aperçois pas : il y a l'été, les vendanges, la chasse, plein de choses qui occupent les gens. Et puis un dimanche, tu te dis que c'était bien d'aller voir jouer les Jaunes et Bleus.

Tu te mets à penser à tout ce que tu as vécu avec eux : les fêtes, les disputes, les bagarres, les bonheurs, les déceptions... Tu te rends compte que tu ne verras plus untel que tu retrouvais toujours au même endroit accroché à la barrière, un autre qui gueulait tout le temps contre l'arbitre, un autre encore qui arrivait après le début pour resquiller l'entrée.

C'est là que tu vois que le club te manque, que tu deviens vieux, que bientôt il ne te restera que des souvenirs. Finalement, le club de rugby qui arrête, c'est comme le départ de Carillon ou la fermeture de l'épicerie, c'est le signe que les temps changent et que le village crève.

À Pilhan, bien sûr, il n'y avait jamais eu de club, mais les vieux me racontaient avec fierté l'époque où ils étaient huit à jouer à Mersac. C'étaient eux qui faisaient tourner l'équipe.

Pilhan, c'était déjà devenu un village de vieux. C'est comment un village de vieux ? Oh, tu sais, ça se voit vite… Déjà toutes les portes et les fenêtres sont closes en même temps que le soleil se couche, vers cinq heures en hiver, huit ou neuf en été. En plus, une fois que tout est fermé, il faut vraiment que tu te fasses connaître pour qu'on ouvre.

Si tu regardes le linge étendu sur les fils de fer contre les façades, tu ne vois que du gris ou du noir : des casquettes ou des bérets, des serviettes, des tabliers, des caleçons, des chaussettes raccommodées, des slips qui iraient bien à un kangourou, des culottes qui ressemblent à des paniers pour les champignons.

Il y a presque devant chaque porte un vieux chien de chasse gras et fatigué qui montre les dents quand tu t'approches, mais qui file dès que tu fais un signe vers lui.

S'il y a un peu de musique qui sort d'une maison le dimanche matin, c'est un air d'accordéon ou une chanson de Dalida. Le reste du temps, c'est la télé qui gueule dans la rue.

Dans la journée, une fois que les coqs ont chanté et que les tracteurs sont partis, on n'entend plus rien. On ne voit plus rien à part des chats et des chiens. Ça devient comme un village de fantômes ou d'esprits.

En faisant la queue devant le fourgon du boulanger, tu n'entends parler que de ceux qui sont morts. Bien sûr, à condition de comprendre le patois parce que c'est ce que les gens emploient entre eux quand ils sont seuls.

Oui, je sais l'occitan, mais puisque tu me dis que c'est pareil, ça ne change rien.

Putain, ce qui compte ce n'est pas la bouteille, c'est ce qu'il y a dedans, non ? Quoi ? C'est Ésope qui a dit ça ? Je ne le connais pas ce bonhomme, mais je suis tout à fait d'accord avec lui, ça doit être un type bien...

À Pilhan, c'était la moto du facteur, un peu avant midi qui faisait s'agiter les bêtes et les gens. Les chiens qui roupillaient au soleil se mettaient à brailler. Les femmes qui bavardaient sur le pas de leur porte ou bien qui s'occupaient de leurs fleurs fonçaient aussitôt dans la cuisine. Il fallait que tout soit prêt et chaud quand le vieux arriverait.

Souvent, la seule voiture qui venait dans la journée était celle du docteur. Elle était encore dans la montée que je la reconnaissais. Je me faisais la réflexion : tiens ! Vesco arrive ! et je ne me trompais jamais..

Les villages de vieux, il n'y a que pendant les vacances qu'ils vivent. D'un seul coup, il y a des gosses sur leur vélo, des parents au volant de leur voiture et de plus en plus de touristes, en bermuda.

Ce qui me plaisait bien c'était toutes ces belles femmes qui fumaient, qui parlaient pointu et qui se faisaient bronzer en moitié à poil, derrière leur portillon. Les parties de pétanque recommençaient le soir et même les veillées. On entendait courir, crier et rire dans les rues…

D'un seul coup, on se sentait content, plus jeune, moins seul, moins perdu. On avait l'impression d'être revenu en arrière. Bien sûr, ça ne durait que deux mois et après il fallait se réhabituer au silence, aux maisons fermées et aux rues vides.

Ce n'était pas mal, on était content de se retrouver entre nous. Tu vois je te parle comme ça de la vie à Pilhan et je crois que c'était à peu près partout pareil dans la région, mais tu sais, on s'y faisait.

En fait, on s'accommodait de tout ça parce qu'on ne voyait pas les changements se faire. Quand on s'en apercevait, ils étaient finis. Les choses se font rarement à toute vitesse. Elles prennent leur temps. Une famille partait, une autre achetait une maison pour y passer quinze jours en été. Après c'était une autre, puis une autre encore et petit à petit tout s'était transformé.

Moi, je te l'ai dit, j'étais bien installé, je n'aurais pas changé pour tout l'or du monde. C'était un peu comme si la tranquillité du coin m'avait rendu tranquille à moi aussi. J'ai fait comme une éponge – ça m'allait plutôt bien, non ? – j'ai bu tout le calme qu'il y avait ici et je l'ai gardé.

À Mersac chez mes parents, c'était la guerre, toujours la guerre, alors moi j'étais rempli de haine, j'en voulais au monde entier. Quand je suis venu ici, j'ai trouvé beaucoup de tranquillité, j'ai été en paix. J'ai commencé à être plus gentil avec les autres puis je l'ai été avec moi-même. C'est ça qui a été le plus dur, faire la paix avec moi. Tu te rends compte depuis le temps que je ne pouvais pas me supporter ?

Je te dis ça pour moi, mais je crois que là-dessus on est tous un peu pareils. Oui, même toi ! Quoi tu ne comprends pas ? Tu te trouves parfait ? Il n'y a rien que tu aurais aimé changer dans toi ? Tu as de la chance, tu es une bête rare !

Moi, je crois qu'on a toujours un petit quelque chose qui ne nous plaît pas. On met du temps à s'accepter comme on est. Il y en a même qui n'y arrivent jamais.

*

Bon, j'arrête de parler de moi... Tu dois quand même me trouver un peu égoïste. Tu ne réponds pas ? C'est ta faute, tu n'as qu'à me dire stop quand je pars trop loin. Remarque, puisqu'il y a quelqu'un chez moi, j'en profite... Je me demande bien ce que tu vas faire avec tout ça... Je me demande même si ça va servir à quelque chose... Oui ? On verra.

Je continue avec Paul ? J'en étais quand il s'est blessé au rugby et qu'il a arrêté.

Pendant tout le restant de la saison, il a continué à suivre les matches et moi aussi par la même occasion puisque je partais avec lui. Peut-être qu'il espérait pouvoir rejouer. Un dimanche, il manquerait un joueur, on lui dirait : *« Tu veux essayer pour voir si ça tient, juste aujourd'hui pour nous dépanner. »*

Et il remettrait le maillot, la tenue magique qui transforme le moindre couillon en héros.

Je le voyais pousser contre la barrière quand nos avants reculaient, serrer les dents pendant les bagarres, hurler contre l'arbitre, entrer sur le terrain dès que la partie était finie…

Le rugby c'est une maladie grave, quand tu l'as vraiment eu dans la peau, tu ne t'en guéris jamais. C'est parce que ça te touche encore plus dans la tête que dans le corps. Même quand les jambes ne marchent plus, l'esprit continue à marquer des essais.

Si tu savais tous ceux que j'ai marqués moi, et tous plus beaux les uns que les autres. Presque autant que j'ai eu de femmes belles.

Lui, il n'était pas guéri, ça se voyait. La saison s'est terminée tant bien que mal. Il a manqué plusieurs fois des joueurs, on ne lui a jamais demandé de jouer… Les derniers matches, déjà, il était moins bouillant sur la touche. Je crois qu'il avait compris que c'était fini, qu'il ne rejouerait jamais plus.

Quel deuil ? Personne n'est mort, de quoi tu parles là !

L'année suivante, je te l'ai dit, le club a disparu. Après ? Après ? Pas grand-chose.

Quoi mai 68 ?

Je vais te dire, mai 68, ici, on l'a suivi à la télé. Bien sûr on a été emmerdé comme tout le monde – pas de fuel, pas de courrier, des pannes de courant –, mais je n'en connais pas beaucoup qui ont suivi.

Tu sais les viticulteurs, comme tous les gens de la terre, ils aiment l'ordre. Ils veulent qu'il pleuve en automne et qu'il fasse beau en été. Leur terre c'est leur terre, même le petit bout de garrigue qui est au bout du monde et qui ne sert à rien.

Ils n'aiment pas les types qui disent qu'ils travaillent, mais qui ne produisent rien qui se mange ou qui se boit.

Ils pensent que les gens trop intelligents, ils se servent avant de servir les autres. Pour les fonctionnaires, c'est pire : d'après eux, ils sont juste là pour leur prendre le peu qu'ils ont. Alors, tu comprends, mai 68, ici...

À Carcassonne, à Narbonne, avec les CAV tout ça, ils s'étaient battus parce qu'ils étaient désespérés, mais ils le faisaient pour eux. Déjà, ils râlaient contre les pels louncs qui venaient pour casser. Ils ne les voulaient pas. S'ils avaient pu, ils les auraient empêchés de manifester avec eux.

Mai 68, rideau ! Il y en a bien qui ont essayé de faire marcher tout le monde ensemble, mais ça n'a pas donné grand-chose, ce n'était pas leur problème.

Avec Paul on se rencontrait quand même assez

souvent parce que quand il avait fini sa journée, s'il me voyait sur le banc du figuier, il s'arrêtait un peu pour discuter.

Ce figuier d'ailleurs était devenu énorme. Il faisait des figues en pagaille, mais deux ou trois branches commençaient à sécher. C'était peut-être les fourmis rouges qui les avaient creusées pour y faire leur nid. Ces saloperies on dit que ça te mange un homme mort en un jour alors le bois même si c'est plus dur, elles finissent par l'avoir.

Ça l'embêtait cette histoire de figuier malade parce qu'il m'a raconté que son grand-père lui avait dit que tant que l'arbre vivrait, il y aurait aussi de la vie à Pilhan. Que c'était comme un symbole, enfin un truc dans ce genre !

Bien sûr, ça n'a pas de rapport avec les gens, mais le vieux lui avait mis ça dans la tête quand il était petit et Paul avait l'air d'y croire vraiment.

Il a même essayé de le traiter avec de la bouillie bordelaise, mais ça n'a rien donné. Il ne savait pas trop quoi faire. Avant de s'asseoir à côté de moi, il faisait le tour de l'arbre. Il touchait le tronc, il regardait une feuille ou il pliait une branchette pour voir si elle était sèche ou verte.

On parlait de tout et de rien, parfois cinq minutes, parfois une heure. Tout y passait, mais ce n'était pas des discours débiles de politique où de trop réfléchir. On discutait du temps qu'il faisait ou qu'il devrait faire, des vignes, d'un match de Narbonne, des trucs comme ça... Il me parlait souvent aussi de chasse parce que depuis qu'il ne jouait plus, il s'était mis à chasser.

Le lapin ? Non, le cochon ! Le sanglier ! Ici presque derrière chaque genêt, tu en as un d'une centaine de kilos alors !

Le pauvret, à son âge, il devait avoir bien plus de trente ans, il menait une vie de moine.

Là, je te parle de Paul pas du sanglier. Tu avais compris ? Tant mieux. Non, je rigole, il faut bien rire quand même de temps en temps…

Une paire de fois par mois, il allait en Espagne pour se purger. Ben oui, nous, on dit pour se purger ! Tu veux un dessin !

Non, il n'y avait plus rien à Béziers. À part ça, sa vie c'était plutôt le calme plat. La mienne aussi, mais moi, ça ne me dérangeait plus beaucoup. Au lieu de passer la frontière quand ça n'allait pas, je me prenais une bonne cuite et puis voilà.

Finalement, lorsqu'il m'avait dit qu'il ne chercherait pas d'autre fille après le départ d'Anne, ce n'était pas des paroles lancées sur le coup de la déception. Il n'en cherchait pas et même ça n'avait pas l'air de le tracasser. On n'en parlait presque jamais à part, bien sûr, pour se raconter des histoires de cul.

À Pilhan remarque, des filles, il n'y en avait plus. Lui, il commençait à être un peu vieux pour aller dans les bals, mais s'il avait voulu s'en donner la peine, je suis sûr qu'il s'en serait attrapé une sans forcer.

Il n'était pas bossu lui, pas beau non plus, mais

normal et riche. Tu me diras que si c'était pour tirer un numéro comme mon père, il valait mieux qu'il reste seul.

Il n'avait quand même pas trop le temps de chercher parce que depuis l'accident, ses parents avaient levé le pied. Sa mère ne venait plus à la vigne et son père de temps en temps.

Quoi l'accident ? Je ne te l'ai pas raconté ? Hé bé, à l'entrée de Narbonne, il y a quatre ou cinq voitures qui se sont tamponnées et celle des parents Molinier était dans le tas. Ils se sont fait percuter par-derrière. Ils s'en sont plutôt bien sortis parce qu'ils ont failli avoir le coup du lapin.

Elle, pendant plus d'un mois, elle a porté un truc autour du cou, un peu comme les femmes au temps des rois.

Une minerve ? Ah bon !

Depuis elle a souvent mal à la tête surtout les jours de marin. Lui, il était plus costaud, il a mieux encaissé, mais ça l'a quand même secoué. Ça lui a réveillé le mal aux reins.

Ils ont eu peur parce qu'ils n'ont rien vu venir. Tout ça leur a fait comprendre qu'il n'y avait pas que le boulot dans la vie. Moi, il y a longtemps que je le savais, eux non. Lui il s'est davantage occupé de sa femme et je suppose elle de lui. Ils sont même partis en cure tous les deux je ne sais pas où. C'est à partir de ce moment qu'ils ont commencé vraiment à laisser les rênes de la propriété au fils.

Bien sûr que Paul était content, mais aussi ça

lui faisait beaucoup de travail en plus. Il devenait patron donc il n'avait plus d'heures, fallait que le boulot soit fait. Souvent il finissait à la lumière des phares. C'était six jours sur sept et même souvent le dimanche matin.

Heureusement, il y avait de plus en plus de machines qui travaillaient vite et bien, c'est grâce à ça qu'il pouvait s'en sortir. Il n'y a que pour tailler et pour vendanger qu'il était obligé de louer des gens.

19

Moi, c'est vrai, je menais une vie tranquille, mais j'étais passé par de mauvais moments. C'est bizarre parce que ce n'est pas venu tout de suite après mon déménagement, mais cinq ou six ans plus tard.

Ça m'arrivait comme à tout le monde de faire des cauchemars, mais à un moment, je crois que c'était au printemps, ça a été presque chaque nuit. Des trucs dans le genre bizarre.

Mes grands-parents étaient derrière ma porte et essayaient de rentrer. Je marchais dans le cimetière et je tombais dans un trou où ma grand-mère m'appelait. Elle était toute jeune et d'un seul coup elle devenait une morte.

Même quand je me levais le matin, c'était tellement fort que je continuais à avoir toutes ces conneries dans la tête. En plus de me gâcher les nuits, ça me gâtait les jours.

Je n'avais pas pensé à ma famille pendant tout ce temps. J'essayais d'aller à Mersac quand j'avais le plus de chances de ne pas rencontrer mon père. Je l'avais vu quatre ou cinq fois, mais de loin et on ne s'était pas parlé. J'avais entendu dire que ça marchait bien avec Michel et qu'ils avaient même replanté deux ou trois parcelles vers le Champ grand, mais c'était tout.

Ces cauchemars me remettaient le nez dans ma famille. Ça ne sentait pas bon, mais je ne pouvais pas toujours faire comme si elle n'existait pas. Ça a duré deux ou trois mois et, à force, j'ai compris qu'il fallait que je tente quelque chose pour m'en débarrasser.

Je ne sais pas comment ça m'est venu, j'ai décidé d'aller voir mes grands-parents au cimetière. Oui, les tombes bien sûr, je n'allais pas les déterrer. Il n'était pas question de faire ça dans la journée, on a sa fierté quand même ! Je me suis dit qu'il fallait que je leur fasse ma petite visite pendant la nuit.

Un soir qu'il faisait beau, ça devait être vers juin parce qu'il y avait un coucou qui chantait, j'ai attendu que la nuit vienne et je suis parti. J'aurais pu prendre la moto, mais non, j'y suis allé à pied. Je sais pas pourquoi, mais je devais y aller à pied... peut-être un peu comme un pèlerinage. C'est drôle parce que moi je n'y crois pas à toutes ces histoires de Bon Dieu, de Jésus, de Marie, de Joseph et toute leur guirlande d'anges.

Ce n'est pas bien loin, tu le sais. Il y avait un bon bout de lune et des sacs d'étoiles jetés dans le ciel. Pour descendre à Mersac, je n'ai pas senti le temps passer. J'ai vu arriver une voiture qui montait vers Pilhan. Vite, je me suis caché sur le bord. Oui, comme la fois de Lucia, j'y ai pensé tout de suite.

C'est rigolo, non ?

À Mersac, j'étais mort de peur de rencontrer quelqu'un. C'était bête parce que j'y allais souvent. Là, ce que j'allais faire était tellement bizarre que je ne me sentais pas bien. Tu comprends je n'avais pas d'explications.

Des rêves, ça ne compte pas. Ils auraient dit : *« Le bossu il est toujours aussi laid, mais en plus maintenant il devient fou ! »*

Les gens font comme ça : d'abord, ils te jugent, après, s'ils sont bien, ils essaient de te comprendre.

Il me semblait que j'étais un voleur. Dès que j'entendais un bruit, je me collais contre un mur ou dans le coin d'une porte. Si une fenêtre était encore éclairée, je passais vite sur la pointe des pieds. Lorsqu'un chien aboyait, j'accélérais.

Le portail du cimetière était à peine ouvert. Dedans c'était tout noir à cause des cyprès sur le bord et du grand pin qu'il y a au milieu. Je savais que c'était des conneries, mais je ne pouvais pas m'empêcher de penser à toutes ces histoires de fantômes, de revenants, de morts-vivants, de caveaux qui s'ouvrent, de mains qui dépassent des tombes. Quand j'ai poussé le portail, il a fait le même bruit que dans les films de vampires.

Je me suis arrêté. Je me suis forcé pour ne pas partir en courant. J'ai attendu un moment appuyé au fer froid des barreaux. Je commençais à mieux voir. Il est petit le cimetière de Mersac. J'ai lâché le portail. Je suis entré. J'ai fait quatre ou cinq pas dans l'allée du milieu. Rien ne bougeait. J'osais à peine respirer. Le gravier craquait. J'essayais de me faire le plus léger possible.

Je ne savais pas où on avait mis mes grands-parents. Il y a trois allées qui partent de l'entrée. Il m'a semblé que le caveau de la famille était vers la gauche. Je devais aller vers là. Ça m'ennuyait de ne plus voir la sortie. J'avais peur qu'on m'attaque et que je ne puisse pas m'échapper.

Heureusement, je l'ai trouvé tout de suite. C'est le plus grand, bien sûr. Il ressemble à un petit château. Famille Pech. J'ai vu inscrit en dernier le nom du papé et au-dessus celui de la mamée.

J'étais arrivé. Je n'avais plus peur. Je me suis assis sur le rebord. Il y avait plein de choses qui venaient dans ma tête. Il y en avait tellement que je n'arrivais plus à penser. J'ai vu la mamée en train de rire – un rire d'enfant – et je l'ai entendu chanter des chansons vieilles. J'y étais, je te jure, je l'entendais ! … pourtant, c'était Étiennette qui me l'avait raconté.

J'ai senti la main du papé sur mon épaule quand j'étranglais la Martha, j'ai entendu sa voix tranquille dans la cave au moment où j'allais foutre le feu.

D'un seul coup, c'est venu sans que je le sente arriver. Je me suis mis à pleurer. J'avais quelque chose dans la gorge qui m'étouffait. On aurait dit une main qui était dans moi et qui serrait. J'arrivais tout juste à respirer et je pleurais. Je ne voulais pas, je me débattais, mais il n'y avait rien à faire. La main serrait, serrait et les larmes tombaient. C'était parce que je ne leur avais pas dit adieu ? C'était la saloperie de ma vie qui coulait de moi ? C'était que j'avais honte ? C'était que j'avais pitié de moi ? Je ne sais pas, je ne pouvais pas penser.

Ça a duré longtemps. Petit à petit, j'ai pu respirer plus fort. Je me suis levé. Je m'étais imaginé que je leur dirais plein de choses et je n'avais pas sorti un mot. Rien. Pas un seul.

J'étais en train de marcher sur la route, tout à fait dans le cirage, comme si j'étais soûl. J'avais les yeux secs. J'étais un fantôme qui avait retraversé Mersac. Je ne m'en étais même pas rendu compte.

Je ne savais plus si c'était un rêve ou non…

J'ai dormi longtemps. Quand je me suis réveillé, il faisait plein soleil et j'avais la tête légère. Après ça, je n'ai plus fait de cauchemars. C'était comme si j'avais enlevé le rideau qui me cachait le jour.

Du coup, je me suis promis d'aller les voir au moins une fois par mois. Au début, je l'ai fait, mais quand la mauvaise saison est arrivée, j'ai espacé les visites et puis je n'y suis pas revenu.

*

J'avais fait ça, c'était bien, mais c'était le plus facile. Il me restait autre chose à faire. Je le sentais, j'y pensais de plus en plus souvent. Il fallait que je voie mon père. Je ne savais pas ce que je lui dirais. Je ne savais pas comment ça se passerait, mais je devais le voir. Je voulais le rencontrer tout seul, bien sûr, et ce n'était pas évident. À la vigne ou à la maison, il était toujours accompagné.

J'aurais pu lui faire passer un mot pour lui demander de monter à Pilhan, mais je ne voulais pas l'attendre. Finalement, c'est venu par hasard. Il y a eu une grosse épidémie de grippe dans le coin. Les enfants de Michel l'ont attrapée et l'ont refilée à mon père.

Attention, ce n'était pas un rhume qui te fait tousser deux jours puis qui s'en va ! C'était une vraie grippe avec du quarante de fièvre, la tête comme un four et une semaine au lit.

Je suis allé à Mersac. J'ai regardé la maison. J'ai écouté à droite et à gauche. Martha s'occupait un peu de mon père le matin puis elle passait l'après-midi chez son fils à aider sa bru. Tu penses, elle préférait ses petits enfants à son mari, ce n'était pas une nouveauté.

Je l'ai vue sortir. J'ai attendu un peu et j'y suis allé. C'était comme pour le cimetière. J'avais le cœur qui tapait, tu peux me croire. J'allais chez moi voir mon père et je me cachais, tu te rends compte !

Dans la maison, il n'y avait pas de bruit, rien. Je suis passé par la cave, ça m'a fait drôle de me retrouver là-dedans. J'ai reconnu tout de suite cette odeur de vin vieux et de suif que j'adore. C'était frais et sombre, mais j'aurais pu aller, sans trébucher une fois, chercher une bouteille de bon. Je l'avais fait tellement souvent sans allumer…

J'ai traversé la cuisine où tout était rangé. Je suis

monté. Dans les escaliers je me suis rendu compte que je ne savais pas du tout ce que j'allais faire. Je voulais le voir, mais je n'avais rien préparé. Je ne pouvais pas réfléchir. J'avais trop peur de me dégonfler.

La porte était entrouverte. Je l'ai poussée doucement. Il était dans le lit, couvert jusqu'au menton, les yeux fermés. Il avait vraiment une sale tête.

Je me suis approché de lui. Je me demandais ce que je foutais là. Je me suis arrêté. Qu'est-ce que je voulais ? Qu'est-ce que j'attendais ? Qu'il me dise qu'il m'aimait ? Qu'il me fasse des excuses ? Qu'il me demande de revenir à la maison ?

Non ! Tout ça c'était fini, ce n'était plus possible… Je le savais. Je me faisais trop de cinéma sur mon père. Quand je pensais à lui, je lui donnais presque raison de m'avoir foutu dehors. C'était ma faute, toujours ma faute…

J'étais venu chercher la vérité et peut-être la paix. Mais à ce moment-là, près de son lit, je m'apercevais que c'était bien plus difficile à faire que la guerre.

Il a ouvert les yeux. Il m'a vu. Il était tellement fatigué qu'il n'a même pas réagi. Pas de sursaut, pas de sourire.

Qu'est-ce qui s'est passé ? Pas grand-chose. On ne s'est pas embrassé. Je lui ai juste touché l'épaule avec la main. On ne s'est presque rien dit. Beaucoup de silence. On était trop loin l'un de l'autre. Je l'ai regardé. Je l'ai écouté. Je n'ai pas vu un geste gentil. Je n'ai pas entendu un mot un peu affectueux. Il n'y a jamais eu la moindre trace d'amour dans son comportement. C'était bien, j'étais comme… rassuré.

Il y avait trop de colère entre nous… Enfin, je ne sais pas si c'était vraiment de la colère. Tu comprends, il voulait un fils et avec moi il ne l'avait pas eu. J'avais besoin d'un père et avec lui je ne l'avais pas eu non plus. C'était de la… putain y a un mot, je ne m'en rappelle jamais, de la… frustration oui, c'est ça merci.

Le temps était passé, la chance était passée… C'était raté, il n'y aurait pas de prochaine fois. Fini, c'était fini. Même moi, je te le jure, j'avais longtemps laissé la porte ouverte et là je la fermais.

Non, non je n'éprouvais pas de l'amour pour lui. Peut-être une espèce de gêne ou de honte. Lui, il était comme quelqu'un qui voit revenir un emmerdeur qu'il croyait disparu. Il m'avait oublié ou en tout cas il faisait tout pour m'oublier. Je le dérangeais trop.

Je suis resté à peu près une demi-heure puis je suis parti. Je suis sorti par le jardin, sans me cacher. Ça m'avait fait du bien de le voir. J'étais libéré. Maintenant j'en étais sûr, je ne lui devais rien. Je pouvais vivre tranquille. En fermant le portillon, je savais que c'était la dernière fois que je le faisais.

Même quand il est mort, je ne suis pas venu le voir.

J'imaginais la Martha qui devait jouer au chien de garde… Je voyais toute la petite famille de son fils se frotter les yeux pour pleurer tout en pensant à la façon dont ils allaient aménager la maison…

Non ! Non ! C'était au-dessus de mes forces.

Elle est morte une dizaine d'années plus tard… J'ai hérité de la maison et de tout l'argent placé. L'autre, il a eu les vignes. Je n'ai rien dit, j'ai calculé que je pouvais vivre tranquillement jusqu'à cent ans au moins, ça me suffisait. Je n'avais surtout pas envie de remuer toutes ces affaires, de me remettre le nez dans la boue… et je suis poli…

20

Pendant ce temps, le hameau continuait de mourir. Chaque hiver, tu avais quelques vieux en moins. Chaque crise, des gens partaient. Les crises ? Elles se suivaient à la queue leu leu !

À la fin, les gens étaient presque contents quand la récolte était mauvaise ou quand il gelait ou grêlait. Pourquoi ? Parce que s'il n'y avait pas trop de vin, peut-être qu'ils pourraient le vendre un peu mieux…

De temps en temps, ça pétait. Tu ouvrais le journal et tu voyais des perceptions foutues en l'air, des routes coupées, des rails tordus, des camions vidés, des viticulteurs arrêtés puis libérés, des manifestations qui se finissaient en bagarres. C'était une espèce de guerre, une guerre civile qui s'arrêtait, qui reprenait, mais qui durait.

Le gouvernement donnait des primes d'arrachage. Ils payaient les vignerons pour qu'ils arrachent leur vigne. Bien sûr, après, ils n'avaient plus le droit de replanter.

Les petits propriétaires, il faut les comprendre. Ils n'arrivaient plus à joindre les deux bouts. Souvent c'était des gens âgés. Ils essayaient de vendre, mais personne ne voulait acheter même pour une bouchée de pain. Ces primes d'arrachage, ils y ont sauté dessus comme la misère sur le pauvre monde. Dans l'affaire d'un an, tout autour de Pilhan, la moitié des vignes ont été arrachées.

Le tracteur passait. Il coupait les racines. Il soulevait les souches. Il les renversait. Il les écrasait. On les entendait craquer d'un coup sec, comme un os qui casse. C'était un crève-cœur.

Les souches agonisaient sur place lentement. Les premières feuilles à mourir étaient celles du bout des branches. Les autres venaient après. Elles commençaient à sécher, puis à se recroqueviller, à pendre comme des guirlandes mortes et à s'envoler aux quatre vents.

S'il y avait des raisins, ils se ratatinaient comme des figures de vieux. Ils prenaient la couleur du bois, mais ils restaient accrochés. Des fois, quand tu regardais ces espèces de cimetières, tu voyais une souche qui tenait encore debout. Toute seule au milieu du champ de bataille, elle continuait à vivoter avec ce qui lui restait de racines. Elle était comme un témoin de la vie avant, ça faisait pitié.

Du figuier de Paul, quand on regardait les collines, on voyait de plus en plus de grandes taches rouges ou marron foncé – la couleur de la terre pelée – au milieu du vert sombre de la garrigue et de celui plus clair des parcelles encore plantées. On aurait dit un de ces habits de clown tout rapiécés, tu sais ?

Les gens touchaient leur chèque, faisaient une dernière fois le tour du propriétaire puis s'en allaient. Ils faisaient les fiers, bien sûr. Ils disaient qu'ils en avaient marre de trimer dans ces putains de vignes, qu'ils étaient contents d'en être débarrassés, qu'ils allaient enfin profiter de la vie. En vrai je crois qu'au dedans d'eux, ils étaient morts le jour même où le tracteur avait écrasé leurs souches.

Tu prends les chats par exemple... Quand ils sont blessés ou quand ils vont mourir, ils se cachent. Ils sont fiers. Ils ne veulent pas qu'on les voie au bout du rouleau. Les hommes, c'est pareil. Bien sûr, je parle de ceux qui ont quelque chose dans le pantalon. Plus ils sont malheureux, moins ils le montrent...

Là, tu vois, ils abandonnaient. Ils faisaient massacrer les vignes que leurs parents ou leurs grands-parents avaient plantées et soignées et qu'eux aussi avaient aimées comme leurs enfants. On leur arrachait les tripes, alors, ils levaient la tête, ils riaient fort, ils parlaient fort.

Je n'en ai vu qu'un seul pleurer en regardant le tracteur éventrer sa terre, c'était le père Portal. Celui-là, il était vieux – il est mort deux ou trois mois plus tard –, il s'en foutait des autres et du qu'en-dira-t-on.

Peut-être aussi, il n'avait jamais eu trop de temps pour regarder faire les chats...

Pilhan n'était plus un village de vieux, ça devenait un village mort. Il restait les maisons, les rues, les lumières la nuit, mais il n'y avait plus personne. À un moment on devait être une petite trentaine à y vivre tout le temps.

Dans certaines rues, toutes les maisons étaient fermées, barricadées, portes, portails et fenêtres. L'herbe se mettait à pousser contre les murs. Dans les endroits en pente, des plaques de goudron avaient été emportées par les orages. C'était comme s'il manquait des morceaux de peau à la route.

Les murets de pierres sèches se tordaient, se gonflaient, se défaisaient au bord des chemins… Tu en avais, on aurait dit que c'était le lierre qui les retenait.

Les premiers toits à s'effondrer, c'était ceux des cabanons, des cagibis, des poulaillers. Le ventre s'écroulait au milieu et les tuiles tout autour se relevaient vers le ciel comme une couronne d'épines.

Les maisons, elles, résistaient un peu plus, mais petit à petit, elles aussi se déglinguaient. Les portes et les fenêtres sans verni et griffées par le mauvais temps étaient le premier signe. Les façades perdaient ensuite leur crépi ou leur enduit. Les couleurs se mélangeaient, s'effaçaient. C'était comme de vieilles femmes en vadrouille qui enlèvent leurs habits, leur maquillage et qui se montrent nues et toutes mal foutues quand la fête est finie.

Il ne restait plus qu'une patte de sanglier clouée au portail des Pradier. Il devait bien y en avoir une vingtaine avant. Les autres étaient parties ou avaient été volées par le vent, les pluies ou les touristes.

Il n'y avait plus de gens, plus de chiens, plus de chats, plus d'oiseaux. On entendait le vent. Le matin, quand j'ouvrais la porte, j'avais l'impression de vivre sur une île déserte. Parfois, ça me donnait le cafard, alors je me débrouillais pour aller à Mersac, ou bien je cherchais Paul pour discuter avec lui.

À cette époque, Frisquet, était mort. Je ne sais pas de quoi… un chien, un piège, un chasseur ?

Non ! Je ne l'ai pas vu, c'est comme je t'ai dit. Un jour il n'est pas rentré. J'ai laissé la fenêtre ouverte pendant une paire de semaines puis je l'ai fermée. Il n'y avait rien d'autre à faire.

*

C'est bizarre, au moment où tout semblait foutu, les premiers nouveaux sont arrivés. Oh, ce n'était pas des viticulteurs non, plutôt des pels louncs, des hippies si tu préfères.

Je ne sais pas trop comment ils ont atterri à Pilhan. C'était une petite tribu comme les gitans, mais eux ils s'installaient. Ils n'étaient pas difficiles. Ils prenaient une remise, une bergerie qui ne tenait presque plus debout et ils la retapaient comme ils pouvaient.

Les hommes, les femmes, les enfants tous avaient les cheveux longs et un drôle de regard. Tu avais l'impression qu'ils ne voyaient pas les mêmes choses que toi. On aurait dit qu'ils débarquaient de la lune ou d'ailleurs.

Certains avaient l'air gentil, mais on ne se parlait pas trop. Nous, on n'était pas très contents de les voir arriver. On ne savait pas ce qu'ils faisaient, comment ils vivaient, qu'est-ce qu'ils voulaient. On se méfiait d'eux.

Depuis les manifestations de Carcassonne et ce qu'on avait vu à la télé en mai 68, on les prenait tous pour des casseurs et des fouteurs de merde. Je te l'ai dit : dans le coin, cette racaille, ces gauchistes, on ne les aimait pas trop. Eux, ils faisaient leur train, c'était comme si on n'existait pas. Tu vois les relations, c'était plutôt maigre.

Ce qui était bien c'était les gosses. À un moment donné, parce que ça bougeait souvent, il devait y en avoir une dizaine.

Un gosse, ça s'apprivoise vite : un sourire, un bonbon, la curiosité, ça suffit pour qu'ils viennent te manger dans la main. En plus un petit, ce n'est pas méchant, ça ne peut pas faire de mal. Il y en avait une paire qui venait me voir presque tous les jours. Non, non, ils n'allaient pas à l'école. Ils rodaient un peu partout toute la journée.

Avec Paul, ces gens on les appelait les fumeurs de pois chiche. Ils te fumaient cette saloperie-là, oui, du haschich. Tu les voyais devant la porte au soleil avec des cigarettes mal faites grosses comme des fèves.

J'aimais bien les femmes, elles étaient moins sauvages que les types et puis quand il faisait beau, elles se doraient à poil. Tu pouvais passer et repasser, ça ne les dérangeait pas plus que ça. Je ne sais pas comment ça se fait, je les trouvais toutes jolies. Un peu blanches, mais avec des seins gros comme des melons et qui avaient l'air plein de lait et doux...

Toutes jolies... Peut-être que c'était parce qu'il y avait longtemps que je n'en avais pas vu des jeunes comme elles. C'était bien, j'en rêvais de temps en temps et puis ça me donnait de l'imagination quand j'en avais besoin.

Il y en avait qui peignait ou qui faisait des trucs avec des souches. D'autres avaient des chèvres et ils faisaient des fromages. Ils devaient les vendre sur les marchés.

Chaque soir ils jouaient de la musique. Ils buvaient, ils fumaient, ils chantaient. Ils avaient l'air heureux et, ma foi, ça mettait de l'animation.

Ils sont restés à Pilhan plus de deux ans, mais je te l'ai dit ce n'était pas toujours les mêmes. Il y en a qui arrivaient, d'autres qui partaient. Des fois ils étaient une quinzaine, des fois quatre ou cinq, des fois même tout était fermé pendant un mois. On disait : *« Té, les fumeurs de pois chiche sont partis ! »* mais tout à coup ils étaient à nouveau là.

Finalement un jour, ils ont fait comme Frisquet, ils ne sont pas revenus. Ils nous ont manqué. Avec eux, au moins, il y avait quelque chose de vivant dans le hameau.

Moi je continuais à venir discuter avec Paul sous le figuier. Il avait scié les deux branches attaquées, mais la maladie continuait à gagner. Ce n'était pas à cause des fourmis. Peut-être que l'arbre tout simplement crevait d'ennui. C'est normal, il ne voyait plus personne. J'avais entendu je ne sais pas où qu'on mettait de la musique pour faire pousser les fleurs plus vite alors je disais à Paul de lui amener son transistor et on rigolait tous les deux.

21

C'était l'époque où Paul ne parlait que de chasse, ne vivait que pour la chasse. Il était piqueur à la Diane de Mersac. Le piqueur au sanglier, c'est le personnage le plus important dans la battue. Souvent, c'est lui le chef. Tu me diras c'est normal, c'est lui qui se tape presque tout le boulot.

La veille de la chasse, il fait les traces, il visite les remises. Les remises ce sont les endroits où les sangliers se mettent à l'abri. Souvent il place les gens à leur poste. C'est lui aussi qui s'occupe des chiens. Paul, ça, il ne le faisait pas, il n'avait pas le temps. C'était un retraité de Mersac qui les nourrissait et les soignait.

Il me racontait tout ça et chaque fois il me disait qu'il faudrait que je vienne avec eux, qu'il me donnerait un bon poste et moi je riais. Ça m'embêtait quand même un peu parce que je n'en avais pas envie et puis à plus de soixante ans je n'allais pas commencer à chasser.

Lui, il y revenait toujours dessus. Je ne voulais pas le fâcher pour une bêtise comme ça... Pas le fâcher non, le décevoir plutôt. C'était comme un ami, et j'en ai jamais eu beaucoup, tu le sais. Il fallait mériter son amitié. Je devais lui montrer que je pouvais le faire, juste pour qu'il soit content de moi et qu'il ne me prenne pas pour un dégonflé.

Finalement, j'ai pris le permis et la carte de la Diane de Mersac. Paul m'a prêté un fusil, un Robust de la manufacture des armes de Saint-Étienne, en me disant que c'était presque son meilleur et qu'avec lui je ne pouvais pas rater.

Je n'étais quand même pas rassuré parce que les armes et moi, ça n'a jamais été le grand amour. Je suis allé m'entraîner. Quand Paul me disait qu'il m'avait entendu tirer, je lui répondais que j'essayais le fusil. C'était plutôt moi que j'essayais.

Tu ne peux pas savoir la première fois ce que ça m'a coûté d'appuyer sur la gâchette. Je m'attendais à avoir l'épaule cassée en deux. Je n'ai pas visé. Après, ça allait mieux et j'ai commencé à toucher les boîtes... En tout cas, je n'y passais pas loin.

Le premier dimanche de l'ouverture, Paul est venu me prendre et on s'est retrouvé sur la place à Mersac. Je n'avais pas dormi de la nuit. Il faisait à peine jour. Le vieux Pons était déjà là avec son fourgon et les chiens dedans. Petit à petit, on s'est retrouvé une bonne vingtaine sur la place.

J'étais étonné parce que je ne connaissais même pas la moitié des chasseurs. Il y en avait d'un peu partout, surtout de Narbonne. Je m'étais mis contre un platane. Je sentais leurs regards sur moi. Ils devaient me prendre pour un extra-terrestre. Faut dire qu'avec ces habits de chasse qui m'étaient trop grands et ce fusil immense, je devais avoir l'air plutôt bizarre.

Ils se sont un peu foutus de moi, mais pas trop parce qu'ils ne me connaissaient pas et que c'était Paul qui m'avait amené. On est monté sur le Plan de la Vielho, c'est un plateau de l'autre côté de Mersac. Paul nous a placés. Il m'a mis à mon poste en me disant de faire attention, de ne pas bouger puis il m'a fait un clin d'œil.

Je ne sais pas si c'était pour m'encourager ou pour me dire que j'étais bien posté. J'ai passé toute la matinée à écouter les chiens. Dès qu'ils se rapprochaient, j'avais le cœur qui se serrait. Je me cramponnais à mon fusil et je commençais à trembler. Quand j'ai entendu deux coups de fusil puis la trompe, crois-moi, j'étais drôlement soulagé.

J'ai vu le cochon bien sûr, mais il était mort. Oui, il y en a qui disent le cochon… Peut-être pour faire les forts. Paul n'aime pas ça, il dit que le sanglier c'est un animal qui vaut le respect.

C'était un type de Narbonne qui l'avait tué. Il ne faisait que répéter : *« Putain, il est beau celui-là ! »*

Il le tirait avec une corde par la tête, les pattes en l'air. On aurait dit qu'il traînait une petite barque noire dans les broussailles.

Ce premier, il n'était pas gros, une quarantaine de kilos à peine. J'étais sous le vent, j'avais son odeur de sauvage qui me venait en plein dessus. Les hommes discutaient autour. Je ne me sentais pas encore avec eux, mais j'étais content de ma première chasse.

Paul a pris son couteau. Il a déshabillé les pattes arrière pour faire sortir les tendons. Ils l'ont soulevé à deux et ils l'ont suspendu à des crochets. En passant le couteau entre la chair et la peau, ils l'ont pelé. Ensuite, Paul lui a ouvert le ventre et il a tiré tout le dedans. Il y avait du sang qui coulait avec les tripes. J'ai pensé à Martha. J'ai fermé les yeux. J'avais l'odeur forte du sang sur moi.

Le vieux Pons a gardé les poumons et la rate pour les chiens. Le tireur a eu le foie et la tête. Pour finir, ils ont scié la bête dans le sens de la longueur pour faire les parts. C'était Paul qui faisait presque tout. Les autres discutaient, déconnaient, commençaient à boire l'apéritif.

Comme c'était l'ouverture, on a mangé ensemble. Je suis rentré plein de vent, de vin et crevé. J'avais en plus un bon bout de viande dans ma musette. D'après ce que Paul m'avait dit, j'avais eu de la chance, j'étais bien tombé. Pour les parts, il y a comme un tirage au sort avec des numéros pour éviter les chicanes.

J'étais content. Je me disais que Paul avait bien fait d'insister, que de temps en temps ça me ferait du bien d'être dehors et que j'allais me faire de nouveaux amis même si cette fois, on ne m'avait pas trop parlé.

J'y suis retourné cinq ou six fois et ça se passait toujours aussi bien. De mieux en mieux même parce que les chasseurs commençaient à me connaître. Ça veut dire qu'ils me parlaient et aussi qu'ils se foutaient de moi, mais ça, j'y étais habitué. Ce n'était pas méchant et ça ne me dérangeait pas.

Cette fois-là, c'était un mois avant la fin de la saison, les chiens avaient mené toute la matinée. Tantôt on les entendait à peine, tantôt c'était tout près. Moi, je suivais les consignes. Je ne bougeais pas. Je regardais l'endroit que m'avait indiqué Paul. *« S'il vient sur toi, il arrivera par là ! »*

À un moment, il me semble voir des genêts remuer à une cinquantaine de mètres devant moi. Ce n'est pas le vent. Des oiseaux s'envolent en criant. Je regarde à me crever les yeux. Tout à coup, j'aperçois une masse noire qui vient à travers les ajoncs, les cistes et les chênes verts. C'est le sanglier !

Maintenant je le vois bien, c'est un gros ! Les chiens sont loin derrière lui. Il n'a pas l'air de se presser. Il trotte droit vers moi. De temps en temps, il s'arrête. Il écoute. Il repart toujours tranquillement. J'épaule. J'arrive tout juste à tenir mon fusil tellement je suis énervé. Je vise. Il est tout près maintenant.

Il faut que je tire. Il faut que je tire et je ne peux pas. Il y a le chat qui griffe la mort, il y a Martha pleine de sang, il y a que je suis un peureux, même pas un homme, un moins que rien.

Je tousse, je secoue les branches devant moi. Le sanglier glisse derrière de jeunes pins, je ne le vois plus. Il est passé. Je pose le fusil. Je me suis pissé dessus ! Je suis malade de honte.

Le type qui était au poste voisin me demande ce que j'ai, pourquoi j'ai fait du bruit, pourquoi je n'ai pas tiré. Je bafouille que je n'ai rien vu. Il me regarde, hausse les épaules et va discuter avec les autres.

Je les entends rire, sûr qu'ils se foutent de moi, qu'ils disent que je suis un péteux. Ils ont raison bien sûr, ils ont raison, mais d'eux je m'en fous complètement. C'est ce que va penser Paul qui me fait peur.

Il arrive, il est tout en sueur. Il me demande si ça va, je lui fais signe oui avec la tête, mais je dois avoir l'air tellement malheureux qu'il ajoute : *« Ce n'est pas grave Ernest ! Après tout, peut-être que la chasse ce n'est pas ton truc ! »*

Et il rejoint les autres qui commencent à descendre vers Mersac. De loin, il se retourne et m'appelle. Je lui réponds que j'arrive. Je reste accroupi dans le poste jusqu'à ce que je ne les entende plus. J'ai trempé mon pantalon...

Je suis revenu directement à Pilhan en évitant Mersac. Ça m'a fait marcher plus de quatre heures, mais c'était bien fait pour moi. J'étais un péteux, un trouillard, peut-être que de marcher ça m'apprendrait à être un homme. Dès que je suis arrivé, je me suis lavé et changé. J'ai balancé directement le pantalon du treillis dans la poubelle. Pas question de le voir traîner dans la maison.

Tu vois, c'est là que je me suis rendu compte que Paul était vraiment un mec bien. Il ne m'a plus jamais reparlé de cette battue. Souvent, il me racontait ce qu'ils avaient fait le dimanche dernier. En parlant, il s'enflammait. Il faisait la trace, il encourageait les chiens, il épaulait, il tirait. Moi je tremblais qu'il me demande de revenir chasser avec eux ou encore pire qu'il remette mon exploit sur le tapis, mais non, jamais.

Finalement, c'est ça un ami, quelqu'un qui te prend comme tu es !

*

Quand la chasse était finie et la taille de la vigne aussi, Paul avait un peu plus de temps et on discutait plus longtemps. On était amis. Tu ne peux pas savoir ce que c'était pour moi qu'un homme comme lui veuille être mon ami. D'un seul coup tu comprends, je valais quelque chose.

J'étais bien avec toute la famille. La preuve c'est que je faisais les réveillons de Noël chez lui avec ses parents. Ce n'était pas trop gai au début, mais comme on mangeait à en crever et qu'on buvait autant, à la fin on riait, on chantait. Même la mère de Paul qui avait toujours mal à la tête se mettait à danser alors…

Un jour je vois arriver Paul. Il avait l'air plus sérieux que d'habitude. Il fait son tour du figuier comme une machine sans le toucher puis il s'assied en soupirant. Il ne parle pas, moi non plus. Je ne veux pas le forcer même si je me demande bien ce qu'il va me sortir. Au bout d'un moment, il me dit :

— Anne m'a écrit.

— Anne ? Je lui demande. Mais ça fait presque dix ans qu'elle est partie avec Jambert et elle n'a jamais donné de nouvelles !

— Ça en fait juste douze et moi j'en ai toujours eu.

De nouveau il se tait, moi je réfléchis. C'est peut-être pour ça qu'il n'a jamais essayé de se marier. Il continuait à correspondre avec Anne. Il l'attend ce couillon. Ça fait douze ans qu'elle l'a planté ici, qu'elle est partie comme une voleuse et lui il continue à l'attendre. Je n'en reviens pas. Juste je lui dis : *« Putain, toi quand t'as quelque chose dans la tête, tu l'as pas ailleurs ! »*

Il sourit un peu. Lui aussi, il réfléchit. Peut-être il se souvient de quand il était jeune, quand il était sûr qu'elle se marierait avec lui. Anne ! Comment elle doit être maintenant ? Douze ans c'est long, elle doit avoir changé. Peut-être qu'elle a fait un ou deux gosses... Le Jambert, il ne doit pas s'être privé...

En principe, ça fait grossir les femmes ça ! Sa mère, même après ses histoires à Toulouse, elle était restée mince. Même si Anne ne lui ressemble pas trop, peut-être qu'elle est encore fine elle aussi.

« Elle en a assez ! Elle veut plus vivre avec Jambert ! »

J'attends la suite, je ne dis rien même si ça m'énerve drôlement qu'il me lâche une phrase chaque demi-heure. Je ne sais pas si c'est parce que ça lui coûte de me raconter ou bien parce qu'il réfléchit. Mieux vaut que je ne lui fasse pas de remarque, il risquerait de s'arrêter complètement.

Je commence à avoir une idée de ce qu'il va me dire, mais quand même, je suis comme un gosse qui attend la Noël. Puisqu'il a attaqué, je sais qu'il va finir. Je le connais, il est comme ça. Patience !

« Elle m'a écrit qu'elle voulait revenir à Pilhan ! »

C'est tout ? C'est pour ça qu'il prend cet air grave et qu'il baisse la tête ? Hé bé qu'elle revienne ! Le pauvret, il pourra continuer à la promener, à lui tenir la main et peut-être la chandelle. Il aura même avec un peu de chance des petits morceaux du gâteau...

La colère me prend petit à petit. J'aime trop Paul, je n'ai pas envie qu'il passe pour un con à cause de cette fille. Je ne veux pas qu'il se remette à la suivre comme un petit chien. Je ne veux surtout pas qu'il soit malheureux.

Je vais lui balancer tout ça à la figure, mais avant que j'ouvre la bouche, il ajoute : *« Elle ne veut pas revenir chez elle. Elle me demande si elle peut venir chez moi. »*

Ah bon, évidemment ce n'est pas pareil. Pourquoi il me raconte ça ? Soit il n'a pas encore pris sa décision, soit il veut que je lui donne raison, soit il me l'annonce pour voir comment je le prends et comment le prendront les autres... Peut-être aussi que ça lui pèse et qu'il n'a que moi pour en parler ?

Il continue : *« Je ne sais pas encore ce que je vais lui répondre ! Qu'est-ce que tu ferais toi ? »*

J'aurais pu lui répliquer que j'aurais aimé être à sa place, mais qu'il y avait aucune chance, que c'était son problème à lui tout seul et que c'était à lui seul de le régler, que ce qui comptait c'était son envie, son amour à lui et rien d'autre. C'était ça que je devais lui dire, de vraies paroles d'homme sage, responsable et tout et tout.

Je n'ai pas fait ça. Je ne sais pas pourquoi je n'ai pas fait ça.

Je me suis entendu lui répondre que moi à sa place je foncerais parce que je l'aimais toujours même si elle était partie. Puisqu'elle revenait, tout était effacé. On était comme neufs.

Je l'attendais depuis des années. Je n'avais jamais regardé une autre femme. Je n'avais jamais douté que ce serait elle. Je pensais à elle dès que je me réveillais et quand je me couchais elle était encore dans ma tête.

C'était comme un long rêve qui se réalisait. Je sortais de l'hiver. J'avais envie de vivre à fond. Je voulais tout partager avec elle, mes jours et mes nuits. Depuis tout ce temps que je mangeais seul, que je me promenais seul, que je passais les jours seul, je l'attendais.

Depuis que je passais mes nuits seul, je l'attendais. J'avais envie de sentir une femme contre moi, son poids et sa chaleur, de l'entendre respirer, de la regarder s'agiter au milieu de ses rêves, de la prendre dans mes bras, même de lui préparer le petit déjeuner juste pour la voir sourire au réveil.

Les autres, Pilhan, Mersac, le monde, je n'en avais rien à faire puisque je l'aimais.

Je lui ferai un petit qui lui ressemblera. Il sera droit comme un I, grand comme un chêne et solide comme un roc. Je lui apprendrai tout ce que je sais et même, je regarderai dans les livres pour lui en dire un peu plus. Tout ce qui me rendait malheureux depuis si longtemps s'envolera…

Oui, sûr que je lui dirai, oui ! Bien sûr que je l'attendrai à la gare de Narbonne. Je…

Je me suis arrêté d'un seul coup. J'étais en train de dérailler. La Joséphine il y avait mille ans que je l'avais perdue…

C'était comme si je sortais du sommeil. J'étais à Pilhan, avec Paul, sous le figuier, la nuit tombait. J'étais vieux et sûrement je devenais fou.

Je n'avais pas dormi pourtant. J'étais bien réveillé. Je me souvenais de tout ce qui était parti de ma bouche. J'avais honte d'avoir dit tout ça. Je ne savais même pas que je l'avais dans la tête. J'ai toussé un peu, je me suis étiré.

Le rossignol du jardin des Portal a commencé à chanter. On n'entendait que lui. C'était comme une musique qui coulait de branche en branche.

Au bout d'un moment, je me suis tourné vers Paul pour voir…

Lui, il me regardait d'un drôle d'air. Il m'a posé la main sur l'épaule et m'a secoué doucement. Ça m'a fait chaud, tu ne peux pas savoir. Sur le coup, je me suis senti les larmes dans les yeux.

Il s'est levé. J'ai essayé d'avoir une grosse voix sérieuse et je lui ai dit :

— C'est elle que tu voulais, non ? Alors, prends-la, le reste ce n'est pas important !

Il avait l'air secoué. Il m'a répondu :

— Oui, tu dois avoir raison ! Je vais lui écrire.

Et il est parti.

Je suis resté sur le banc. Je n'ai pas fait un geste pour lui dire de m'attendre... Qu'est-ce qui m'avait pris ? Putain cette déclaration ! Joséphine, Joséphine... La seule femme de ma vie avec Lucia...

Deux femmes, deux illusions, deux rêves sûrement. Je m'étais foutu de Paul parce que je le trouvais tenace et moi alors... Ce n'était pas de la tenac... de la ténacité, c'était de la folie. Tu te rends compte ? Ça devait faire une grosse quarantaine d'années au moins qu'elle était partie.

Tu me diras moi, c'était facile de m'en souvenir... Paul, quand même, il en avait fricoté quelques autres avant. Pas trop, mais quelques-unes.

Ce couillon, il se posait des questions... Bien sûr, il vivait avec ses parents. Il ne savait pas lui, ce que c'était d'être seul.

Parler au vent ou aux nuages, au feu ou au journal, au chat, se parler à soi-même tout le temps – Mourir d'envie de discuter avec n'importe qui, n'importe quand – Courir ouvrir la porte au moindre bruit – Attendre tout le temps quelqu'un ou quelque chose – Rentrer dans des draps froids et trouver la nuit longue – Se réveiller en se disant tout de suite que le jour va durer – Gagner du temps dès le matin, faire toujours les mêmes gestes, les mêmes choses – Se forcer à attendre l'heure pour se lever, pour se mettre à table, pour sortir ou pour aller au lit – Ne plus penser à rien à force de silence – Ne pas pouvoir dire ses craintes, ses peurs, ses douleurs – Se fermer comme une huître – Ne plus avoir envie de se laver, de se changer, de manger – Manquer d'amour, d'un geste d'amour, d'un mot d'amour, d'un petit bout d'amour – Devoir se débrouiller seul, toujours compter sur soi, rien que sur soi et sans jamais d'épaule pour se reposer – Ne rien pouvoir partager.

C'est un peu tout ça la solitude, mais ça ne s'explique pas avec des mots. Il faut vivre seul pour vraiment savoir ce que c'est.

Paul allait vivre avec Anne, c'était bien pour lui, mais pas pour moi. Sûr qu'on allait moins se voir. Il allait être occupé chez lui. Je n'étais pas fâché avec Anne, on ne se connaissait presque pas. Ce n'était pas la peine de se faire du souci à l'avance...

Il y avait quand même quelque chose qui me gênait. Tout ce que cette fille avait fait dans sa jeunesse, c'était sans amour. J'avais peur qu'elle soit comme Martha.

Peut-être avec José, elle avait été amoureuse et encore, je n'en suis pas sûr. Il allait être instituteur, il y avait de quoi faire réfléchir quelqu'un comme elle qui ne s'occupait que de son bien-être. Par contre avec Paul, non, et Jambert, non plus.

Elle revenait, ça m'étonnerait qu'elle ait changé. Il fallait pourtant que je lui fasse bonne figure parce que sinon, j'allais me retrouver plus seul qu'un croûton sec dans un sac.

J'ai revu Paul sur le banc et il m'a dit qu'Anne arriverait à la fin du mois. Il y en avait pour une bonne quinzaine de jours. Il m'a demandé si je pouvais lui donner un coup de main pour arranger les pièces où ils allaient vivre.

Il m'a raconté que chez lui ça s'était bien passé et que sa mère était contente parce qu'elle ne voulait pas qu'il reste seul. Bien sûr, lui, il avait de vrais parents...

Pendant quinze jours on a travaillé dur et je me suis régalé, je te jure. Là, ça me faisait plaisir, alors j'y allais. Le soir j'étais crevé, mais je m'endormais sans avoir le temps de penser à des conneries. Chaque repas de midi, je mangeais avec eux. J'étais de la famille, ça aussi ça me plaisait bien.

On a retapé quatre pièces. Elles n'étaient pas en mauvais état. Il fallait juste les aérer et les rafraîchir. On a repeint les portes et les montants des fenêtres. On a retapissé, on a monté des meubles. Des types de Narbonne sont venus installer une cuisine... truc, hé bé digérée non, mitigée...

Oui ! C'est ça, intégrée. Putain ! À voir tous les boutons qu'il y avait, on se serait cru dans un avion ou à l'hôpital parce que tout était blanc.

Et la mère de Paul choisissait des draps, et elle astiquait partout, et elle changeait les rideaux et elle faisait les carreaux, et elle mettait dans le buffet les plus belles assiettes, le couvert en argent.

De les voir faire tout ça, j'étais content bien sûr, mais ça me faisait quand même un peu peur. Paul a dû le comprendre. Tout en travaillant, il m'a dit que de toute façon, il en avait assez de vivre avec ses parents et que quoiqu'il se passe, ça lui servirait à lui.

Je voyais aussi tout ce que je n'avais jamais eu avec ma famille : les Molinier, ils s'en foutaient de toutes les saloperies qui allaient être balancées sur leur dos. Pour eux la seule chose qui comptait, c'était le bonheur de Paul. Eux aussi, ils devaient avoir peur qu'il se trompe, mais puisqu'il voulait Anne, ils ne se posaient pas de questions. Ils l'aidaient du mieux possible.

Je me rendais compte aussi que mon plus grand malheur, ce n'était pas d'être né mal foutu, c'était surtout de ne pas avoir été aimé. Peut-être avec de l'amour, je m'en serais mieux tiré. La bosse, sûr que je l'aurais gardée, mais ma vie aurait été autre.

Quand on a commencé à aménager la deuxième chambre, ça m'a étonné surtout qu'il restait des petits trucs à finir à côté.

— C'est pour Laurence ! il m'a dit en souriant.

— Qui ? Quoi Laurence ?

— C'est sa petite, elle a cinq ans.

Bon, Anne n'arrivait pas seule. Remarque, ça ne changeait pas grand-chose. Une gosse de cinq ans, ça s'apprivoise vite. La mère de Paul est allée me chercher une photo pour que je voie la petite. Elle avait l'air mignon et sérieux. Un bon point, elle n'avait rien de Jambert.

En la regardant mieux, il me semblait qu'elle avait même quelque chose de la grand-mère. Rien que de penser à la belle Patricia ça me rend tout chose encore maintenant alors...

À la fin du mois, tout était prêt et je peux te dire que pour la première fois de ma vie, j'étais fier de moi, oui, fier comme d'Artagnan. Je disais à Paul : *« On a fait le château, manque plus que la princesse ! »*

Anne est arrivée un lundi soir et elle ne ressemblait pas à une princesse. J'étais invité au repas. Paul est parti la chercher à la gare de Narbonne. Ses parents et moi, on les attendait. Pour tuer le temps, son père qui savait que j'aimais le vin m'a amené dans la cave pour me faire goûter ses meilleurs.

Tu sais, les vignerons, leurs vins c'est comme leurs petits. Quand ils commencent à te les montrer, tu as droit à toute la ribambelle. Et goûte-moi celui-ci ! Et comment tu trouves celui-là ? Et attends j'en ai un de spécial ! Et reprends un peu du premier ! Et tu sens la différence ? Et là, j'ai du rancio d'au moins vingt ans ! Et regarde-moi cette couleur ! Et des comme ça t'en as déjà bu ? Et tu ne vas pas remonter sans prendre un peu de celui-là ?

Le problème c'est que comme je buvais bien moins qu'avant, je ne tenais plus le coup. En plus, je n'avais rien dans l'estomac depuis midi. Pendant que le père de Paul trempait ses lèvres ou se contentait de renifler, moi je buvais des verres bien remplis.

Le train avait eu des ennuis ou Paul avait crevé je ne sais plus. Ils sont arrivés avec presque une heure de retard, une heure à goûter les vins dans la cave. Je sentais que je n'étais pas bien. J'avais la tête qui tournait et les mots s'embrouillaient dans ma bouche, mais il me semblait que ça ne se voyait pas.

Quand on a entendu la voiture, on est sorti pour les recevoir et aussi pour les aider à porter les affaires. Des affaires, il n'y en avait pas. Juste un sac de sport et une valise qui tenait avec une ceinture. Je ne sais pas d'où elle venait la princesse, mais ça n'avait pas l'air terrible.

Anne est descendue, elle a embrassé les parents de Paul. Elle m'a vu. Elle s'est approchée de moi. Elle m'a regardé un moment. En me faisant la bise, elle m'a dit dans l'oreille : *« Si je te revois soûl, tu ne mettras jamais plus les pieds chez nous ! »*

Je te jure, elle m'a sortie ça, putain, je m'en souviens comme si c'était hier ! Pas le temps de lui expliquer… Rien. Je suis resté planté comme un piquet. Elle arrivait et elle disait chez nous ! Tu te rends compte ! Je ne sais pas s'il y a eu du vent ou quoi j'ai même failli me casser la figure. Elle a pris sa fille qui dormait et on est rentré.

Paul lui a fait visiter leur appartement en disant plusieurs fois que je les avais beaucoup aidés. Moi, je me sentais de plus en plus mal. Le rancio était en train de me faire exploser. Je ne disais rien, je n'avais rien à dire et puis avec le savon qu'elle m'avait passé, je préférais me faire petit.

Anne a couché sa fille et puis d'un seul coup, elle s'est mise à pleurer. Ça n'a pas duré longtemps, une paire de minutes. Elle a relevé la tête. Elle s'est frotté les yeux puis elle a expliqué que c'était les nerfs, le voyage. Tout le monde a trouvé que c'était normal.

On a mangé enfin. Là, à la lumière, je me suis aperçu qu'elle était drôlement pâle et pas trop grosse non plus. Même ses yeux qui bougeaient toujours avant me semblaient fatigués, ils ne brillaient plus. Ça m'a fait penser à sa mère quand elle était revenue de Toulouse. Comme Anne n'avait jamais été une beauté, ça se voyait encore plus.

Le père de Paul qui n'avait pas vu que j'étais déjà soûl continuait à me servir. Il me demandait sans arrêt pourquoi je ne buvais rien. Moi, j'avais les yeux d'Anne posés sur mon verre comme des mitraillettes. Ils étaient prêts à tirer.

Je m'en faisais une fête de ce repas et finalement ça a été l'enfer pour moi. Heureusement qu'il n'a pas trop duré parce que la princesse était fatiguée. Elle est partie se coucher tout de suite après le gâteau.

J'en ai profité pour filer moi aussi. Je n'arrivais plus à garder ma tête droite ni à tenir mes yeux ouverts. J'avais peur de m'endormir à table comme ça m'arrivait quand je mangeais chez moi. Dans la maison de Paul, il n'en était pas question.

Je ne suis pas allé chez les Molinier pendant trois ou quatre jours. Un matin, on a frappé à ma porte. C'était Anne. Elle avait déjà repris du poil de la bête. Elle était moins pâle, moins fatiguée. Ses yeux recommençaient à briller un peu. Avant de rentrer, elle m'a regardé. Non, plus que ça, elle m'a inspecté, elle m'a reniflé de haut en bas. Putain j'avais vingt ans de plus qu'elle et je me sentais comme un gosse merdeux. Je ne savais même pas pourquoi.

Elle s'est assise et là elle s'est mise à parler. D'abord, elle s'est un peu excusée pour l'autre soir, qu'elle était fatiguée, à bout de nerfs, et *caetera, et caetera*... Bien sûr, j'ai dit que j'avais compris... Tu parles ! C'était pour me remercier d'avoir aidé Paul et aussi d'être son ami. Moi qui m'attendais à une autre engueulade, crois-moi, ça m'a fait vraiment plaisir.

Ensuite, elle a commencé à me parler de sa vie avec Jambert. D'après ce que j'ai compris, il y a eu Nîmes et Strasbourg. D'abord, ils ont habité Nîmes, et là leur vie s'est plutôt bien passée. Ils y sont restés huit ans et même si ce n'était pas le paradis, tout le monde était content. Bien sûr, il était un peu autoritaire. Bien sûr, il ne comprenait pas qu'elle ne pense pas comme lui, mais bon, elle se débrouillait quand même pour le raisonner.

Ça, c'était sûrement vrai parce que les femmes, depuis le temps qu'elles supportent les hommes, pour leur faire croire qu'elles obéissent tout en faisant ce qu'elles veulent, elles sont championnes...

Elle parlait, je ne lui demandais rien. Pourquoi elle me racontait sa vie ? Je ne savais pas. Encore maintenant je ne sais pas. Peut-être que comme j'étais l'ami de Paul, elle voulait me mettre de son côté ? Peut-être qu'elle n'avait pas tout dit à Paul et que ça lui pesait ? Peut-être parce que ça l'embêtait de m'avoir engueulé le premier jour ? Peut-être pour rien ?

Qu'est-ce qui peut se passer dans la tête d'une femme ? Quelques-unes ne disent rien, certaines mentent tout le temps, d'autres racontent leur vie à n'importe qui… C'est une race que je n'ai pas beaucoup fréquentée. Je les connais autant que les guenons ou les kangourous alors…

Anne parlait. Plus je la regardais, plus il me semblait qu'elle ne s'adressait pas à moi. On aurait dit une femme en train de prier à voix haute. Je n'osais plus bouger. Je ne voulais pas l'interrompre. Je sentais que ça lui faisait du bien. Il fallait qu'elle vide tout son sac.

Nîmes donc, d'après elle bien sûr, c'était bien : de bons amis, de la tendresse, des fêtes et au bout du compte Laurence.

De là, ils partent à Strasbourg et là-bas, tout change. Un gradé prend Jean en grippe. Il n'a pas de copains. Il devient soupe au lait. Il gueule pour un rien. Il ne supporte plus la petite. Il sent la bière quand il rentre. Il dépense beaucoup d'argent. Il en donne de moins en moins pour vivre. Un jour, il arrive complètement soûl. Elle est obligée de le coucher.

Elle se met à faire des ménages pour joindre les deux bouts. Il se fait une grosse entorse au genou, un mois à la maison. Là, elle s'aperçoit qu'il boit. Du vin quand il y en a, sinon de la bière… Il en achète tout le temps. Elle trouve des bouteilles partout dans l'appartement. Dès qu'elle sort, il va en chercher. Il laisse la petite toute seule pour aller au café en bas.

Un soir, elle lui dit ce qu'elle a sur le cœur et il la frappe. Le lendemain il s'excuse, il lui explique que c'est à cause des soucis à la caserne. Il arrête de boire. Au bout de trois ou quatre jours, il recommence. Il arrive soûl comme un cochon. Il secoue la petite pour qu'elle arrête de pleurer. Anne l'engueule, il la frappe.

Il rentre de plus en plus tard. Il maigrit. Il ne mange presque pas. Il s'habille n'importe comment. Tantôt il est méchant, tantôt il pleure. Il demande pardon. Il les serre dans ses bras. Il devient triste, perdu. Il plane tout le temps.

Il recommence à la battre. De plus en plus souvent, pour n'importe quoi, pour rien. Il menace de les tuer à elle et à sa fille puis de se foutre par la fenêtre.

Une nuit, il la demande en mariage. Elle refuse. Il devient comme fou. Il la massacre. Elle n'ose pas aller travailler pendant toute une semaine. Ceux qui la connaissent lui demandent si elle est à nouveau tombée dans l'escalier…

Elle n'en peut plus. Elle écrit à Paul. Il lui répond tout de suite. Jean lui retape dessus deux jours après pour une connerie. Nouvelle lettre à Paul, nouvelle réponse. Elle attend la fin du mois. À ce moment-là, Jean se soûle et ne rentre pas pendant de deux jours.

Paul lui envoie l'argent pour les billets du train parce qu'elle n'a rien du tout. Elle prend juste ses meilleurs habits – elle en a pas beaucoup ! – sa fille et elle file.

Je me dis qu'elle n'a pas changé, elle n'a jamais parlé d'amour. Elle pense : je suis bien, je ne suis pas bien. C'est terrible ça ! Peut-être que c'est à cause de sa mère qui est revenue mal en point de Toulouse ?

Sûr qu'elle a dû passer des moments difficiles, mais c'est quand même de sa faute, non ? Elle s'est embarquée avec Jean presque sans le connaître, pour voir du pays, pour vivre en ville. Ce n'est pas comme ça que ça marche un couple. Enfin, je ne crois pas.

Elle me regarde. Elle sent que je ne la plains pas trop. Je lui dis que Paul est mon ami, qu'il est amoureux d'elle depuis qu'ils sont gosses et que je ne voudrais pas qu'elle le rende malheureux parce que c'est un type bien. Elle me répond que l'amour ce n'est pas toujours comme à la télé.

Elle est franche quand même... Elle avoue qu'elle ne sait pas trop si elle aime Paul, mais qu'elle est sûre qu'avec elle il ne sera pas malheureux. Elle ajoute : *« C'est le plus important, non ? »*

Elle me dit ça tranquillement. Ça lui a fait du bien de parler. Elle me sourit, elle est presque jolie. Après tout, pourquoi ça ne marcherait pas avec Paul ? Lui, il l'aime. Elle, avec ce qu'elle en a bavé, elle va se tenir à carreau. Pourquoi pas après tout ? Je lui dis que je l'aiderai si elle a besoin de moi.

Puisqu'elle est de bonne humeur, j'en profite pour lui poser une question qui me titille depuis qu'elle est revenue.

« Et ta maman ? »

Elle me regarde. Tout à coup elle est sérieuse. Sa mère ne lui écrit plus depuis longtemps. Elle ne veut plus la voir.

Anne se baisse vers moi et elle murmure en souriant tristement : *« Elle dit que je suis Satan ! »*

Elle me fait une grosse bise sur la joue et s'en va en me laissant tout abasourdi. Satan ? Boudiou, elle a dû se faire embrigader dans une de ces sectes qu'il y a un peu partout. Satan ! Ça ferait rire ces histoires si elles ne montraient pas que les gens sont seuls et malheureux !

Anne, sa fille, Satan ! Tu te rends compte ? Pour avaler des conneries comme ça, qu'est-ce qu'il doit falloir souffrir ?

Je l'ai regardée partir. Elle avait l'air si sûre d'elle qu'elle m'avait convaincu que rien ne pouvait leur arriver. Ils allaient vivre comme des bienheureux et ça durerait tout le temps. Vue comme ça, la vie paraissait simple et facile. À quoi bon s'embarrasser de l'amour ? C'est le pire des embrouilleurs, celui qui fait le plus de malheureux !

J'avais beau me dire ça, j'étais mal dans ma peau. Comment ça allait vraiment se passer ? De l'autre côté, je pensais que moi je n'avais pas eu beaucoup d'amour et que souvent j'aurais bien aimé qu'il vienne m'embrouiller un peu !

J'ai regardé Anne au loin… Moi aussi j'aurais bien voulu que Joséphine revienne un jour. Même en sachant que c'était par fatigue de la vie ou par peur, j'aurais été content. Non, pas content, fou de bonheur ! Ça aurait été le plus beau jour de ma vie. Et puis je l'aurais tellement aimée, tellement cajolée, tellement gâtée que peut-être à force, elle aussi m'aurait vraiment aimé...

Finalement, Paul avait de la chance. Ses parents l'aidaient et Anne était revenue. Il avait tout pour être heureux.

22

Comme moi, depuis qu'Anne était là, j'allais moins souvent chez les Molinier, c'est Paul qui passait me voir de temps en temps. Il venait toujours avec Laurence et je te jure, au bout d'un mois, tu ne pouvais pas imaginer que ce n'était pas sa fille. Il en était fou. Il faut dire que la petite savait s'y prendre pour se faire aimer.

La première chose que j'ai vue quand Paul me l'a amenée, ce sont de grosses joues rondes et des boucles châtain qui roulaient partout. Elle s'est approchée. Elle s'est placée droit devant moi et elle m'a regardé avec ses yeux marron à la fois pleins de rires et sérieux.

Ça m'a fait rigoler ce petit bout de femme plantée en face de moi. Elle n'a rien dit, mais elle a fait comme une petite grimace avec ses lèvres. Elle avait l'air de dire : qui c'est ce pouilleux ? Et juste avant que je me vexe, elle m'a fait un grand sourire qui m'a fait oublier le reste.

Laurence, même toute petite c'était ça. Elle passait sans arrêt d'un visage à l'autre. On pouvait la voir, colère, douce, moqueuse, gentille, en larmes, souriante dans la même minute.

Elle s'amusait à changer d'expression. Elle s'entraînait comme au théâtre. Je l'ai surprise une fois en train de prendre des poses devant Frisquet. Oui, Frisquet ! De toute façon, j'ai appelé tous mes chats Frisquet même quand c'était des chattes ! Ça devait être le numéro cinq ou six va-t-en voir ! Celui-là, c'était Frisquet le noir.

J'ai inventé une race, celle des Frisquets. Des chats bagarreurs, voleurs, griffeurs, une oreille cassée ou une patte qui traîne, des cicatrices partout, blancs, noirs ou rayés, nés au creux d'un mur ou dans un grenier. Crois-moi, c'est vraiment une bonne qualité...

Bon, tu vois, avec tes questions sur mes chats tu me fais perdre le fil. Fais attention, plus on vieillit plus on le perd vite... et après pour le rattraper ce n'est pas facile. Même parfois on n'y arrive plus !

Oui, j'en étais à la petite d'Anne. Des gens disaient que sa grand-mère à Toulouse avait fait des spectacles. Je ne sais pas si c'était vrai, mais en tout cas, Laurence était douée.

Dès qu'elle arrivait, elle prenait toute la place, tout le monde la regardait. Tu sais dans les églises, il y a des espèces d'anges avec le visage rond et tout plein de lumière.

Quoi ? Comment tu dis ? Des chérubins ? Ah bon ! C'est à eux qu'elle me faisait penser.

Maintenant elle est toujours aussi jolie, mais elle est moins hardie que lorsqu'elle était gosse. Je te jure, dès que tu avais en face de toi cette figure pleine de soleil avec ce petit nez écrasé bien au milieu et ses yeux qui te regardaient toujours en face, tu ne pensais plus qu'à faire ses quatre volontés.

En plus ce que j'aimais, c'était qu'elle bougeait sans arrêt. Elle avait toujours quelque chose entre les doigts : un jouet, une ficelle, un bout de bois, une fleur. Elle posait des questions et elle riait. Une question, un rire, une question, un rire…

Elle voulait tout savoir et elle riait tout le temps.

La première fois qu'elle est venue avec Paul, elle m'a regardé un moment puis d'un seul coup, elle a sauté sur mes genoux. J'en suis resté baba. Je la sentais toute potelée, toute fraîche et pleine de vie sur mes jambes. Je n'osais pas la toucher ou l'embrasser.

Tu comprends moi il n'y a pas grand monde qui m'a sauté dessus dans la vie, et surtout pas des enfants… Hé bé elle, elle l'a fait. Hop, d'un coup, comme ça, sans me connaître, sans que Paul le lui demande, sans rien, juste parce qu'elle en avait envie.

Tu ne peux pas savoir comme ça m'a fait plaisir. Moi je suis habitué à aimer, mais pas à ce qu'on me le rende. Là, cette petite, elle ne me devait rien. Elle se donnait tout simplement. Elle était sur mes genoux, c'était comme un miracle. Ce jour-là, tu vois, je ne l'ai jamais oublié.

C'est elle aussi qui m'a appelé papa Noël. Je ne sais pas pourquoi. À cause des nains autour de la crèche ou de la bosse qui me fait comme une hotte sur le dos ? Peut-être… Après Paul faisait comme elle, lui aussi m'appelait papa Noël et il se moquait de moi. Bien sûr, c'était gentil.

Anne m'invitait à manger de temps en temps et vraiment ils avaient l'air heureux. Je crois qu'ils l'étaient. La maison des Molinier n'était plus la même. Toutes les fenêtres ouvertes, tout plein de jouets partout dans la cour et la petite comme un papillon à aller et venir d'une chose à l'autre. Les vieux en étaient complètement gagas. Ils ne savaient pas quoi inventer pour lui faire plaisir…

Le papète ne lui lâchait jamais la main. Il était fier comme d'Artagnan. Il avait l'air tellement content avec la petite que même les mauvaises langues ne lui trouvaient rien à redire à part des trucs pas méchants dans le genre : elle va le rendre cabourd (fou) à ce pauvre homme ! ou bien : Té ! Voici la nouvelle bonne d'enfants !

Bien sûr, comme je l'avais prévu, je me retrouvais souvent seul sous le figuier, mais je me consolais en me disant que je serais toujours bien reçu chez les Molinier. Quand on aime quelqu'un, on est heureux de son bonheur, non ?

Paul passait en coup de vent, sur son tracteur. De temps en temps, il s'arrêtait en laissant tourner le moteur. On se disait quatre mots et il repartait à fond. C'était moi qui m'occupais de l'arbre, qui le caressais, qui regardais les branches. Je pouvais bien le faire, j'avais le temps !

L'arbre par contre n'était pas en bonne santé. Il

avait encore pas mal de branches saines chargées de grosses figues, mais chaque printemps, il y en avait de moins en moins... Peut-être qu'Anne en ramasserait quelques-unes pour faire de la confiture. Sûr que Laurence se régalerait.

Il y a rien de meilleur que la confiture de figues ! Ça, il vaut mieux que tu ne l'effaces pas, c'est vrai ! Non, ce n'est pas une affaire de goût. Si tu dis ça, c'est que tu n'en as jamais mangé. Je crois qu'il m'en reste un ou deux pots, tu en prendras un. Tu m'en diras des nouvelles.

Ça a été une bonne période. Anne et Paul avaient l'air de bien s'entendre. La petite était toujours aussi belle et aussi gentille. Les vieux Molinier continuaient à la gâter. Moi aussi j'étais heureux, tranquille. Ce sont des moments, on aimerait qu'ils durent toujours. Bien sûr, peut-être qu'à force, on s'ennuierait… C'est dans nous… En attendant, ce qui est pris est pris.

Même le temps s'y est mis. Il a fait un bel été : sans grand vent, sans grêle, sans trop de sécheresse, sans trop de chaleur. La récolte a dû être bonne, de ça je m'en souviens pas.

Maintenant que tu me fais repenser à cette période, c'était, je l'ai lu l'autre jour sur le journal, le calme avant la tempête. J'aime bien cette expression, c'est vrai que des fois, avant l'orage, il n'y a rien qui bouge, rien qui chante…

Le calme avant la tempête…

*

On devait être en octobre, oui, fin octobre parce que Paul venait de commencer à tailler. Ici en octobre, tu as des matinées encore plus belles qu'en été. Douces, sans un poil de vent et claires, tu pourrais presque compter les gens qui grimpent sur le Canigou…

La tempête, c'était Jambert.

Moi je ne l'ai pas vu arriver, peut-être qu'il était caché là depuis un moment. Il avait dû laisser partir Paul et les parents. Les vieux étaient allés en ville faire les courses. Heureusement qu'ils avaient emmené la petite avec eux. Le Jean attendait qu'Anne sorte. Il voulait la voir en tête à tête, c'est sûr.

Je te l'ai dit, c'était un matin calme. À un moment, il m'a semblé entendre des cris. Je me suis arrêté de bricoler. Je m'étais mis à ranger quelques souches. J'ai écouté. Ça gueulait et ça venait d'en bas, de chez les Molinier. C'était une grosse voix. Je l'avais déjà entendue, mais je n'arrivais pas à y mettre un nom dessus. Ça me le fait souvent pour les gens. Je sais que je les connais, mais…

Enfin, pour en revenir à l'histoire, tu sais, dans ces cas, c'est toujours pareil : tu te demandes toujours ce que tu dois faire : si tu y vas, tu risques de passer pour un qui s'occupe de ce qui ne le regarde pas. Si tu n'y vas pas, on a peut-être vraiment besoin de toi et on va dire qu'on ne peut pas compter sur toi.

Je savais qu'à cette heure Paul était parti. J'ai préféré passer pour un curieux. J'y suis allé, et heureusement, parce que sinon je l'aurai regretté toute ma vie. J'allais arriver dans la cour des Molinier quand là, d'un seul coup, j'ai reconnu la voix.

C'était Jambert, il était revenu. Je n'entendais que lui, il ne gueulait pas seul quand même ! Je me suis approché en me baissant derrière le mur. Lui, il me tournait le dos. Il avait maigri, il portait une veste qui pendait d'un côté et son pantalon était plein de taches. Anne était debout sur le pas de la porte, accrochée à la poignée.

Il lui disait qu'il ne repartirait pas sans elle, qu'il l'aimait, qu'il était prêt à tout pour qu'elle revienne. Elle, elle faisait non de la tête. Plus ça allait, plus il s'énervait, plus il gueulait. Il a commencé à parler de lui foutre une raclée jusqu'à ce qu'elle dise oui et que si ça ne suffisait pas il la tuerait à coup de piquets. Il y en avait un tas dans la cour.

Il se trompait sur les mots, il bafouillait. Aussi, il perdait l'équilibre. Il tanguait un peu et puis il faisait plein de petits pas pour se rattraper. Pas besoin d'un dessin, il était déjà soûl.

Anne, on aurait dit qu'elle était paralysée. Tu sais comme les souris avec les serpents. Elle restait collée contre la porte sans rien dire. Il y avait juste sa tête qui bougeait pour faire non.

Je suis remonté chez moi à toute vitesse pour

prendre le fusil. Pas question de me mettre devant Jambert les mains nues. Il m'aurait massacré en un rien de temps. Je suis redescendu aussi vite.

Il avait pris un piquet et il s'avançait vers elle. Elle pleurait. Il y avait même une tâche sous elle, elle s'était pissée dessus. Oui, comme moi la fois du sanglier. Pour te dire dans quel état elle était. Juste au moment où il a levé le bras j'ai gueulé. Je te jure, j'ai gueulé. Ce n'était pas moi, je ne me reconnaissais pas.

— Arrête Jean ! Laisse-la et fous le camp ! Tu n'as plus rien à faire ici ! Tu vois bien qu'elle ne veut plus vivre avec toi !

Il s'est retourné comme un diable. Putain, heureusement que j'avais le fusil. Tu aurais vu ses yeux…

— Toi, bossu, je t'ai rien demandé ! C'est une affaire de famille, ne t'en mêle pas !

— Elle m'a tout raconté, Jean ! Tu t'es conduit comme un salaud et ça ne me dérangera pas de te foutre une cartouche dans la tête.

Moi aussi je devais avoir l'air méchant. Il m'a regardé un moment. Il a eu un petit sourire bizarre. Il a baissé le bras. Il a laissé tomber son piquet. Il est parti par le portillon du jardin. Il s'est juste retourné d'abord vers Anne pour lui dire : *« Toi sale pute, tu ne perds rien pour attendre »*. Puis vers moi : *« Quand je reviendrai bossu, il y en aura aussi pour toi ! »*

On est resté sans bouger Anne et moi. J'avais les mains qui me faisaient mal tellement elles serraient le Robust. Au bout d'un moment, on a entendu démarrer une voiture à toute vitesse. J'ai baissé le fusil. Anne s'est écroulée contre la porte, dans sa pisse. Moi aussi je n'étais pas loin de tomber. J'avais les jambes qui tremblaient, je n'arrivais pas à marcher.

En même temps, tu ne peux pas savoir le bonheur que j'avais. Putain j'avais fait partir ce fumier. J'avais défendu Anne. Peut-être que je l'avais sauvée.

Moi tout seul ! Moi ! Moi ! Merde à mon père qui disait que je ne ferais jamais rien ! Merde à tous ceux qui se foutaient de ma gueule. Putain ! J'avais eu des couilles comme… comme… un éléphant.

Anne c'était une loque. Je me suis accroupie contre elle. Je lui ai parlé longtemps. J'ai essayé de la rassurer. Elle n'arrivait pas à bouger, alors tu parles pour se lever et marcher. À un moment j'ai cru qu'elle était blessée. J'ai dû la traîner dedans. Je lui ai dit qu'il fallait qu'elle prenne une douche, qu'elle se change. Elle ne pouvait pas.

Moi, je n'ai pas osé la déshabiller. Je lui ai balancé de l'eau par-dessus ses habits, mais ça ne lui faisait rien. Comme elle était toujours crispée, les lèvres serrées, les yeux ailleurs, je me suis dit qu'il me fallait de l'aide. J'ai fermé la porte à clé et je suis parti chercher Paul, je savais où il taillait.

Il était comme un fou. Il courait avec le fusil, il voulait poursuivre Jean. J'ai réussi à le calmer un peu. De toute façon, on ne savait pas où il était allé. Il s'est occupé d'Anne.

Quand les parents sont arrivés, j'ai tout raconté

et Anne qui commençait à récupérer, a parlé un peu. Le père a dit qu'il fallait porter plainte, que c'était un type dangereux. Moi, j'étais tout à fait pour. Ce qu'il avait dit en partant, ce n'était pas des mots en l'air. J'avais vu un malade, un fou, tout à fait capable de revenir pour faire une connerie.

Paul m'a tapé sur l'épaule : *« Tu vois, Ernest, la fois du sanglier je ne t'ai rien dit parce que ça peut arriver à tout le monde, mais ce que tu as fait aujourd'hui alors là chapeau ! Jamais je ne te remercierai assez ! T'es un drôle de gars »*.

Je n'ai pas répondu, je ne pouvais pas…

Quand il est allé porter plainte à la gendarmerie et qu'il a dit que Jambert était garde mobile. Les flics lui ont annoncé qu'ils avaient reçu un avis de recherche sur lui parce qu'il était porté déserteur depuis plus de deux semaines. Ça a jeté un froid dans toute la maison.

Tu sais comment ça se passe ces histoires.

Les premiers temps, on voyait Jambert partout, on se méfiait de tout. Dès qu'il y avait une voiture inconnue dans le coin, on attendait le propriétaire. Moi je passais des heures entières assis sous le figuier parce que de là on voit toute la côte depuis le début. Je dormais avec le fusil à côté du lit. Je te jure, dès qu'il y avait un bruit bizarre dans la nuit, je l'attrapais. J'ai failli tuer Frisquet le noir trois ou quatre fois.

Après, on a commencé à moins y penser, surtout Paul et les parents. C'est normal, eux ils n'avaient rien vu, rien entendu. On voyait bien qu'Anne n'était pas dans son assiette. Elle ne voulait toujours pas remettre Laurence à l'école de Mersac.

Moi, j'en rêvais une nuit sur deux de ce fou de Jambert. Je me réveillais encore en sursaut de temps en temps, mais je ne sautais plus sur le fusil.

Et puis on a oublié. Enfin, peut-être pas complètement oublié, mais on a fait comme si rien ne s'était passé. On ne peut pas vivre toujours avec la peur au ventre. À un moment tu te dis comme les Arabes : Miss Allah.

Moi, ce qui m'inquiétait, c'était qu'il n'y avait pas eu de nouvelles de la gendarmerie. Ça voulait dire qu'ils ne l'avaient pas attrapé et que le Jean continuait à se balader quelque part dans la nature, et ça, ce n'était pas bon.

Bien sûr, je n'en parlais à personne. C'était assez dur comme ça sans qu'en plus je leur fasse peur pour rien. Après tout peut-être que Jambert avait quitté le pays ou encore mieux qu'il s'était foutu dans un ravin avec sa voiture...

En plus, il me semblait que d'en parler, c'était comme de l'appeler un peu. Je ne voulais pas être celui qui porte la poisse...

Le temps était passé, la Noël, l'hiver, Pâques. Avec le soleil, les jours qui s'allongent, les arbres en fleur, les oiseaux, tous ces trucs du printemps quoi, on a tendance à croire que les gens sont moins bêtes et moins méchants.

Comme si les catastrophes n'arrivaient qu'en hiver...

23

En plus, ce qui nous donnait à tous autre chose à penser, c'est que pour la première fois depuis pas mal de temps, il y avait des maçons dans le hameau. Et cette fois, pas pour réparer une gouttière ou murer des fenêtres, non ! Pour arranger – restaurer comme ils disent – une maison. Des gens allaient s'installer à Pilhan et ça, crois-moi, c'était un événement que plus personne n'espérait ici.

Bien sûr, d'après ce qu'on savait, c'était des étrangers, même pas des Français, mais comme le faisait remarquer le père de Paul, malgré tout c'était des gens. On ne pouvait pas dire le contraire.

Ils avaient acheté la maison des Albiol. C'est la grande toute blanche avec la piscine derrière, juste après celle des Molinier. À l'époque elle n'était pas en trop mauvais état, mais elle commençait à souffrir comme toutes les maisons qui restent fermées longtemps.

C'était des Allemands, un couple d'une cinquantaine d'années, Sonia et Mark Bolcher. Lui, c'était presque un géant, pas de cheveux, des yeux bleu clair, un gros ventre et une grosse voix. Quand il éclatait de rire, on ne s'entendait plus parler.

Elle, elle avait dû être très jolie parce qu'avec ce qui lui restait, il y en a beaucoup qui se seraient occupés tous les dimanches.

Elle savait qu'elle avait de belles jambes, bien faites, bien bronzées. Elle portait toujours des jupes courtes. C'était chouette, on n'avait pas besoin de se faire un torticolis pour voir la couleur de sa culotte. En plus, elle parlait bien le français avec une voix douce et un drôle d'accent. Elle montait la voix à la fin des phrases. Ce n'était pas désagréable surtout qu'elle avait un beau sourire.

Ils ont fait les choses en règle. Ils sont venus se présenter à tous les habitants du hameau. Elle disait avec sa drôle de façon : *« Bonjour, on habite ici bientôt ! »* et elle donnait leur prénom et leur nom. Lui, il se contentait de sourire et de te casser les doigts en te serrant la main.

Les gens ne parlaient que de ça : *« Ils sont venus te voir les Allemands ? »*. Chacun racontait comment ça s'était passé chez lui. Il y en a qui les avait reçus sur le pas de la porte, d'autres qui les avaient fait entrer et qui leur avaient offert le pastis ou le muscat. Moi, je prenais le frais quand ils étaient passés. On était restés dehors, mais ils m'avaient paru gentils.

Ils avaient discuté un bon moment avec le père de Paul et ils lui avaient dit qu'ils venaient de Munich, qu'ils passaient toujours leurs vacances dans le coin depuis plus de dix ans et qu'ils voulaient vivre leur retraite ici. Ils en avaient assez de la ville, du froid, de la pluie. Ils aimaient beaucoup le paysage, le soleil et même les habitants du coin.

Quand il m'a raconté ça, je me suis dit qu'il doit y avoir quand même des gens bien malheureux chez eux pour qu'ils ne pensent qu'à une chose : foutre le camp dès qu'ils le peuvent.

Tu te rends compte ? Des étrangers ! Pourtant, ils devaient bien avoir une famille, des enfants, des amis, des copains, je ne sais pas moi un chat ou un chien, une maison là-bas, non ?

Voilà, on a fini notre temps de travail, on a assez donné. On s'est emmerdé toute notre vie avec vous. On ne vous doit rien et vous non plus. On laisse tout, adieu la compagnie ! Si vous voulez nous voir, vous faites un bon millier de kilomètres tout droit vers le sud…

Enfin, tu vois, les Allemands et les travaux à la maison des Albiol ça a été un sujet de conversation pendant un bon moment. À ce moment-là, ce qu'on ne savait pas, c'était que les Bolcher étaient les premiers de la série des étrangers. Depuis, ils ont acheté presque tout Pilhan. Je te montrerai les maisons quand on fera le tour du hameau.

C'est normal parce que, à part eux, et une paire de gens du nord qui veux-tu qui s'installe dans le hameau ? Des jeunes du coin ? Pour quoi faire ? Regarde, il n'y a presque plus de vignes. Les bien soignées, bien propres sont à Paul, les autres, celles qui ne ressemblent à rien, appartiennent à des vieux qui les gardent pour avoir une occupation. Elles crèveront en même temps qu'eux.

Ne crois pas que d'un seul coup, il n'y a plus eu de trafic et que le vin s'est bien vendu. Je ne t'en parle pas, mais ça n'allait pas mieux de ce côté là. Non, tant qu'il y a du pognon à gagner, tu en as qui te tuerait père et mère pour le prendre. Malheureusement des requins qui nageaient dans le vin, il y en avait encore un paquet. Il y en a toujours je pense...

Oui, ça a continué à mal aller : une année à peu près, l'autre pas du tout et les gens continuaient à arracher leurs vignes. Ça a pété, bien sûr. Il y a eu des manifestations terribles. À Montredon, ça a été la guerre. Tu en as entendu parler quand même de Montredon ? Le viticulteur qui s'est fait tuer, Émile Pouyte il s'appelait. Oui, il y a eu un gendarme aussi.

Les Molinier s'en sortaient parce qu'ils n'avaient presque pas d'emprunts, que Paul travaillait comme une bête et qu'il avait gardé les meilleures vignes.

Même après l'accident, le père l'aidait un peu quand même. À part pour les vendanges et la taille, Paul n'avait pas de salaires à verser.

Je te l'ai déjà dit ça ? Hé bé, pourquoi tu ne m'arrêtes pas !

Plus bas, dans la plaine, les villages ne perdaient pas trop d'habitants parce que les gens allaient travailler en ville. Remarque, il n'y avait pas le choix.

Ce n'était pas en restant dans le coin que tu allais trouver de quoi faire bouillir la marmite. Et puis ce n'était pas que la marmite ! Il fallait ajouter la télé, la voiture, la machine à laver et plein d'autres trucs comme ça.

Tout ça, je te le dis, mais tu le savais déjà. Tu es gentil, tu es bien élevé, tu m'écoutes, mais tu t'en fous, non ?

Non ? C'est vrai ? Ça t'intéresse ? Enfin si tu le dis, je veux bien te croire. Je vais quand même te continuer l'histoire de Jambert parce qu'il manque la fin et une histoire sans fin c'est comme un repas sans vin. C'est juste bon pour ceux qui réfléchissent trop et pour les pisse-froid.

*

Tu penses bien qu'avec tout ce qui se passait, on ne pensait plus à Jambert. Je crois même que les gendarmes aussi l'avaient oublié. Remarque eux, ils n'en avaient rien à foutre, il ne représentait qu'un travail de plus. Des histoires de menaces, ils en avaient un plein tiroir, alors.

C'était l'été, les Allemands ne vivaient pas encore dans leur maison. Ils avaient installé une caravane dans la cour. Ça me faisait une occupation parce que presque chaque matin, la femme se mettait dans la rue et elle peignait la colline en face. Elle me demandait chaque fois : *« Ça vous plaît-il bien monsieur Ernest ? »*

Moi, bien sûr, je lui disais que oui, mais j'aimais davantage son maillot, enfin ce qu'il y avait dedans.

De ce côté elle n'était pas avare non plus. Ses seins, c'était comme ses tableaux, on pouvait les voir sans problème. Remarque, ce n'était pas mal ce qu'elle peignait. Je crois même qu'elle faisait des expositions en Allemagne.

S'il te plaît, ne garde pas ça ou alors ne dis pas que ça vient de moi. Les gens vont me prendre pour un obsédé. Pourquoi tu ris comme ça ? Tu penses que c'est vrai ? Tu l'effaces ce soir, promis ?

J'étais en train de regarder Sonia peindre. L'homme je crois qu'il préparait le café. Tout à coup, tout près, il y a un coup de fusil. Je n'ai pas le temps de me poser une question, il y en a un autre. Tout de suite après, quelqu'un se met à crier. C'est la mère de Paul.

Je laisse l'Allemande son pinceau à la main et je fonce chez les Molinier. Dans la cour, je trébuche sur le corps de Jean Jambert. Il n'a presque plus de tête, mais il bouge encore un peu, enfin tout son corps tremble. À côté de son cou avec plein de sang qui sort, il y a le ballon rouge de Laurence.

Je lève les yeux. Anne est assise contre le mur. Elle regarde droit devant elle. Elle a pris une balle en pleine tête. La mère Molinier hurle comme une bête. Derrière ses jambes, la petite pleure.

Je reste au milieu de la cour. Je ne sais pas quoi faire. J'ai les souliers pleins de sang. C'était comme si j'étais collé sur place. Anne continue à me regarder avec ses yeux grand ouverts et son trou noir dans le front. L'Allemand est là. Il crie quelque chose. Il fait rentrer la mère de Paul. Il ferme la porte. Le père Molinier arrive en courant. Il se tient le cœur. Je le rattrape juste au moment où il va tomber. Je n'arrive pas à réfléchir. Je n'ai pas fait un pas depuis que j'ai vu Anne et Jean.

J'aide Marcel à s'asseoir sur le perron. Je m'approche d'Anne. Il faut que j'aille voir pourtant, je sais, qu'elle est morte. Je demande à l'Allemande de téléphoner aux gendarmes. Je saute sur le vélo de la mère Molinier. Je pars chercher Paul. Il est allé avec la 4 L du côté du Mourel Negre. Dedans, ça hurle et ça pleure toujours.

J'appelle Paul, il a entendu les coups de fusil. Je crie : *« Viens vite ! »* Il saute dans l'auto.

Quand je reviens, il est accroupi à côté d'Anne. Il lui tient la main et il pleure. Son père est debout devant Jambert. Il l'insulte. Il lui crache dessus. Il l'insulte encore. J'essaie de le tirer en arrière, mais il continue. Avant de reculer, il lui balance un coup de pied qui fait bouger tout le corps. J'ai envie de vomir. Ça commence à tourner. Je ferme les yeux.

Après, les gendarmes sont arrivés dans la cour. Il y en avait partout, des en uniforme des en civil. Je n'en avais jamais vu autant sauf à Carcassonne évidemment. Chaque minute il en venait de nouveaux. Tu parles ! Deux morts dans le coin c'était du jamais vu !

Ils m'ont interrogé, ils ont interrogé Cécile. Ils ont ramassé des trucs un peu partout.

Une balle pour Anne, la chevrotine pour lui…

Ce salaud de Jean avait passé la nuit dans le grenier à côté de la cave. On l'appelait comme ça, mais c'était une sorte de débarras où Paul mettait tout ce qui ne marchait plus. Il avait attendu Anne. La mère de Paul l'avait entendu parler juste avant les coups de feu. Il avait dû lui redemander de revenir avec lui. C'était un fou qui avait de la suite dans les idées.

Paul m'a demandé de garder Laurence chez moi tant que tout ne serait pas réglé. Je te jure, il faisait peur à voir.

J'ai pris le pyjama de la petite, sa poupée préférée et on est monté tous les deux à la maison. Elle n'avait rien compris à ce qui s'était passé. Elle était contente de venir dormir chez moi. Elle chantait ses chansons à elle. Elle parlait à sa poupée, elle l'embrassait puis elle la grondait. Elle visitait les pièces en ouvrant tous les placards et tous les tiroirs.

Moi, je la laissais faire, je regardais par la fenêtre. Toute la rue était pleine de voitures. Ils avaient même installé un gros projecteur chez les Molinier. Bien sûr, j'avais envie de savoir ce qui se passait, mais de l'autre côté j'étais fier que Paul m'ait confié sa fille. C'était tout ce qui lui restait, ce qu'il avait de plus précieux.

Il pouvait être tranquille, elle ne risquait rien.

Je lui ai demandé si elle avait faim, elle a dit oui. J'ai préparé des nouilles. Elle en a mangé quatre et elle s'est endormie en tenant sa poupée. Je ne l'ai pas déshabillée. Je l'ai prise doucement et je l'ai posée sur le lit. Ça me faisait tout drôle d'avoir quelqu'un en train de dormir dans ma maison. C'était la première fois.

Je n'ai pas fermé l'œil de la nuit. J'avais couché Laurence en travers sur le lit et je n'ai pas osé la bouger. Je me suis mis sur le fauteuil. De toute façon, je n'avais pas sommeil. Dehors je voyais les lumières des phares. J'entendais le bruit des moteurs. J'ai essayé d'enlever les taches de sang sur les souliers. Comme je n'arrivais pas à les nettoyer, j'ai jeté la paire dans la poubelle. Je n'aurais jamais pu les remettre…

Dès que Laurence soupirait fort ou remuait, je me levais pour savoir ce qu'elle avait. C'était joli de la voir dormir. Un gosse qui dort, c'est doux à regarder. Ça te calme. C'est comme si tu voyais un paysage à travers un peu de brouillard. Je ne sais pas si tu comprends ce que je veux dire.

C'était doux et en même temps ça me donnait des forces. Je n'étais plus ni petit, ni bossu. Pour la garder, j'étais prêt à me battre contre tout le monde. Il me semblait que mon cœur devenait plus grand et que j'étais plus fort tellement j'avais de l'amour pour elle et pour Paul.

Cette nuit-là, tu vois, moi, j'ai senti ce que c'était d'avoir un enfant. Ça aussi je l'avais raté, mais cette petite, je me disais que, peut-être, Paul et ses parents me laisseraient m'en occuper de temps en temps.

J'ai dû fermer les yeux vers le matin. On a frappé

à la porte doucement. C'était Cécile, la mère de Paul, qui venait voir comment la petite avait passé la nuit. Elle dormait comme un ange.

Cécile l'a regardée puis elle s'est remise à pleurer : *« Elle n'a plus de maman la pauvrette ! Il va falloir qu'on l'aime deux fois plus qu'avant ! »* J'ai fait oui de la tête. Moi aussi je pleurais. Je savais trop bien ce que c'était de ne pas avoir de mère.

Je ne suis pas allé à l'enterrement d'Anne, je gardais la petite. D'un côté, ça ne me dérangeait pas, au contraire. Aller à l'enterrement c'est pour montrer aux vivants qu'on est avec eux. Les Molinier savaient qu'ils pouvaient compter sur moi. Anne, la pauvrette, que j'y sois ou non, elle en avait plus rien à faire.

Et le temps a passé, et la vie a continué.

Moi, je me régalais avec Laurence. Elle me fatiguait parce que j'étais tout le temps en train de courir derrière elle, mais je me régalais quand même. Ça me faisait une sacrée occupation, crois-moi !

L'Allemande venait nous voir chaque jour. Cette femme, quand j'y pense maintenant, peut-être que j'aurais été moins vieux et moins bossu, on aurait fini par faire affaire tous les deux. Je te jure. Elle venait me voir pour un oui pour un non. Elle me prenait le bras, elle s'asseyait contre moi. J'ai été bête ! J'aurais dû tenter le coup, ça ne m'engageait à rien après tout…

Bah, je dois encore me faire du cinéma. Elle était brave Sonia. Elle venait discuter avec moi parce que j'étais seul… Sûr que je ne lui faisais pas peur, mais ça n'allait certainement pas plus loin.

Elle me portait des gâteaux qu'elle faisait. Je préférais encore ses tableaux, mais je les prenais en la remerciant. Je devais être le seul à lui dire qu'ils étaient bons parce qu'elle était vraiment contente. Chaque jour, elle en amenait un nouveau.

Ils se ressemblaient tous : durs dessus puis quand tu commençais à les croquer, tu avais l'impression d'avoir la bouche pleine de sable. Il te fallait boire un verre pour chaque bout. J'étais obligé de les cacher au fond de la poubelle. Même Frisquet le noir ne les voulait pas. C'est qu'un chat, même de gouttière, ça a du goût !

Au bout d'un moment, comme la mère de Paul commençait à aller mieux, Laurence est venue moins souvent. Moi chaque soir, j'allais souper avec eux. On ne parlait que du temps qu'il faisait, des vignes ou du rugby. Des fois, on ne disait rien du tout.

C'était dur de manger avec eux, mais Paul me l'avait demandé. Il avait vraiment insisté. J'avais compris que ça lui faisait plaisir. Je crois qu'il avait peur de rester seul avec ses parents et qu'ils lui reparlent de la catastrophe ou que sa mère se remette à pleurer.

Chez les Molinier, il n'y avait que la petite qui était vivante. Les autres, ils étaient comme des veilleurs de morts. Ils parlaient doucement. Ils ne faisaient pas de gestes brusques. On aurait dit que la pauvre

Anne était encore allongée sur le lit avec son grand foulard sombre sur le front qui la faisait encore plus blanche.

C'est bizarre, tu vois ! Même le figuier en a pris un coup. Deux autres branches maîtresses ont commencé à sécher.

24

Après ? Après… à force de faire comme s'il y avait rien eu, tu oublies un peu qu'il s'est passé un malheur. Bien sûr, tu l'oublies en surface. Au fond, il n'y a rien qui s'efface vraiment.

Et puis il y a les choses qui suivent leur train. Elles n'ont pas de cœur les choses ! Elles s'en foutent les choses qu'il y ait eu deux personnes tuées, que tu aies envie de mourir, que tu n'aies pas l'esprit à travailler, que chaque jour ne soit bon que parce qu'il te fait arriver à demain…

Tout à coup, les jours sont plus courts, tout à coup, les raisins sont mûrs. Tout à coup, il faut surveiller la récolte, faire réparer la benne, regarder si le pressoir tiendra une année de plus, vérifier les seaux et les hottes, aiguiser les sécateurs, savoir si les vendangeurs qui viennent chaque année seront tous là.

Paul travaillait plus que jamais. Son père l'aidait de moins en moins. Son cœur se fatiguait vite. Moi, dès que Cécile devait s'absenter pour faire des courses ou pour donner un coup de main à la vigne, je gardais Laurence. Il n'était pas question de la laisser seule une minute. C'était notre trésor !

Les vendanges sont passées comme chaque année : un regard sur les raisins, l'autre sur le ciel. Pendant un mois, ça a été la grande bousculade. Comme chaque année, il y a eu des colères, des rires, des averses et des coups de soleil.

La chasse a commencé puis la taille. Paul courait toujours, dans les rangées ou dans les bois.

Il y a eu Noël, un peu de neige sur les toits et dans la garrigue, les amandiers en fleurs, Pâques, les jours tout à coup plus longs et le soleil qui chauffe, l'été et les vendanges encore et encore...

Et des gens qui se promenaient en regardant les maisons fermées ou abandonnées.

Laurence grandissait. De temps en temps, elle demandait quand sa maman reviendrait. On répondait bientôt. Vite, on la faisait jouer, on l'embrassait dans le cou et elle oubliait. Les Molinier et moi, on devenait vieux.

La vieillesse, c'est une maladie que tu ne vois pas venir. Elle arrive tout doucement. Tu crois que tu es en pleine forme et puis, un jour, tu as mal au genou ou tu ne peux pas te baisser ou tu es essoufflé après avoir marché un peu vite ou alors tu te regardes vraiment dans la glace...

Tu croyais que toi, tu ne ferais pas comme les autres. Tu pensais que tu n'étais pas comme tout le monde, que tu ne vieillirais pas et paf, d'un seul coup tu ressembles à un croûton.

Les gens normaux qui ont une vie normale ont des regrets parce qu'ils n'ont pas fait ceci ou cela.

Imagine le paquet que j'ai bien rangé dans ma tête. J'en ai tellement que, finalement, je suis tranquille.

À part Sonia que j'aurais dû coucher sur la table et qui m'aurait fait du bien, le reste je m'en fous. Il y en a trop, c'est comme ça. Je regarde derrière, je ne m'en suis pas trop mal sorti. Quand je vois des gens normaux, je me dis que j'aurai pu devenir beaucoup plus méchant et beaucoup plus con.

Les Bolcher ont fait venir des amis. Ils étaient plus âgés et la femme, c'était un vrai remède contre l'amour, mais eux aussi ils faisaient des efforts pour être gentils. Quand ils se sont vraiment installés, ils ont invité tous les gens de Pilhan. On a bu de la sangria dans leur jardin. C'était chouette. Il y avait une grosse lune, ça faisait des ombres blanches comme des fantômes.

Moi je n'ai pas trop apprécié parce que j'ai passé la soirée à surveiller Laurence. Elle faisait exprès de se cacher et bien sûr je la cherchais partout...

Il y a eu encore un autre couple d'Allemands puis ça a été des Suisses qui ont acheté. Petit à petit, les maisons de Pilhan se sont fait une seconde jeunesse. Il y en avait qui riaient un ou deux mois par an, d'autres qui étaient vivantes toute l'année...

Et l'été ! Souvent, il y a tellement de voitures que Paul avec la sienne peut tout juste rentrer chez lui. Et des gosses partout et des femmes en maillot ou même à poil... Et tout ça te fait des sourires, et tout ça te dit bonjour avec des drôles d'accents. Viens faire un tour en juillet ou en août, tu verras.

Je connais à peu près toutes les familles. Les Bolcher ont vendu. Il est mort d'une crise cardiaque, le pauvre type. Une mort de ministre. Au lit, bien sûr !

Tu parles, cette femme, elle avait le feu au cul ça se voyait… Son Mark, ça avait beau être un géant, il n'a pas tenu la distance. Putain, quand j'y pense…

Après je vais te faire promener dans le hameau. Tu verras : dans chaque jardin, sur chaque bout de terrain, il y a un figuier. C'est moi qui les ai tous plantés. Ce sont tous des rejetons du figuier de Paul.

J'ai compris pourquoi les vieux disaient que le figuier ne mourait jamais. Pendant qu'il séchait, l'arbre avait déjà des rejetons, ses remplaçants, qui poussaient tout autour de lui.

Le vieux Molinier, tu penses qu'il le savait. Il avait dit ça à son petit-fils juste pour qu'il s'en occupe bien.

J'ai coupé le tronc et j'ai attendu. L'année d'après, j'ai choisi la pousse la plus droite et je l'ai laissée sur place. Les autres, je les ai prises avec leurs racines et je les ai plantées dans tous les coins possibles.

Tu le verras tout à l'heure, le figuier de Paul est toujours vivant. Il est presque aussi gros que le premier.

Finalement, c'est comme le hameau… Pendant que les gens foutaient le camp, il y en avait d'autres ailleurs qui se préparaient à venir.

Pilhan est toujours vivant.

Bien sûr, ça aurait été plus simple et plus juste que ce soit les gens d'ici qui restent ici, mais ça qu'est-ce qu'on y peut ?

Tu as des types à Paris, à Bruxelles ou à New York – surtout à New York – qui disent ce qui est bien ou ce qui est mal et tout le monde les écoute.

Ils racontent beaucoup de conneries qui rendent beaucoup de gens malheureux. Eux ils s'en foutent plein les poches. Les autres, moi, même toi, on se bat pour les miettes. Ils appellent ça le progrès.

Si tu es contre, tu es un vieux con, un communiste, un anarchiste, un islamiste un type d'Al Quaïba où je ne sais pas quoi ? Les gens ont peur, ils disent que c'est bien ou ils la ferment.

Moi je la ferme, je vis dans mon coin. Je ne regarde pas plus loin que les collines là-bas. Je ne veux plus me mettre en colère. J'en ai eu plus que mon compte de colère.

Je ne peux pas te dire à quoi j'ai passé mon temps pendant toutes ces années ici pourtant je ne me suis pas ennuyé.

Ce n'est pas parce que tu es retiré de la circulation que tu es mort, non ! Tu fais ton train, il n'y a rien qui te pousse. Tu te lèves quand tu veux, souvent avec le jour, tu te couches quand tu as sommeil. Entre les deux, tu regardes le temps qu'il fait. Tu discutes un peu avec l'un ou l'autre, tu prépares tes repas.

Quand tu te retournes sur ta journée, tu ne vois rien qui brille, rien qui dépasse, c'est comme la garrigue quand la brume du soir tombe. Tout se fait dans la tranquillité. Les choses se suivent sans se bousculer ni se presser. On dirait que tu as pensé à tout, mais c'est le contraire, les choses viennent les unes après les autres sans te demander ton avis…

Tu n'es maître de rien. Tu flottes, tu te laisses emporter comme une branche ou une pierre dans le courant. D'ailleurs, à force d'être traîné, roulé, tu finis par perdre tes pointes et tes piquants, tes colères et tes nerfs, tes envies et tes rages. Tu deviens tout rond, tout lisse.

Tu étires le temps ou alors c'est lui qui s'étire… D'une petite chose à l'autre, il passe. Tu te retrouves chez toi en train d'allumer la lumière parce que c'est le soir. Tu n'as pas eu le temps de penser, tu n'as rien fait de spécial, mais la journée est finie et tu sais que demain sera pareil.

Tu es même fatigué. Tu as beau réfléchir, tu ne sais pas pourquoi. Peut-être que c'est à force de t'occuper l'esprit à des petites choses qui ne sont pas importantes. Peut-être que ce sont les minutes qui se sont posées sur toi comme des millions de grains de poussière. Au bout du compte, ça pèse la poussière.

Peut-être que c'est parce que tu deviens vieux. Tu ne t'en es pas aperçu puisque le temps est comme arrêté. Ça doit être ça, être vieux : être fatigué de porter toute une vie sur les épaules. Et ne te fais pas d'illusions, qu'elle soit pleine de bonheurs ou de malheurs, elle pèse autant.

Parfois juste avant de t'endormir, il y a des images qui viennent te dire un petit bonsoir. Moi c'est souvent Joséphine qui arrive pour me faire une bise. Je ferme vite les yeux, je n'ai plus envie de souffrir.

Toutes ces petites choses, ça fait une vie… Ce n'est pas celle que tu vois à la télé, ni celle d'un homme des villes, ni celle dont tu rêves quand tu es jeune, mais c'est quand même une vie. Pas meilleure, pas pire, autre chose, c'est tout.

Je suis le plus vieux de Pilhan. Tu as dû te dire : *« Je vais le faire parler avant qu'il crève ou qu'il ait perdu l'esprit ! »*

Ne dis pas non, je m'en fous.

Les parents de Paul sont morts il y a longtemps.

Le père en premier. Je croyais que c'était Cécile qui passerait devant, eh bien non. Toute mal foutue qu'elle était, toute secouée par l'histoire d'Anne, elle a tenu bon, elle s'est accrochée.

Ça me fait penser qu'il arrive de voir contre un mur un bout de lierre qui pousse. Il est presque sec, il n'y a que les chiens qui l'arrosent. Il est souvent décroché par le vent. Tu repasses un an plus tard, il n'a pas grandi, mais il est toujours là. Cécile, c'était comme ce bout de lierre.

Marcel, lui, même si son cœur n'était pas un réveil suisse, il continuait à travailler avec Paul, à tailler un peu, à couper quelques raisins, à bricoler dans la cave… Il s'activait quoi ?

Il a fait une crise un jour après un anniversaire de Laurence. Elle devait avoir dans les quinze ans. Un peu plus, il piquait du nez dans le gâteau ce couillon.

C'était comme s'il avait voulu quitter le pays au moment où tout allait bien. Les malheurs commençaient à se faire vraiment oublier. La petite poussait comme une fleur. Paul menait sa vie tranquillement et il se trouvait largement à l'abri de la misère.

Peut-être qu'il était fatigué, Marcel et qu'il s'est dit que puisque tout tournait à peu près bien, on n'avait plus besoin de lui.

Quel imbécile ! Il n'a pas compris que les gens qu'on aime, on a toujours envie qu'ils soient près de nous.

Cécile est partie un an environ après lui. La pauvrette n'avait plus rien à faire ici. Bien sûr, il y avait son fils et sa petite-fille, mais ça ne lui suffisait plus. On l'a trouvée morte dans son lit et puis voilà.

Paul a continué à travailler ses vignes pendant une dizaine d'années de plus puis petit à petit, il s'est mis à lâcher des terres. Il a commencé par ne pas replanter ses pièces les plus vieilles. Ensuite, il a vendu les morceaux qui étaient loin ou qu'un voisin lui demandait. À la fin, il a tout cédé à un jeune de Mersac qui montait son exploitation. Bien sûr, qu'il est resté seul. Enfin avec Laurence… et avec moi.

Depuis qu'il ne fout plus rien, il a mis la mauvaise graisse. Il a une bonne bedaine maintenant. Pour le faire râler, je lui touche le ventre en disant : *« Hé Paul ! Ventre pointu, enfant fendue ! »* Lui, il rigole, qu'est-ce que tu veux qu'il me dise ?

Tu vas le voir, ça va être son heure. Tous les jours, il passe me rendre visite. On discute un peu, ça nous met du chaud au cœur pour toute la journée.

Bien sûr, il y a les autres, les nouveaux, mais ce

n'est pas pareil. Je ne suis pas raciste, mais on n'a rien à partager. Je ne peux pas parler des conneries qu'on faisait enfant... Je ne peux pas leur dire : *« Tu te souviens de Louis ou de Jules ou d'Albert ou d'Aldo ou de Mariette ? »*

Ce sont de braves gens... Sûr qu'ils sont braves, mais on n'a aucun passé ensemble. Ils sont arrivés à Pilhan comme avec des parachutes. Ils ont retapé les maisons. Ils ont fait venir leurs enfants pendant les vacances.

Même maintenant je n'aime pas les entendre parler quand les cigales s'égosillent. Leur accent ne se marie pas bien avec leur chant.

Ma compagnie, je vais la chercher au cimetière. Je n'ai plus peur d'y aller. J'y vais même en plein jour ! Mes histoires, je vais les raconter là-bas.

Tu sais, ne crois pas que c'est triste un cimetière. Je regarde une tombe, je lis le nom. Je revois le visage. Tout de suite, il y a aussi la famille qui arrive dans ma tête, puis la maison, puis toujours un ou deux souvenirs.

Ça peut être une partie de pétanque, une fête, une blague qu'il m'a racontée il y a vingt, trente ou cinquante ans, une bêtise qu'on a faite. Et je nous vois ensemble et tous les autres aussi.

Tout Pilhan se remet à vivre dans moi. C'est comme un film que j'aime et que je me repasse de temps en temps. Et chaque fois, ça me fait plaisir de le voir même si je le connais par cœur.

Laurence ? Elle travaille à Narbonne. Elle est

secrétaire chez un agent d'assurance. Oui, bien sûr qu'elle est mariée ! Avec un gentil garçon qui a repris la propriété de ses parents. Ça a l'air de bien se passer.

Ils ont une voiture tu dirais un wagon. Ils ont aussi deux gosses, deux garçons : Aldo et Alban. Alban encore c'est d'ici, mais Aldo je ne sais pas où ils sont allés chercher ce nom. Enfin les jeunes, c'est comme ça !

Laurence n'a pas changé, toujours aussi gentille et belle. Encore plus belle que sa grand-mère. Chaque fois qu'elle vient, elle passe me voir. Quand elle m'embrasse, ça me fait toujours autant de bonheur comme quand elle était petite et qu'elle mettait sa main dans la mienne pour que je l'emmène promener.

Ce qu'il y a, c'est qu'elle est tellement belle que je n'ose pas la regarder. En plus, elle porte des habits de la ville, des trucs modernes quoi ! Elle te montre le nombril ou les cuisses ou la moitié de la poitrine. Moi, ça me gêne... Je ne voudrais pas avoir de mauvaises pensées sur elle, tu comprends ?

Si j'étais resté à Mersac, maintenant je serais mort et même depuis un moment. Il ne resterait pas grand-chose de moi, même pas les vers.

Il faudrait presque que je remercie mon père de m'avoir foutu dehors, ma mère de ne m'avoir jamais aimé.

Même avec toi, j'ai fait le malheureux, celui qui sera toujours en colère, mais ça aussi, ça m'a passé. Ma bosse je l'ai gardée, bien sûr, ce n'est pas une amie bien sûr, mais maintenant, je la porte et je la supporte.

Ailleurs, avec les autres, dans ma jeunesse, elle était trop lourde. Ici, ça va, les choses me l'ont faite légère. D'ailleurs, on ne m'appelle plus le bossu…

Maintenant, je suis Monsieur Ernest, le petit vieux bossu qui habite la maison d'en haut. Celui qui plante des figuiers, qui regarde les femmes et qui raconte des histoires…

Monsieur Ernest ! C'est quand même autre chose que le bossu non ?

Au début, quand on a commencé à m'appeler comme ça, j'étais fier comme d'Artagnan.

Quoi ? Qu'est-ce que tu dis ? Comme Artaban ?

Qui c'est-ce type ? Il n'y a personne qui le connaît ! Moi je te répète d'Artagnan ! Tu ne vas pas me dire qu'il n'était pas fier, non ?

Artaban ? C'était un personnage de roman ? Ah bon… Ce n'est pas important.

Ce qui compte, c'est que tu écrives bien tout ce que je t'ai dit. Ça me ferait plaisir que les gens lisent mon histoire dans un livre…

FIN

T.D.O Éditions, SARL

Composition, mise en page : TDO Éditions
ISBN : 978-2-36652-104-7

Dépôt légal février 2015
Ré-impression juillet 2016
Sur les presses de CPI France
N° D'IMPRESSION : 2024554